傑作長編時代小説

乱愛五十三次
男装娘道中記

鳴海　丈

コスミック・時代文庫

この作品は二〇〇九年に刊行された「乱愛五十三次」（学研M文庫）を加筆修正し、書下ろし一篇を加えたものです。

目次

第一章　お北と弥十郎《やじゅうろう》

一

両手で盥《たらい》の湯を掬《すく》って、自分の胸にかけてみる。

その湯は乳房の間を流れ落ちて、なめらかな腹部を通過し、盥の中へ戻った。

湯の中では、淡い恥毛が優しく揺れている。

（うーん……少し小さいかしら）

十八歳のお北は、お椀を伏せたような胸乳《むなぢ》を撫でてみた。乳輪は紅梅色をしている。

（湯屋で見ると、お咲ちゃんもお君ちゃんも、もっと胸が大きいみたいだし……やっぱり、子供の頃から柔術を習ってるせいかなあ）

島田髷《まげ》のお北は、眉根に皺《しわ》を刻んで、ちょっと考えこんだ。

女にしては、背が高い方だ。手足がすらりと長く、全身が少年のように引き締まっている。

色白で、眼は切れ長、刀眉《とうび》といって細いがくっきりと濃い眉である。鼻筋が高くて、ふっくらとした唇の両端が仏像のそれのように上品に窪んでいた。

品のある容貌だが、同時に意志の強さも明確に顕《あらわ》れている。

江戸は日本橋の老舗の道具屋〈湊屋《みなとや》〉の一人娘だから、小さい時から「お人形さんのように可愛い」と世間の人々に褒めそやされてきた。

だが、蔭では「ちょっと、きつい顔立ちだね」、「目鼻立ちは美《い》いが、男の子みたいだ」、「きっと、婿《むこ》さんを臀《しり》にしくような気の強い娘になるだろう」などと言っていたことも知っている。

事実、同じ年頃の男の子と取っ組み合いの喧嘩をしても、五分《ごぶ》に渡り合うほど気が強かった。

十の時、父親の伝兵衛《でんべえ》の反対を押し切って正伝鬼倒流《せいでんきとうりゅう》柔術の高宮道場に入門したのも、〈あたしは普通の娘とは違う〉という自覚があったからである。

それから、めきめきと腕を上げて、今では師範代と立ち合っても、五本のうち二本まではお北が取るというほどの実力であった。

道具屋という商売柄、湊屋は大名や旗本の出入り屋敷が多いが、商談の途中にも柔術狂いの一人娘の話題が出る。

興味を持った奥方やお姫様に呼ばれて、お北は、その奥御殿に出向いて家臣を相手に業《わざ》を披露することもあった。

本気の試合でお北が武士に勝ったりしたら、面子《めんつ》を潰された相手の腹切り騒ぎになりかねない。

だから、あくまで、型を見せる演武という断りを入れてから、お北は演じた。

それでも相手になって投げ飛ばされた武士たちは、面白くなさそうであった。

逆に、奥方やお姫様たちは、自分たちと同じ女であるお北が、大の男を手鞠《てまり》のようにあしらったり、関節を極《き》めて動けなくしたりするのを見て、大喜びした。

あげくの果てに、お姫様や腰元たちから恋文まで渡されることも一度や二度ではなく、最近では奥御殿からの招きは断ることにしている。

お北は時々、「こんな男女《おとこおんな》に育ったのも、御父《おと》つぁんが、あたしを商いのだしにしたからだよ。婿取りが出来なくとも、あたしの責任じゃないからねっ」と筋の通らぬ憎まれ口を叩く。

しかし、それを聞いた父親の伝兵衛は、にこにこと笑っているだけであった。

が、番頭の佐吉などは、「おかみさんを早くに亡くされて、後添《のちぞ》えも貰わずに男手一つで育てたせいか、うちの旦那様はお嬢さんに甘すぎる。喧嘩に強い〈助《すけ》六小町《ろくこまち》〉なんて仇名《あだな》がついて、誰が婿に来るだろうか。もっとひどい仇名で呼ぶ者さえいるのに」と愚痴をこぼしている。

「助六小町……でも、本当だからしょうがないわ。喧嘩を見たら、かっと血が燃えるようになって飛びださずにいられないんだもの。ふ、ふふふ」

手拭いを使いながら呟《つぶや》いてしまう、お北であった。

喧嘩も好きだし、内湯があるのに、わざわざ庭で行水をするのも好きだ。

無論、葦簀《よしず》で三方向を囲ってはいるが、こんな初夏の晴天の日に、金色の陽射しを浴びながら行水すると、何ともいえない開放感がある。

若さの漲《みなぎ》る白い肌が、湯を弾いて丸い珠にしていた。

(どうせ、あたしは、お婿さんなんて貰わないんだから、お乳が小さくても大きくても関係ないわ。もう何年かしたら、お店は奉公人の誰かに継いでもらって、あたしは三輪の寮で気ままに暮らすんだ)

そんな勝手なことを考える、お北であった。

（あ、そうだ。女の子だけを入門させる道場を開くのも、面白いかもしれない。無法な男どもの好き勝手にさせないように、その毒牙から身を守る護身術を教えてやるんだ。そして…）

突然、お北の右手が動いた。

手桶を掴むと、それを裏木戸へ投げつける。

わずかに開いていた裏木戸にぶつかって、手桶は、ばらばらに散《ばら》けた。

誰かが、その隙間からお北の行水を覗いていたのだ。

考えるよりも先に、彼女の右手は動いていたのである。

手桶が散けた時には、もう、お北は立ち上がっていた。

素早く手拭いを腰に巻くと、裸足で裏木戸へと駆け出す。

女豹《めひょう》のように俊敏な身のこなしであった。

木戸を手前に引くと、路地へ飛びだした。

左右に人影はない。が、左の角の方に、人の気配がする。

お北は迷わず、そっちへ走った。角を曲がる。

「っ！」

そこに、袴《はかま》姿の浪人者が立っていた。

編笠《あみがさ》で顔は下半分しか見えないが、二十代半ばであろう。長身で、肩幅も広い。

「この覗き野郎っ！」

全身の血が火のように沸騰しているお北は、後先考えずに、浪人者へ正拳突きを放った。

が、相手は、右へ半歩動いただけで、その突きをかわしてしまう。

（こいつ……っ！）

怒りのあまり、さらに逆上したお北は、右の蹴りを男の股間へ放つ。

浪人者は、その蹴りをかわして、足首を払いのけた。

「あっ」

バランスを崩したお北は、そのまま両足を高々と上げて地べたに臀餅《しりもち》をついてしまう。

その拍子に、手拭いが外れた。太腿《ふともも》と太腿の間の大事な部分が、何もかも男の目に曝《さら》されてしまった。

「きゃっ」

さすがに、全裸のお北は跳ね起きると、後ろ向きにしゃがんだ。

その背中に、そっと夏羽織がかけられる。浪人者が、かけてやったのだった。

「そなたは湊屋の娘、お北か」

「お、お北なら、どうだってんだいっ」

怒りとは別の感情で全身を朱に染めながら、お北は喚《わめ》いた。

「私は緒方弥十郎。覗き屋などではない。そなたの父に、重大な頼みがあって、やってきた者だ」

徳川十一代将軍家斎の治世――ある晴れた日の午後のことであった。

二

(ど、どうしてくれよう……あの浪人の奴っ)

半刻《はんとき》――小一時間ばかり後、自分の部屋の鏡台の前で、お北は、まだ怒りが納まらなかった。

ちゃんと小袖を着て髪も直したが、胃の腑《ふ》の底が、ちりちりと焦げるような感じがする。

(あたしの突きも蹴りも軽々とかわして……しかも、あたし、見られちゃった……お乳だけじゃなくて……大事なところも！）

お北は、かっと全身が火照《ほて》って、熱い汗が噴きだすのを感じた。

その何もかも見てしまった男・緒方弥十郎は、奥の座敷で父の伝兵衛と何事か話をしている。

しゃがんだ時、下から見上げると、編笠の中の顔は意外にも整った顔立ちであった。

男らしい太い眉と大きな口が、若いくせに頑固そうな印象を与える。

しかも、若い娘の秘密の花園を見てしまったというのに、むすっとした表情のまま顔色一つ変えなかったのだから、余計に悔しいお北であった。

（生まれて初めて女の一番大事なところを見せた相手が、あんな感じの悪い奴だなんて……見せ損だわ。ええいっ、腹が立つ）

十八娘は櫛《くし》の先で頭を掻きながら、

（そういえば、高い足場から落ちた職人が頭を強く打って、記憶をなくした話を聞いたことがあるわ。あいつが帰る時に、二階の物干し台から植木鉢を頭の上に落としたら、あたしのあれを見たことも忘れちまうんじゃないかしら……）

ひどく物騒なことを企《たくら》む、お北であった。

冷静に考えれば、正伝鬼倒流柔術高宮道場で目録一歩手前のお北の突き蹴りを苦もなく捌《さば》いたほどの男が、落ちてきた植木鉢をよけられないはずもないのだが……。

それにしても、あの浪人者が言った伝兵衛への重大な頼みとは何であろうか。人払いをして、半刻もの間、二人で何を話しているのだろうか。

部屋の前の廊下を通りかかった丁稚《でっち》小僧《こぞう》を、お北は呼び止めて、立ち上がった。

「――あ、清六《せいろく》」

「へい。何ですか、お嬢さん」

あまり血の巡りの良さそうでない顔を突きだした清六の右手を、お北は、そっと握る。

「お、お嬢さん……いけません、そんな真似をなすっちゃあ……」

どぎまぎした清六は、色の黒い顔を赤黒くさせて、

「私は村のお地蔵様に、手代になるまでは浄い軀《からだ》でいるという誓いを立てて江戸へ出てきたんです……でも、お嬢様がどうしてもとおっしゃるのなら、この清六は操《みさお》を捨てる決心を…わ、痛いっ、痛い痛い痛ァァいっ！」

一瞬の内に、右腕を背中にねじられて関節を極《き》められた清六は、だらしなく悲

鳴を上げた。

「指が折れます、肘が折れるっ、肩、肩が外れちまうぅ……っ！」

お北は首をひねりながら、

「ふうん、ちゃんと極まるんだよなあ……あたしの調子が悪いわけじゃないんだよねえ。やっぱり、あいつが強すぎるのか」

「お嬢さん、お北お嬢さん、何をやっているんですか」

店の方から急ぎ足で来た番頭の佐吉が、渋い顔で言った。

鶴のように痩せた四十男だが、蛸入道《たこにゅうどう》みたいに口を尖らせて、

「清六なんかと遊んでいる場合じゃないですよ。旦那様は、まだ、お話が終わりませんかね」

「御父《おと》つぁんに何か用なの？」

お北は、激痛のあまり口もきけなくなっている丁稚の手を、放してやった。

「いえ、店先に、質《たち》の悪いごろつきがやって参りましたので…」

「ごろつき！」

大きな目をらんらんと輝かせたお北は、佐吉の脇をするりと通り抜けて、店の方へ向かう。

「あっ、お嬢さん、いけません、お嬢さんたらっ」

三

「なあ、三十両とは言わねえ。たったの三両でいいんだ。見てみねえ、この徳利の味のある光沢をよう。はるか天竺《てんじく》は菩提樹の下で、お釈迦様が酔い覚めの水を飲んだっていう由緒ある徳利だ。神棚に祀って朝晩拝めば、商売繁盛家内息災子孫繁栄間違いなしって代物《しろもの》よ。三百両でも売れるぜ、さあ、主人に金を出してもらいな」

罅《ひび》の入った古い五合徳利を前に、臀《しり》をまくって上がり框《かまち》に腰かけているのは、〈五俵松《ごひょうまつ》〉の異名を持つ松次郎という三十過ぎの大男。

その謂《い》われは米俵五俵を持ち上げたからだというが、六尺――百八十センチ近い固太りの巨軀《きょく》だから、そのくらいの腕力があってもおかしくはない。

手代の徳三の前に置かれた徳利は塵溜《ごみた》めから拾ってきたようなものだが、いつもこんな風に押し借りや強請《ゆす》りをして暮らしている、日本橋界隈でも鼻つまみ者の五俵松なのであった。

「――出しても良いわよ、三両」

そう言いながら、廊下の暖簾《のれん》を割って売り場へ出てきたのは、お北である。

「こいつは、お嬢さんのお出ましか。さすがに話が早《はえ》ぇや」

「ただし、条件があるの」

お北は片手を振って、相手をしていた徳三をどかせると、五俵松の松次郎の前に座った。

「条件？」

「そんな汚い徳利なんかに、お金は出せないわ。でも、お前さんが、あたしをねじ伏せて『参りました』って言わせることが出来たら、三両払ってあげる」

澄ました顔で、五俵松の金壺眼《かなつぼまなこ》を覗きこむ。

「どう？　怖い？」

「はっはっは、お嬢さんよ、物好きな奴らに助六小町とか呼び奉られて、頭がどうかしちまったのかい」

松次郎は大笑いした。

「その細腕で、俺様に勝とうってのか。世間の噂を知らねえんだろう。湊屋の一人娘は武術狂いの鬼小町――と言ってるぜ。娘十六番茶も出花、それなのに、十八にもなって婿の来手《きて》もない生まれ損ないの男女《おとこおんな》だと笑われてるんだよっ」

「……」

お北の片眉が、ひくりと動いた。

この時代――一説には、平均寿命が三十代半ばといわれるほど、平均寿命が短かった。

女性は、十二歳までを〈少女〉、十三から十八まで〈娘〉、十九からが〈女〉だが、二十歳を過ぎると気の毒にも〈年増《としま》〉と呼ばれてしまう。

庶民の娘は、十四、五歳で嫁に行ったのである。

だから、適齢期の十八までに結婚しないと肩身の狭い思いをさせられた。

未婚の娘は島田髷《まげ》、既婚の女は丸髷を結《ゆ》うのが普通だが、二十歳を過ぎた女は、世間体を考えて独身であっても丸髷にしたほどである。

男の方も、現代の成人式にあたる〈元服〉が、武家も庶民も十五歳前後だった。

男児が十歳そこそこで商家に奉公に出るのも珍しくないし、早朝から物売りをして歩くのも普通であった。

職人の親方に弟子入りするのも、十代前半が普通であった。

しかし、ある程度の経済力がなければ、男は三十になっても四十になっても、嫁を貰うことが出来ない。

だから、職人たちは必死で腕を磨いて、早く一人前になろうと努力したのである。

したがって——現代人の感覚で、この時代の人々の心情や行動を理解するためには、実年齢に五歳から十歳ほど上乗せする必要があるだろう。

たとえば十八歳のお北は、現代の感覚に置き換えると、二十代半ばということになる……。

「——五俵松さんとやら」

立ち上がったお北は、店先の草履《ぞうり》を引っかけて、土間で松次郎と対した。

距離は半間《はんけん》ほどである。

お北は、邪魔にならないように振袖の袂《たもと》を帯に挟んで、

「お前さんが評判通りの怪力無双か、それとも看板倒れの無駄飯喰らいか……確かめてあげるから、かかってらっしゃい」

花のような紅唇《こうしん》から、たっぷりと毒を含んだ言葉を投げつける。

「言いやがったな、この阿魔《アマ》っ！」

激怒した松次郎は、雷鳴のように吠えた。何の躊躇《ためら》いもなく、岩塊のような右

の拳を、お北の顔面に叩きこむ。

お北は滑るように半歩、左前方へ移動した。

移動しながら、右手で、松次郎の右手首を外側から押さえた。

ほぼ同時に、左の拳を松次郎の脇腹に叩きこむ。

「うぐっ」

その突きで五臓六腑《ごぞうろっぷ》を揺さぶられた松次郎が、思わず、重心を崩した。

と、彼の右腕の関節を極めたまま、お北は半回転して、その腕を左肩に担いだ。

そのまま、腰を落として片膝立ちになる。

「わ、わわっ」

右腕を固められたまま、大男はもんどり打って土間に倒れこんだ。

巨体の左側面が地べたに叩きつけられて、店の建物が震える。

お北の腰の力で跳ね上げたのではなく、あくまで、相手の重心を崩し、その体重を利用して投げつけたのであった。

正伝鬼倒流柔術の一手〈天山越《てんざんご》え〉という。

お北は、畳のように広い背中の急所に鋭い蹴りを入れてから、

「さあ、どうする。投げる方向を少し横へずらせば、お前さんの背骨は上がり框

の角にぶつかって、箸より簡単にへし折れていたんだよ。とりあえず、二度と大きな口が叩けないように、この右腕を折っておこうか」

「た、助けてくれ、参ったっ」

五俵松は、悲鳴を上げた。

「聞こえないねえ、そんなに三両が欲しいのなら……」

お北は平気な顔で、関節を極めた松次郎の右腕を、さらに捻《ひね》った。

力自慢の大男は、「ぎゃっ」と濁った悲鳴を洩らす。

「参った……いや違う、参りました、姐《ねえ》さんっ」

哀れっぽい声で、松次郎は言った。

「勘弁してください、姐さん。こちらへは、二度と面《つら》を出しませんから」

「――いいでしょう」

お北は、松次郎の右腕を解放すると、さっと後退して、間合をとる。

泣きが入っても詫びを入れても、敵に油断をしてはいけない。完勝した相手ではあるが、自由になった途端に逆襲してくる可能性もあるからだ。

「ど、どうも……」

何度も頭を下げてから、松次郎は文字通り、這々《ほうほう》の体《てい》で逃げていった。

「お嬢さん、凄いっ」

「助六小町、いや、助六弁天ですねっ」

小僧たちが、一斉に囃《はや》し立てる。

「ふん。ざっと、こんなもんさ」

鼻高々のお北が、草履を脱いで売り場へ上がろうとした、その時、「わあっ」

という叫び声が裏の土蔵の方から聞こえた。

主人の伝兵衛の声であった。

四

「御父《おと》つぁん！」

大抵の店は同じような造りだが、湊屋も売り場の土間は鉤形《かぎがた》の路地となって奥へ通じており、履き物を脱がなくても裏庭や土蔵へ行けるようになっている。

お北は、その路地を走り抜けて、土蔵へと向かった。

漆喰の白壁が眩《まぶ》しい土蔵の前に、三人の人物がいた。

開いた扉の脇に倒れているのが主人の伝兵衛、その手前で大刀を構えているのが緒方弥十郎だ。

そして、弥十郎と対峙しているのが、銀鼠《ぎんねず》色の忍び装束を纏《まと》った小柄な男。右手で、匕首《あいくち》を逆手に構えている。

（こいつが御父つぁんを殺したのかっ）

かっと頭に血が昇り、お北は習い覚えた業《わざ》も何もなく、小男の背中へ子供のように摑みかかった。

気配に気づいた小男は、振り向き様に匕首を振るおうとする。

「いかんっ」

弥十郎が、二人の間に飛びこんで、お北を突き飛ばした。

匕首が閃《ひらめ》いて、小男が、ぱっと跳び退《さ》がる。

そして、松の木の脇で、身軽に跳躍した。空中で松の幹を蹴ると、その勢いでさらに高く跳んだ。

ほぼ同時に、弥十郎が小柄《こづか》を手裏剣に打つ。小男は、そのまま塀の向こうへ消えた。

「怪我は、怪我はないかっ」

それに答えるよりも早く、飛び起きたお北は、父親のもとへ駆け寄った。伝兵衛を抱き起こして、

「御父つぁん、しっかりして、死なないでっ」

「だ、大丈夫……大丈夫だ」

苦しそうに歯をくいしばって、伝兵衛は言う。その時になって、お北は、父親の軀《からだ》が血で汚れていないのに気づいた。

「湊屋殿は、刺されたのではない。あの曲者《くせもの》に手荒く突き飛ばされたのだ。腰を打ったらしい」

「御父つぁんは、腰痛の持病があるんですよっ」

叱りつけるように弥十郎に言ってから、お北は、はっとして、

「ご浪人様、腕の傷はっ」

見ると、弥十郎の左の袖が斜めに斬り裂かれている。

先ほどの小男の匕首で、斬られたのだ。

「いや、ほんの浅手だ。さして出血もしておらぬ」

一瞬、ほっとしたお北であったが、すぐに別の怒りがこみ上げてきて、

「余計な真似をするからだよ、ご浪人様が邪魔しなかったら、あんな奴、あたし

が叩きのめして捕まえてたのにっ」

「そういうものかな。私には大層、無鉄砲な行いに見えたが……」

むっつりした表情のまま、きっちりと反論する弥十郎だ。

そこへ、ようやくやってきた佐吉に、お北が、

「お医者様、順庵《じゆんあん》先生を呼びに行って、急いでっ」

「は、はい、お嬢さん」

番頭は、丁稚の清六にそれを言いつけると、駆けつけた徳三たちに、雨戸を外して持ってくるように命じた。

雨戸の上に伝兵衛を横たわらせて、寝間まで運ぼうというのである。

「お北……土蔵の中、右奥の棚、上から三番目に桐の小箱がある……それを持ってきなさい、早く」

激痛のあまり脂汗まで流しながら、伝兵衛は命じた。

「はいっ」

ただならぬ父親の剣幕に、お北は、土蔵の中へ飛びこむ。

言われた通りに桐の箱を持って、伝兵衛のところへ戻ると、徳三たちが雨戸を運んできたところだった。

「それに乗るのは、まだだ」

伝兵衛はそう言ってから、お北に向かって、

「蓋を開けてみなさい。中身は無事か」

言われた通りに、お北は蓋を開けた。

真綿の褥《しとね》の真ん中に、一寸――三センチほどの大きさの黄金の仏像が横たわっている。素晴らしい出来映えの月光菩薩であった。

「無事よ、御父つぁん。これ、琢堂《たくどう》でしょう」

お北は、箱を父親の目の前に差しだして、中を見せてやる。

伝兵衛は、ほっとした表情になって、

「良かった。あの曲者は……その黄金菩薩を狙ってきたのだ」

五

「駿州《すんしゅう》の鶴亀藩……？」

お北は、夜具に横たわっている伝兵衛と正座している緒方弥十郎を、交互に眺めた。

「うむ。私は、鶴亀藩寺尾家の江戸屋敷で馬廻り役を務めておる」

弥十郎は言った。先ほど、伝兵衛の腰を診察した医師の桑野順庵に、彼の左腕の傷を手当して貰っている。

駿河国・鶴亀藩七万石は、富士川の上流に位置し、甲州に隣接した山国であった。

藩主は、寺尾備前守勝房《かつふさ》である。

嫡子は二十三歳の松之助、それと、国許には側室・八重の方が産んだ寿美《すみ》姫がいる。

原則として、大名の妻子は江戸住まいであったが、このように国許の側室の子の場合は、そのまま領内に住むことが幕府より黙認されていた。

「でも……ご浪人かと思いました」

日に焼けて羊羹《ようかん》色になった小袖と草臥《くたび》れた袴を見て、お北は言う。

「子細があって、鶴亀藩の藩士とわからぬ格好で、この店を訪れる必要があってな。しかし……敵は、この程度の小細工で騙されるような甘い相手ではなかったようだ」

「敵というのは、さっきの忍び装束の小男のことですか」

「そうだ。お北殿の行水を覗いていたというのも、あの者だろう」

「まあ……」

お北は耳まで赤くなった。

「そなたが裏木戸から飛びだしてきた時には、あいつは塀の向こうに隠れていたのに違いない」

「……」

「それから、この家の敷地内に忍びこんで、湊屋殿が土蔵の扉を開けるのを待っていたのだな。一度、気配を悟られて失敗した者が、そのすぐ後に忍びこむとは誰も思わないから、盗人《ぬすっと》としても、なかなかの知恵者だ」

「そして、御父《おと》つぁんが扉を開けた時に、突き飛ばして、土蔵の中へ入ろうとしたんですね」

「そういうことだ。私が抜刀して立ちはだかったので、蔵には入りそこねたが」

弥十郎の前には懐紙が置かれ、そこに小柄《こづか》が乗せられている。

佐吉が、塀の向こうの路地に落ちていたのを見つけたのだ。

刃《やいば》に血を拭いとった跡の曇りがあるので、盗人は軀《からだ》のどこかに傷を負ったのに違いない。

「で、この月光菩薩は、そんなに価値のあるものなんですか」

「――それは、わしから話そう」

伝兵衛が、上体を起こそうとする。

「御父つぁん、寝てなきゃ駄目よっ」

「いや、順庵先生が貼ってくれた膏薬《こうやく》が効いてきたから」

「湊屋殿、私のことは気にせずとも良い。横になったままでも、話は出来る」

「では……緒方様のお言葉に甘えさせていただきます」

伝兵衛は再び、夜具に横たわってから、

「一月ほど前のことだ。お前は店のことに疎《うと》いから知らなかったろうが、その月光菩薩と対《つい》になっている日光菩薩を鶴亀藩江戸屋敷の御留守居役、田島左内様にお売りした――」

その日光菩薩像は、名人といわれた鎌倉の仏師・野沢琢堂の作で、八十両の値がついた。

田島左内は、それを自分の趣味で購入したわけではない。

特産品の漆器の販売によって七万石という石高の割りには財政は豊かといわれていた鶴亀藩であるが、その内実は火の車であった。

で、鶴亀藩の大坂蔵屋敷の留守居役・和泉忠太夫《いずみちゅうだゆう》は、豪商の久能屋玄右衛門《くのうやげんえもん》から二万両を借りる交渉をしていた。

この玄右衛門、酒は一滴も飲まず、女は女房しか知らないという堅物である。

だが、日光菩薩の仏像を集めるのが唯一の道楽だという。屋敷内に大きな持仏堂《じぶつどう》を建てて、そこに大小三十六体の日光菩薩像を置いているのだそうだ。

それで、和泉忠太夫は、高名な仏師の琢堂の作である日光菩薩を彼に贈って、首尾良く二万両の話を纏《まと》めようとしたのである。

左内が湊屋から買った日光菩薩像は、鶴亀藩士・竹井兵七《ひょうしち》と望月謙之進《けんのしん》の二名によって東海道を大坂の蔵屋敷まで運ばれ、忠太夫から久能屋に渡された。

ところが――。

「久能屋は、その菩薩像を偽物《にせもの》だというのだ。よく出来ているし、琢堂の銘も入っているが、真っ赤な偽物だとな」

弥十郎は、腹立たしげに腕を組んで、

「無論、御留守居の田島様の眼も節穴ではない。真物《ほんもの》の琢堂だと見抜いたからこそ、八十両で入手したのだ。鶴亀藩の大坂留守居役が商人に偽物を贈ったといわれては、二万両云々《うんぬん》の話は別にして、当家の家名に関わる」

「……」

「それに加えて、大坂から早飛脚で届いた文《ふみ》によれば――大坂まで日光菩薩像を運んだ竹井、望月の両名は、自分たちが真物の菩薩像を横領したという疑いを晴らすために、切腹するといって聞かぬそうだ。今のところ、蔵屋敷の者たちが交替で両名を見張っているそうだが、いつ、早まったことをしでかすか、わかったものではない」

「それで、どうなさるおつもりですか」

知らず知らずのうちに、話に引きこまれるお北であった。

「御家《おいえ》が蒙《こうむ》った恥辱を拭い払うためには、日光菩薩像が真物であることを証明するしかあるまい。そのために、対になっているこの月光菩薩を、私が大坂へ持っていくのだ。そして両方の仏像を、しかるべき目利きに見せて鑑定してもらう」

「なるほど。確かに、それしかないでしょうね」

「実は――大坂へは、湊屋殿に同行してもらうつもりであった。大坂の日光菩薩像が、田島様が買ったものであるかどうか、鑑定してもらうためにな」

「え、御父つぁんを？」

お北は驚いた。

「でも……」

「わかっておる。どちらにしても、湊屋殿の今のこの有様では、東海道を旅するのは無理だ」

「申し訳もございません……」

伝兵衛は、済まなそうに言う。

「いや。詫びる必要はない。憎むべきは、先ほどの盗人だ」

「そうそう、あれがわかりません」

お北は身を乗りだした。

「日光菩薩と月光菩薩の経緯は呑みこめましたが、なんで、そこに敵とかが出てくるんですか」

「これは御家の恥になることだが……」

どこの大名家でもありがちなことだが、鶴亀藩でも、江戸家老・筒井錦之丞《きんのじよう》と国家老・中丸刑部《ぎようぶ》が、藩政の実権を握るために暗闘を繰り広げていた。

琢堂の黄金菩薩像を久能屋に贈って二万両を借りだすというのは、江戸家老の考えである。

大坂まで菩薩像を運んだ竹井・望月の両名も、言うまでもなく江戸家老派であった。

しかし、江戸藩邸にも大坂蔵屋敷にも、国家老派の手先がいる。

そいつらは、今回の二万両借りだしの件を破談にして、江戸家老の筒井錦之丞を失脚させ、詰腹《つめばら》を切らせようとしているのだった。

それゆえ、今回の月光菩薩購入と大坂へ運ぶことは極秘の内に行われる予定で、緒方弥十郎が浪人姿で湊屋へ来たのも、そのためであったという。

「しかし……」

弥十郎は言った。

「我らの策は、悉《ことごと》く国家老派に洩れていたのだろう。そうでなくては、私より先に、敵のまわし者が湊屋を見張っているはずがない。国家老派は本物の盗人を雇ったのだろう」

「うちの土蔵の扉が開かれたら、黄金の月光菩薩像を盗んで、緒方様の大坂行きを駄目にするつもりだったというわけですか」

「そういうことになるな」

弥十郎が頷くと、お北は眉を逆立てて、

「ほれ、ご覧なさい。敵だなんだといいながら、やっぱり、うちの御父つぁんは、お侍同士の御家騒動の巻き添えを喰ったんじゃありませんか。ひどいわっ」

「これ、お北。お前は、何ということを言うのだ」

「だって、そうじゃないの、御父つぁん」

「それについては、私から謝罪させてもらう。これ、この通りだ」

弥十郎は両手を突いて、伝兵衛に頭を下げた。

「緒方様、勿体《もったい》ないことを……お手をお上げくださいまし。こら、お北っ」

「わかりました、わかりました」

渋々、お北は言う。

「緒方様、御父つぁんもそう言ってますんで、お手をお上げになってください」

「そうか」顔を上げた弥十郎は、

「ところで、幸いなことに、月光菩薩は敵に奪われずに済んだ。ついては、お北殿に頼みたいことがある」

「頼み？」お北は、ぽかんとしながらも、

「そりゃあ、まあ……先ほど、ちょっとだけ、ほんのちょっとだけだけど助けてもらったような気がしないでもないから、あたしに出来ることなら、引き受けもしましょうが……」

「うむ。そなたにしか出来ぬことだ」

弥十郎は、お北の目を、じっと見つめて、

「私と一緒に、大坂まで同行してほしい――」

第二章　弥次《やじ》さん喜多《きた》さん、旅立つ

一

高輪の大木戸跡を二人が通り過ぎたのは、寅《とら》の中刻《ちゅうこく》――午前五時過ぎであった。湊屋《みなとや》に賊が侵入した日から二日後、今日も晴天である。

「見るが良い、喜多さん」と緒方弥十郎《やじゅうろう》。

「今日も上天気で、海がきれいだな。あの沖に見える白帆《しらほ》は千石船《せんごくぶね》であろう」

「知りませんよ」

お北は、ぶすっとした表情で答えた。

いや、今はお北ではない。頭を結《ゆ》い直し、胸には高々と晒し布を巻き、真っ白な木股《きまた》を穿いて小袖の裾を端折《はしょ》って角帯に挟んだ男の姿――喜多さんなのである。

隣の弥十郎も同じ姿で、こちらは弥次さん。

つまり、弥十郎とお北は、弥次さん喜多さんという町人に変装して、東海道を西へ向かっているのだった。

弥十郎の弥次さんは、最初から月代《さかやき》を剃っているから、侍髷《さむらいまげ》を町人髷に変えるだけで良かった。

だが、お北の喜多さんはさすがに髪を剃るわけにはいかないので、月代を伸ばしたちょっと遊び人じみた髪型になっている。

弥次さんの小袖はすっきりした唐桟縞《とうざんじま》、喜多さんの小袖は、九代将軍家重公の頃に大流行したという粋《いき》な市松模様だ。

髪型と小袖の柄以外は同じで、黒の手甲《てっこう》に脚絆《きゃはん》、角帯には道中差、左の肩に振り分け荷物を担いで、右手には菅笠を持っている。

もっとも、女にしては背の高いお北だが、弥十郎と並ぶと彼の肩までしかないし、肩幅もかなり違う。

「いかんな、お北殿」

弥十郎が、お北の耳元で囁《ささや》いた。

「我らは暢気《のんき》で調子の良い町人の遊山《ゆさん》旅なのだから、もっと楽しそうな顔をしないと」

「楽しそうも何も、さっきから、この木股が……」

「木股がどうか致したか」

「い、いえ、何でもありませんっ」

お北は、あわててそっぽを向いた。頬が朱に染まっている。

木股というのは、現代でいうところのショートスパッツのようなもので、股下一寸——三センチくらいの下着だ。

男の弥十郎は下帯を締めた上に木股を穿いているが、女のお北は素肌の上に直接、穿いている。

どんなにお転婆《てんば》で男勝りのお北でも、今まで腰には下裳《したも》しかつけたことがない。

だから、乙女の神聖な部分には布地が触れることはなかった。

ところが、この木股というやつは、局部にぴたりと布地が密着するのであった。

そして、歩く度に乙女の部分に擦れる。この感触が、どうにも困るのだ。

そこは助六小町《すけろくこまち》だから、痛いのなら我慢出来るし、苦しいのも辛抱出来る。

ところが、乙女の花園に密着した木股がこすれる感触というのは、むず痒いような、くすぐったいような、何とも言い難い奇妙な感じなのである。

しかも、歩いているうちに、臀《しり》の割れ目に布地が喰いこんで、花園だけでなく後ろの門とか、その中間地帯にまでこすれてきたから、たまったものではない。

何とか、木股の後ろを摘んで、臀の割れ目から布地を引っぱりだしたいのだが、隣に弥十郎がいるので、そんなはしたない真似も出来ないのだ。

「歩き方は良いぞ。そうだ、外股でしっかりと歩くのだ」

「はいはい、わかってますよ」

ふて腐れた様子で答える、お北であった。

一昨日――弥十郎から「大坂まで同行してほしい」といわれて、お北は驚いた。

「じょ、冗談じゃないわ。どうして、今日あったばっかりの男の人と旅なんか……それも大坂までなんて！」

「お北」と伝兵衛《でんべえ》が言った。

「その月光菩薩像を一目見ただけで野沢琢堂《たくどう》の作と見抜いた、お前の目が必要なんだ」

「でも、御父《おと》つぁん……」

「お前はさっき、あの盗人《ぬすっと》に飛びかかろうとしたが、そのままだったら、匕首《あいくち》で喉笛を切り裂かれていたかもしれない。それを身を捨てて助けてくださったのは、どなただ。この緒方様ではないか」

「……」

「お侍が、自分が怪我をしながら、町人の娘を助けてくださったんだ。お前は、その恩の深さがわからないような、そんな情けない娘だったのか」

「………」

黙りこくっているお北に、伝兵衛は頭をもたげて、

「わしが寝こんだのは、緒方様のせいではないぞ。それなのに、緒方様は、わしに両手をついて頭をさげなすった。こんな立派なお侍の頼みが聞けないような娘は、わしの子ではない。今日限り縁を切るから、どこへなりと行くがいいっ」

上掛けをはね除けて、起き上がろうとする。

「わ、わかったよ。わかったから、起きないで」

父親の勢いに気《け》圧《お》されて、お北は仕方なく、頷いた。

「何が、どうわかった」

「行くよ、大坂まで行ってくればいいんだろう。行きますよ」

「良し、良し。良い娘《こ》だ」

にっこり笑った伝兵衛に、

「ちぇっ、すっかり子供扱いだ」

お北は舌打ちした。

「快《こころよ》く引き受けてくれて、忝《かたじけ》ない」

その弥十郎の感謝の言葉は、お北には皮肉にしか聞こえない。

「刻《とき》が惜しい。旅立ちは、明後日の早朝とする。それまでに、手形など必要なものは全て、こちらで揃えておく」

「そんなに急に……」

「ついては、もう一つ頼みがあるのだが」

「何ですか、今度はっ」

「うむ。実は――」

静かに、弥十郎は言った。

「男になって欲しい」

「……………は？」

――というわけで、今、男の格好をしたお北と町人の格好をした弥十郎が、肩を並べて東海道を歩いているのだった。

女の格好で相手を投げ飛ばした時だって、裾の乱れには気をつけて、見苦しくないようにしているお北だ。

それが今は、小袖の裾を端折り挙げて、太腿《ふともも》を剝《む》きだしで歩いている。下半身が裸も同然の格好であった。

「何か、誰もがあたし…俺《オイ》らの方を見てるような気がする……」

お北が歩きながら、そう呟《つぶや》くと、

「そうだろう」と弥十郎。

「喜多さんがひどく二枚目で、しかも遊び人のように月代を伸ばしておるからな。どれほど腕利きの女誑《おんなたら》しかと、物珍しげに見ておるのだ」

真面目くさった顔で、弥十郎は言う。褒めているのか、からかっているのか、よくわからない。

「あの、弥十…弥次さん。その言葉遣《づか》いは、もう少し柔らかくした方が良いですよ」

「ん、そうかな」

「そうですよ。丸っきりの二本差…いえ、お侍言葉だ。それと、その左肩が持ち上がるのは何とかなりませんか」

「ああ、これか」

弥十郎は、振り分け荷物を掛けている左肩を意識的に下げて、

「我ら武士は子供の時から左腰に刀を帯びておるからな。どうして、左肩を上げ気味にする癖がついてしまうのだ」

「あたしは男に、弥次さんは町人に、なりきることは、なかなかに難しいようですね」

「うむ。しかし、大名の家臣が公用の支度で町人の娘を同行して歩くのは、あまりにも目立ちすぎるからな。とりあえず、この格好で、黄金菩薩を狙う国家老派の手先どもの目をくらますのだ」

そのために、弥十郎とお北は昨日のうちに別々に湊屋を出て、複雑な手順を踏んでから、この格好になり、今日の朝、金杉橋《かなすぎばし》の袂《たもと》で落ち合ったのであった。

例の黄金の月光菩薩像は、革製の護り袋に入れて、お北が首からさげて胸の晒しの中に入れている。

順庵《じゅんあん》の治療が上手かったのか、弥十郎の体力によるものか、彼の左腕の傷はすでに癒着《ゆちゃく》していた。

江戸の日本橋から京の手前の大津宿まで百二十二里と二十町。旅慣れた者の足で、十四日ほどの行程である。

そして、大津から大坂へは十三里と八町だから、合計で百三十五里二十八町

――約五百四十三キロだ。

つまり、大坂での滞在日数は別にして、往復で丸一ヶ月間以上、お北は弥十郎と旅をして寝食を共にしなければならないのだ。

しかも――。

（このお侍には、女の一番大事なところを見られている……）

それを思いだすと、羞恥のあまり、街道の真ん中で大声で叫びたいような衝動にかられる、お北であった。

男に化けた湊屋のお北と町人に変装した緒方弥十郎が、胸の中にそれぞれの思いをいだきながら、二人は東海道第一の宿場である品川宿にさしかかった。その時、

「き、斬り合いだっ」

ただならぬ叫び声が響き渡った。

二

路上の人々は、その叫びを聞いて、あわてて左右の店の軒下へ駆けこんだ。

街道に残っているのは、弥十郎とお北だけである。

そして、十間《じっけん》――十八メートルほど先で、黒い合羽《かっぱ》を肩に掛けた三人の渡世人が長脇差《ながどす》を構えていた。

相手は、固太りの浪人者である。年齢は三十代後半、肩幅が広く頭は総髪、顎から頬にかけては無精髭に覆われていた。

袴の裾は擦り切れているし、小袖の袖がほつれている。

「――どうしても、やるのかね」

浪人者が言った。錆《さ》びたような声であった。

「わしは、強い奴としかやらないことにしているんだがな」

「舐めるな、ド三一《サンピン》っ」

年嵩《としかさ》の渡世人が叫んだ。

「俺たち甲州三羽鴉《がらす》を、用無し雀《すずめ》とか馬鹿にしやがってっ」

「そうだ。関八州に名の通った助っ人《すけっと》屋の俺たちを嗤《わら》ったからには、それなりの覚悟は出来ているんだろう。俺たちが許しても、この自慢の黒合羽が許さねえんだっ」

最も若い渡世人が、喚《わめ》く。

関東では、渡世人の一家が縄張り争いなどで喧嘩をする時、金で強い加勢を雇うことがある。それを稼業としている者を、助っ人屋と呼んだ。

乱戦を仕事場にしている連中だから、生まれてから一度も命の遣《や》り取《と》りをしたことのないような最近の武士よりは、はるかに度胸があって腕も立つといわれている。

この甲州三羽鴉と名乗っている三人も、その筋では評判の助っ人屋なのであった。

「ぶち殺したいところだが、公方様のお膝元を騒がせちゃあ、畏《おそ》れ多い。てめえの命の代わりに、その右腕一本、貰った！」

そう叫んで、三人目の渡世人が、浪人者に斬りかかった。

浪人者は、すっと左へかわした。かわして、右の手刀を相手の手首に叩きこむ。

「わっ」

そいつは、長脇差を取り落とした。それが地面に落ちる前に、浪人者は足の甲で、ぽんっと跳ね上げる。

その長脇差の柄を空中で握った浪人者は、無造作に、振り下ろした。

「ぎゃっ」

そいつの右腕が、肩に近い部分で大根よりも簡単に切断されて、宙に飛ぶ。

「え……っ？」

年若い渡世人が、何が起きたのか理解出来ずに呆然《ぼうぜん》としている間に、浪人者は、その前に立っていた。

斜めに、長脇差を振るう。

「がァっ！」

右腕が肘から切断されて、長脇差を握ったままの右手が、くるりと宙で舞った。

「み、右手、俺の右手が……っ！」

肘の切断面から鮮血を迸《ほとばし》らせながら、若い渡世人は地面に両膝をつく。

その間に、浪人者は、年嵩の渡世人の前へ移動していた。

「どうする」

浪人者は、感情のない声で訊いた。

「……」

その渡世人は、泣きそうな顔になっていた。強すぎるというか、段違いの相手だ。出来ることなら、土下座して命乞いをしたいであろう。

しかし、彼の職業的な矜持《プライド》が、恐怖心を押しのけたらしい。

「死ねぇっ！」

吠えながら、長脇差を突きだして軀《からだ》ごと相手にぶつかっていく。捨身の喧嘩殺法だ。

が、浪人者はいつの間にか、右へかわしていた。

かわしておいて、長脇差を振り下ろす。

「おあァ……っ！」

年嵩の渡世人は、信じられないという風に己《おの》れの両腕を見つめる――いや、彼の両腕はなかった。

左右の腕とも、肘のところで切断されて、長脇差と一緒に地面に落ちているからだ。

その男も、自分が作った血溜まりの中に顔を突っこむように倒れて、気を失う。

最初の渡世人も、地面に横倒しになって呻《うめ》いていた。

「……つまらん。だから、わしは強い奴としかやらんといったのに」

浪人者は、長脇差を放りだした。

「おい。早く、外科の医者を呼んでやれ。今のうちなら命だけは助かるだろう」

「へ、へいっ」

宿場の者たちが、あわてて右往左往するのに目もくれず、浪人者は、なぜか、お北と弥十郎の方へ歩いてきた。

「う……」

生まれて初めて斬り合いを見たお北は、蒼白になって半身に構える。

が、浪人者の目当てはお北ではなかった。

弥十郎の前に立つと、にやりと嗤って、

「お主、町人ではないな」

「ご冗談を。わたくしは、神田連雀町《れんじやくちよう》の三平長屋に住まう植木職で、弥次郎兵《やじろべ》衛《え》と申します」

弥十郎は、出来る限り町人風の口調で言った。

「ふふん、まあいい。わしは芸州浪人、尾崎仁兵衛《おざきにへえ》、鬼兵衛《おにへえ》と呼ぶ者もいる」

「左様でございますか」

「弥次郎兵衛とやら。勝負して貰おう」

仁兵衛は、大刀の柄《つか》に手をかけた。

「お、お待ちくださいっ」

弥十郎は左の肘で、さりげなくお北の軀を押しやった。邪魔だから、離れていろということだろう。

「勝負なんて、こちとら植木鋏《ばさみ》しか持ったことのねえ職人で」

「植木鋏を持つと、左足が右足よりも大きくなるのか」

「………」

弥十郎は黙りこんだ。

先ほども述べた通り、武士の子は小さい時から左腰に刀を帯びるため、自然と左足が発達する。

隠密を稼業とする者は、足袋《たび》に工夫をしたりして、その左右の違いを目立たないようにするが、弥十郎はそこまで注意が及ばなかった。

弥十郎は緊張した面持《おもも》ちで、左手で道中差の鐔《つば》の下を握る。

宿場の者も旅人たちも、関わり合いになるまいと遠巻きにしているから、今の会話は聞こえなかったであろう。

「………参るっ！」

両肩から殺気を噴き上げて、仁兵衛が、一気に間合を詰めた。

と、弥十郎は、すとんっと臀餅《しりもち》をついた。道中差は、鞘《さや》ごと角帯から抜けている。

「む……？」

大刀を半分ほど抜いたままで、仁兵衛は動きを止めていた。

その鳩尾《みぞおち》に、道中差の柄頭《つかがしら》が触れそうになっている。

抜刀するためにもう少し前に出ていたら、仁兵衛は急所に柄頭が衝突して、悶絶していたに違いない。

弥十郎は臀餅をついたふりをして、偶然に見せかけて柄頭を突きだしたのだった。

無言で、仁兵衛は後退した。抜きかけた大刀を、鞘に納める。

「相討ち……いや、わしの敗《ま》けだ。ははは、敗けたよ」

意外にも、あっさりと笑った。

「いえ、そんな……」

立ち上がった弥十郎は、道中差を帯に差すと、懐《ふところ》の中をまさぐってから、

「お侍様。無礼とは存じますが、これは、ご不快な思いをさせましたほんのお詫びということで」

紙に包んだ金を差しだした。

「ほほう、喜捨《きしゃ》か。喜んで受けよう」

仁兵衛は、その包みを受け取った。その重さから、一分金二枚とわかったらしい。

「三日ぶりに酒と飯にありつけるのは、有り難い。お主たちは西へ行くようだな。まあ、次に逢った時には――」

その両眼に一瞬、凄い光が漲《みなぎ》った。

「本当の勝負をつけよう」

そう言って、弥十郎の返事も待たずに背を向けると、近くの居酒屋へ入っていった。

「や、弥次さん……？」

お北が、遠慮がちに声をかける。

弥十郎は、溜めていた息を吐きだしてから、

「世の中には、恐ろしい奴がいるものだな。三日絶食で、あの強さとは」

「弥次さんよりも強い？」

「ほぼ同格かな」

それから、弥十郎は苦笑して、お北の顔を見た。

「そなた…いや、喜多さんも武術をやるからわかっていると思うが、自分と同格

と見える相手は、実際は一段も二段も格上なのだ」

「すると、今度、どこかで逢ったら……」

「うむ」

弥十郎は頷く。

「私が勝つのは難しいだろうな」

三

幅六十九間《けん》の六郷川を渡し船で越えたお北と弥十郎は、川崎宿の茶店に入った。

奥の切り落としの座敷で、少し早めの昼食を摂る。

食べ終わると、弥十郎がお北の前に来て、

「喜多さん、ちょっと、足を見せてみな」

「え……」

お北が戸惑っている間に、弥十郎は、するりと左右の足袋《たび》を脱がせてしまう。

親指と人差し指の間と二指の付け根を見て、

「肉刺《まめ》は出来ていないようだな」

「う、うん……」

足の指などを男にしげしげと観察されると、ひどく気羞《きはず》かしいお北だった。不快なにおいなどしないかと、気にかかる。

「水腫《みずばれ》が生じたら、早めに破っておいた方が後が楽だが、その心配はないようだな。さすがに喜多さん、並の娘とは…あ、いや」

うっかり口を滑らしそうになった弥十郎は、咳払いをして、

「まあ、日本橋からこの川崎まで四里半。同じ四里半でも、江戸の中を歩きまわるのと街道を歩くのでは、疲れ具合が違う。痛くなったら、すぐに言うんだぞ」

「うん、わかった」

お北は、その温かい気遣《きづか》いに何だか心が揺れるのを感じながら、足袋を履く。

「弥次さんは、何度も東海道を往復しているんだろ」

「うむ。御用でな。だから、多少は勝手がわかる」

「きっと、あっちこっちの宿場で女遊びに励んだのだろうね」

つい、憎まれ口を叩いてしまう、お北であった。

「何を言う。私はそんな…」

弥十郎が弁解しようとすると、店の表の方から、

ぴしゃりと鞭を打つような、歯切れの良い女の啖呵《たんか》が聞こえてきた。

「はばかりながら、浅草生まれのお新姐《ねえ》さんは、そんな安い女じゃないんだ。気安く触って貰いたくないねえ。財布がなくなったが、どうした。それとあたしと、何の関係があるんだい。たまたま、渡し船の中で隣り合わせたからといって、それで掏摸《すり》なんかと間違えられたら、おちおち大井川も七里の渡しも越えられないじゃないか」

年の頃なら二十一、二の色っぽい年増女《としまおんな》であった。

高く結《ゆ》い上げた蛽髷《ばいまげ》に珊瑚珠の櫛《くし》を差して、埃除《ほこりよ》けの手拭いの端を咥《くわ》えて吹き流しにしている粋《いき》な様子は、美人画を見るようである。

「し、しかし、拙者はたしかに、渡し船に乗る前には懐《ふところ》の財布を確かめたのだ。それが、渡し船を降りたら、消えておった。懐の中から財布を盗れるのは、拙者の右側にいた者しかありえない。すなわち、お前が掏摸ということだ」

顔を真っ赤にして言い返しているのは、四十前後の武士。

主持《あるじも》ちらしいが、下男も中間《ちゅうげん》も連れていないから、あまり身分の高くない軽輩であろう。

「よしとくれよっ！」

身形《みなり》が野暮ったいのは、西国の国侍が江戸屋敷へ出張して、これから国許へ帰る途中というところか。

「ああ、そうかい。そんなに女の裸が見たいのなら、とっくり拝ませてあげようじゃないか。見事、その財布が出てきたら、お慰《なぐさ》みってやつだ」

そう言うが早いか、茶屋の軒先で、くるくると帯を解きだしたではないか。小袖を脱ぎ落として、茜《あかね》色の肌襦袢《はだじゅばん》姿になる。

足を止めて成り行きを見物していた旅人たちは、目を丸くした。

「ちょっと、待った！」

弥十郎が止める間もなく、お北は、茶屋の奥から飛びだしていた。

不正や悪事を見逃せないいつもの血の滾《たぎ》りが、抑えきれなくなったのだ。

「女を往来で裸にするなんて、この俺《オイ》らが許さねえっ」

普段からお転婆《てんば》なだけに、咄嗟《とっさ》の場合でも男の口調になりきっている、お北であった。

「何だ、貴様は」

「何だも神田もあるもんか。神田連雀町は三平長屋で、植木職人の見習いの喜多さんといえば、知ってる奴は知っているし知らない奴は知らねえという粋なお兄《に》ィさんだ」

「こらこら、自分で自分のことを粋という奴があるものか」

「細かいことは言いっこなしよ」

お北は軽く切り返して、お新という年増の方を向いた。

「なあ、姐さん。こうやって留男《とめおとこ》を買ってでたからにゃあ、もしもお前さんが掏摸だったりしたら、俺らの顔が立たねえ。念を押すが、財布のことは本当に知らねえんだな」

「本当ですとも、兄さん」とお新。

「あたしゃ、嘘と坊主の頭は結《ゆ》ったことがない女よ」

「よし、わかった」

お北は、国侍の方へ向き直って、

「とにかく、天下の街道で罪もない女を裸に剝《む》いたとあっちゃあ、お侍様の名に関わりますぜ」

「勝手なことを申すな。拙者の財布を盗ることが出来たのは、右側に座っていたその女しかないと申しておるのがわからんかっ」

大勢の野次馬の前で、国侍も引っこみがつかなくなったのだろう。菅笠を投げ捨てると、大刀の柄袋《つかぶくろ》を外して、その柄に手をかける。

「さあ、退《の》け。退かぬと、其《そ》の方《ほう》を無礼討ちに致すぞっ」

「まあまあ、お侍様。連れの無礼は、わたくしがお詫びしますので……」

弥十郎が何とかその場を丸く治めようとすると、お北が前に出て、

「お侍様。俺らが、この姐さんの無実を証明して見せます」

自信たっぷりに、言ってのけた。

「ほほう、面白い。どうやって証明する。見事に証明出来たら、拙者は土下座してやるぞ」

「じゃあ、弥次さん。ちょっと財布を貸してくんな」

お北は、弥十郎の差しだした財布を国侍に渡して、

「そいつを、渡し船に乗る前と同じように、懐に収めて下さいな。それでいいですか、いいですね」

「で、どうするつもりだ」

怪訝《けげん》な顔つきの国侍の左側へ、お北はまわりこんだ。

「こちら側から、俺らが、その財布を抜いてご覧に入れます」

「ははは。無理を申すな。良いか、着物の合わせ目は左襟《えり》が右襟の上になってい

る。だから、右手で懐のものを出し入れするのではないか。左側から懐中物《かいちゅうもの》を盗れるわけがない」

「それが出来るんだなあ。つまり……あっ、蜂だっ」

お北の言葉に、

「わわっ」

あわてて、国侍は両腕を上げて周囲を見まわす。

その時、お北の右手が、電光のように国侍の左の袖口へ滑りこんだ。

「あっ」

国侍がそれに気づいた時には、お北は右手に財布を握って、にやっと笑っている。

左の袖口から手を入れて、国侍の懐の中の財布を抜いたのであった。

野次馬たちが、どっと感嘆の声を上げた。

「こいつァ、永代寺の辰《たつ》っていう懐中師《ふところし》――あいつら掏摸は自分たちのことをそう呼ぶんだけど――から教えて貰った〈筒抜き〉って業《わざ》だよ。もう懐中師を引退した、年寄りだったがね」

「何と……左の袖から……」

「俺らは本職じゃないから、こうやって抜くのを気づかれたけど、名人中の名人の懐中師なら、何の気配も感じさせずに盗れるそうだよ。お侍様、右側の姐さんには気をつけていたようだが、左側にどんな奴がいたのか、覚えちゃいませんか」

「むむ……」

「幅六十九間の六郷川を渡る間、ただ一度も左の肘を上げていませんか。どうです、お侍様」

「……」

その国侍は、憤怒と屈辱と困惑の形相《ぎょうそう》でお北を睨みつけると、菅笠を拾い上げて、無言で渡し場の方へ歩き去った。

侍が町人にやりこめられるのを見物して満足した旅人たちは、上りへ下りへと散って行く。

「喜多さん……」

弥十郎は溜息《ためいき》をついた。

「何て危ない真似をするのだ。上手くいったから良いようなものの、一つ間違っていたら、刀の錆《さび》だぞ」

「その時は、どうせ、弥次さんが助けてくれるんだろう」

けろりとして言う、お北であった。

「兄さん、有り難うございました」

身繕《みづくろ》いしたお新が言った。

「災難だったね、お新姐さん。姐さんがちょっと綺麗すぎるから、あんな浅黄裏《あさぎうら》に絡まれるんだぜ」

浅黄裏とは、野暮な田舎侍を指す隠語である。

「まあ、兄さん。手先だけじゃなくて、お世辞も達者なのね」

全身に媚《こび》を張らせる、お新だ。

「あたし、箱根の塔之沢《とうのさわ》で湯治《とうじ》をしている知り合いを訪ねるところなの。やっぱり、女の一人旅は物騒ね。ご一緒させてくれないかしら」

「いいぜ。なあ、弥次さん」

「ん？」

弥十郎は苦虫を噛み潰したような顔で、

「まあ、好きにするんだな」

勘定を済ませた弥十郎が、お北とお新を伴って西へ歩き去る。

すると、茶屋の蔭から顔を覗かせた者がいた。驚いたことに、先ほどの国侍である。

「――お頭《かしら》」と〈国侍〉は言った。

「どうやら、お新は、敵の懐へ飛びこめたようですぜ」

「そうか」

彼の背後の人物が、呟《つぶや》くように言う。

「後は、お新の床業《とこわざ》次第ということだな」

第三章　甘い罠

一

「どうぞ、お泊まりくださいな。お食事の支度も出来ております、お風呂も沸いておりますよ」

「弥次《やじ》さん、どうだい、この旅籠《はたご》で。客引きの姐《ねえ》さんが、なかなか別嬪《べっぴん》だからよォ」

「まあ、お客さん。お口がお上手」

「ははは。せいぜい、もてなしてくんなっ」

慣れぬ男姿にうんざりしていた喜多《きた》さんのお北も、川崎宿で粗忽者《そこつもの》の国侍をやりこめてからは、上機嫌であった。

一緒になったお新が話し上手で聞き上手、弥次さんの弥十郎《やじゅうろう》と二人だけで歩く気まずさから救われて、気軽になったせいもあろう。

江戸から十里半、東海道で五番目の宿駅の戸塚であった。人口は二千九百ほどだが、旅籠は七十軒以上もある。

弥十郎とお北、そしてお新の一行が戸塚に着いたのは、酉《とり》の上刻《じょうこく》——夕方の六時であった。

空は明るいが、さすがに地上の物陰は薄暗くなっていて、軒下《のきした》の看板行灯《あんどん》が映える。

三人が草鞋《わらじ》を脱いで濯《すす》ぎを使ったのは、宿場の真ん中にある吉田橋を渡った近くの〈辰巳屋《たつみや》〉という平《ひら》旅籠だ。

旅籠には平旅籠と飯盛《めしもり》旅籠があり、前者は普通に泊まるだけだが、後者は給仕をする飯盛女という名目の遊女がいて、宿泊客に軀《からだ》を売っていた。

本来は、品川宿など特定の宿場を除いては遊女の売色は禁止である。

しかし、少しでも旅人が宿場に落とす金を増やさないと、通常の宿泊業務による収入だけでは、幕府や諸大名の御用のために常に人馬を用意しておくという宿駅そのものが成り立たないのであった。

そのため幕府は、宿駅制度の維持の観点から、飯盛女の存在を黙認していたのである。

「まずは風呂だな。空いてるかね」一階の六畳間に案内されると、弥十郎が女中に訊いた。

「ええ。すぐに入れますよ」

「では、お新さん。先に」

「いえ、勿体《もったい》ない」お新は微笑して、

「あたし、ちょっと一休みしたいので、殿方からお先にどうぞ」

「そうか。では、お言葉に甘えて。女中さん、飯は三人の風呂が終わってからにしてくれ」

「承知しました」

「では、喜多さん。行こうか」

「え？」一瞬、きょとんとしたお北は、

「……あ、そうか。そうだね。ひとっ風呂、浴びようかい」

宿の手拭い一本を持って、弥十郎と二人で一階奥の湯殿へ向かった。

脱衣所に入ったお北が、

「あの……」

戸惑い顔で、弥十郎を見つめた。

入浴中に他の客が入ってきて、お北が男装していることが発覚《バレ》るのも困る。だが、いくら、あられもない姿を見られた仲といっても、弥十郎と一緒に入浴するのも非常に困るのだ。

「安心しろ。私が、ここで見張っているから、誰も中には入れぬ。なるべく早くに、上がってきてくれ」

真面目な顔つきの弥十郎は、やや堅苦しい言葉遣《づか》いで言った。

「は、はい」

しおらしく、ぺこりと頭を下げたお北は、脱衣籠を取ると後ろ向きになって帯を解く。

何だか、ほっとしたような、少し残念のような、不思議な気持ちであった。

弥十郎もまた、そんなお北に背を向けて、腕組みをして脱衣所の入口を睨みつける。

「喜多さん」

背中を向けたままで、弥十郎は言った。

「護り袋は肌身離さぬように」

お北が胸から腹にかけて巻いた晒し布を解くと、白い乳房が剝《む》き出しになる。その乳房の間に、護り袋は下がっていた。黄金の月光菩薩を納めた護り袋である。

それから、白の木股《きまた》を脱いだ。間違っても弥十郎の目に触れぬように、その木股は畳んだ晒し布の下に入れてしまう。

「では、お先に――」

「うむ」

引戸を開いて、お北は、白い湯気のこもる湯殿に入った。檜のような形の、大きめの据《すえ》風呂である。高く跨がないと入れないから、手前に踏み台があった。

お北は、手桶で湯を掬《すく》って、街道の埃と汗とを流し落とした。下腹部も、丁寧に洗う。

それから、十八歳の裸身を据風呂の湯に沈めた。護り袋が濡れぬように、紐を口に咥《くわ》えている。

「はい……」

湯殿の壁に、手拭いなどを引っかけておく掛け棹《ざお》があるから、それに護り袋を掛けておくことも出来るのだ。

しかし、弥十郎に念を押されたように、肌身から離さないお北である。

生まれて初めての旅で、さすがに重い疲労を感じていた。が、湯の中に肩までつかっていると、その疲労が体内から溶けだすような気がする。

(お新さんは気さくな人だし……旅って、わりと面白いな。弥次さん…弥十郎様は……まあ、思ったよりやさしい人みたい)

その男と、今夜は同じ部屋に眠るのだと思うと、羞《はず》かしいような、わくわくするような、そんな複雑な気持ちである。

(お侍だから、そんな心配はないと思うけど、もしも夜中に……そっと手を握られたりしたら、どうしよう)

そんな余計な心配までしてしまう、お北であった。が、突然、

「っ！」

顔色を変えて、振り向いた。

湯気抜きの窓の外に、誰かの気配を感じたのである。

手を伸ばして、踏み台の脇に置いた手桶を取ると、「にゃあ」と猫の声が聞こえた。

お北は油断なく手桶を握ったまま、窓の外を見た。

薄汚れた三毛猫《みけねこ》が一匹、隣の旅籠との境の板塀の上にいて、目を光らせている。

お北と目が合うと、さっ、と身を翻《ひるがえ》して猫は塀の向こうへ消えた。

「なァんだ……」

お北は苦笑した。再び、湯につかる。

(一昨日の行水の時のことがあるから、少し気が立ってるのかな。あの時、路地に飛び出して、弥十郎様に……あれを見られて……)

湯のせいではなく、頰が熱くなってくる。

ざぶりと湯で顔を洗ったお北は、据風呂から出た。

すぐに衣服を着られるように、固く絞った手拭いで何度も軀《からだ》をぬぐってから、引戸を開く。

弥十郎は、こちらに背を向けて腕組みしたままであった。

「お先にいただきました」

「ああ」

背中で答える弥十郎だ。

手拭いで前を隠したお北は、籠の前に立つと、手早く着こむ。

「では、弥十郎様…いえ、弥次さん。どうぞ」

「中で、何か変わったことはなかったかね」

ゆっくりとこちらを向いて、弥十郎が訊く。

「あ……いえ、良いお風呂でした」

お北は目を伏せた。

「そうか。では、先に部屋へ戻っていてくれ」

「わかりました」

男が着物を脱ぐのを見物しているわけにはいかないから、お北は、そそくさと脱衣所を出た。

(あたし、何で、猫のことを言いそびれたのかしら……)

いや、改めて考えるまでもなく、自分でも答はわかっていた。

その直前に、甘い夢想をしていたのが、羞かしかったのである。

二

「――あっ、弥次さん」

中庭の石灯籠《いしどうろう》の蔭から、そう声をかけてきたのは、お新であった。

肩に手拭いを引っかけた弥十郎は、自分たちの部屋へ戻るために中庭に面した廊下を歩いてきたところである。

「どうしたね、お新さん。そんなところで」

「ちょっと、ちょっと来てくださいよ」

「何だい」

沓脱石《くつぬぎいし》の上にあった庭下駄を突っかけて、弥十郎は庭へ降りた。

「見て、あそこに物置小屋があるでしょう」

「ああ。それがどうしたんだ」

「ついさっき、後架《こうか》から出てきたら、あたしたちの部屋を覗いている奴がいたんですよ」

「何っ」

弥十郎の顔が引き締まった。後架とは、御不浄《ごふじよう》――現代でいうところのトイレットである。

「その男は、あたしに見られているとも知らないで、こっそりとあの物置の中へ入っていったんです」

「……」

「どうしよう、弥次さん。宿の人を呼んだ方がいいかしら」

お新は、不安そうな顔で言う。

「待ちなさい。姐《ねえ》さんの勘違いということもある。とにかく、あの小屋を調べてみよう」

「ええ」

弥十郎は、なるべく音を立てないようにして、中庭の奥の物置小屋に近づいた。

お新は、その弥十郎の右腕にすがりついて、一緒に歩いてくる。熟れた女の肉体が放つ、甘ったるい匂いがした。

二十一歳のお新は、現代の基準だと二十代後半ということになる。

物置の引戸は、一寸ほど開いていた。

そこから覗きこむと、窓から月の光が斜めに射しこんでいるが、内部に人の姿は見えない。

「……」

弥十郎は少し考えてから、引戸を開いた。中に踏みこむ。

古い背負い籠や背中当て、行李《こうり》、荒筵《あらむしろ》、竹竿、蓑《みの》、荒縄、皹《ひび》の入った瓶、用箪《ようだん》笥《す》などが雑然と置かれているだけだ。

「誰もいないな」

弥十郎がそう言った時、からりと引戸が閉じられる音がした。

振り向くと、閉じた引戸を背にしたお新の顔から、不安の色は拭い去られていた。艶然と微笑《ほほえ》んでいる。

「――どうした」

咎《とが》めるように、弥十郎が訊いた。

「まあ。そんなに怖い顔をなすっちゃ、いや」

お新は、弥十郎の分厚い胸にしなだれかかる。

「怪しい男の話は、嘘か」

「だってぇ。こうでもしなくちゃ、弥次さんと二人っきりになれないじゃありませんか。部屋に戻ったら、喜多さんがいるし。あの人、弥次さんのお稚児《ちご》さん？」

「勘違いするな。俺には、衆道《しゅどう》の趣味はないよ」

衆道とは男色《なんしょく》――つまり、男同士の恋愛関係のことで、多くの場合、年下の者が女役となる。

この女役の者を若衆《わかしゅ》、または稚児と呼んだ。年上の男役は、念者《ねんじゃ》という。

かつては、貴族階級や女人《にょにん》禁制の寺の中、矢弾の乱れ飛ぶ戦場での特別な嗜好《しこう》であったが、江戸時代になると、一般の町人の間にも衆道は広がっている。

そのような〈需要〉を満たすために、蔭郎《かげろう》茶屋といって肌を売る美少年たちを集めた店が、江戸のあちこちにあった。

「そうかしら。喜多さんて肌もきめ細かいし、睫毛《まつげ》も長くて顎もほっそり、まるで芝居の女形《おんながた》みたいじゃない。あれだけ綺麗だったら、男の子でもいいから抱いてみたいという殿方は多いはずよ」

「………」

「それに、お前さんにその気がなくとも、あの人が弥次さんを見る目が時々、妙に熱っぽくなるわ」

「おいおい、よせよ」

「さっきのお風呂の中で、男の大事なものを弄《いじ》らせたり、しゃぶらせたりしなかったでしょうね。お稚児さんは、口で奉仕するのが得意というじゃありませんか」

ひどく明《あ》け透《す》けな言い方をする、お新だ。

「馬鹿なことをいうな。話がそんなことなら、俺は部屋へ帰るぞ」

弥十郎は、お新の軀《からだ》を脇へ押しやって、小屋から出ようとした。

「あっ」

お新が顔をしかめた。

「すまん。手荒にするつもりはなかったんだが……」

ちょっと怯《ひる》んだ弥十郎の首に、

「駄目、逃がさないっ」

お新は両腕をまわすと、唇を押しつけてきた。ぬるりと舌先を差し入れて、深く蠢《うごめ》かせる。

「む……」

年増女《としまおんな》の巧みな舌使いに、弥十郎は驚いた。歯肉を舐められただけで、股間に熱く血潮が流れこむのを感じる。

弥十郎は一息つくために、お新の両腕を柔らかく摑んで、女の軀をそっと引き離そうとした。

びくっ、とお新の軀が震えた。

「………」

弥十郎の片眉が、ほんの少し持ち上がった。

彼の右手には、着物や肌襦袢《はだじゅばん》の袖以外の何かの感触があったのである。

「うふ、いいことしてあげる」

お新は、淫らな目つきで蹲《うずくま》った。自然と、その両腕は弥十郎の手から離れる。

しゃがんだお新は、男の着物の前を開いた。白い下帯に包まれたものが、剝《む》きだしになる。

「ああ……男のにおいがする……」

その下帯の膨らみに、お新は頬ずりをし、鼻先をこすりつけた。

すでに男性自身が半覚醒状態にあると知って、お新は、にんまりと笑う。

「お、おい……こんなところで……」

弥十郎が戸惑ったように言うと、

「平気よ。誰も来ません、て」

手を用いずに器用に唇と歯と舌だけを使って、お新は大胆にも、下帯の脇から肉根を引きずり出した。

「まあ……ご立派だわ」

驚いたように、お新は呟《つぶや》く。

弥十郎のそれは、まだ半勃ちなのに、普通の男の勃起したサイズよりも巨《おお》きいのだ。しかも、黒々としていた。俗にいう〈淫水焼《いんすいや》け〉である。

数多くの女体と交わっていると、その愛液がしみこんで肉根が黒ずむ――という俗説があるのだ。

「意外と道楽者なのね、弥次さん」

鶏卵ほどもある玉冠部《ぎょくかんぶ》に、お新はくちづけをした。そして、ぺろりと舌で先端の切れこみを舐める。

口を開いて、呑んだ。それから、ゆっくりと頭を前後に動かす。

弥十郎は黙って、お新の頭部を見下ろしていた。

先ほどの困惑した様子とは打って変わって、鉄仮面のように無表情になっている。

女の頭に、赤い珊瑚玉が揺れていた。唾液に濡れた黒い茎部が、お新の唇を出入りしている。

口腔《こうこう》の中で、女の舌先は自在に踊り、男のものを刺激していた。

並の遊女も及ばぬような、淫らで達者な技術であった。

ちゅぷ、ちゃぱっ、ちゅぷ……濡れた粘膜がこすれ合う、卑猥《ひわい》な音がする。

やがて、男の象徴がその真実の威容を露《あら》わにした。

「す、凄い……こんな巨《おお》きいの、生まれて初めて……」

お新が、掠《かす》れたような声で言う。

確かに、雄物《ゆうぶつ》であった。

太く、長く、硬い。全長も直径も、普通の男性の二倍以上であろう。

まさに、巨根である。

女の唾液に濡れて、てらてらと黒光りしていた。茎部には、うねうねと太い血管が浮かび上がっている。

天狗の鼻のように反り返り、しかも、玉冠部から茎部への段差が著《いちじる》しい。〈雁《かり》高《だか》〉というやつだ。

玉冠部は、子供の握り拳ほどもあろうか。

お新の両手で握っても、まだ茎部が余ってる。

「女殺しなのね、素敵……」

舌先で、くびれの部分を舐めながら、お新は呟いた。

そして、大きく口を開くと、咥《くわ》える。

お新の両眼に、冷たく殺気が光った――次の瞬間、弥十郎の右手が閃《ひらめ》いて、お新の顎を摑んだ。

三

「うう……っ⁉」

お新は今、男のものを嚙み千切ろうとしたのだ。

しかし、素早く動いた弥十郎の指が、顎の両側の付け根を強く圧迫したので、お新は顎が外れてしまったのである。

女の口の中からずるりと巨砲を抜き取るのと、お新の髪から珊瑚玉の簪《かんざし》を抜くのが、ほぼ同時であった。

弥十郎は窓に向かって、その簪を手裏剣に打つ。

「ぎゃっ」

窓の外で、誰かが倒れる音がした。

お新が色仕掛けで男根を嚙み千切るのに失敗しても、窓の外の者が刃物を飛ばして弥十郎を仕留めるという、二段構えの作戦だったのだろう。
無論、座敷を覗いていた者の件は、お新の作り話である。
そこへ、どこからか、二人の人間が駆けつけてくる足音がした。
先に倒れた者と、駆けつけた者たちが、無言で争う刃物の音がして、
「くそっ」
板塀を乗り越えて、何者かが逃げたらしい。
一人の足音が、裏木戸の方へ走っていく。
その間に、弥十郎は雄根を下帯の中に納めて、荒縄でお新を後ろ手に縛り上げ、
その口に手拭いで猿轡《さるぐつわ》を嚙ませていた。
匕首《あいくち》を隠し持っていたので、それも取り上げる。
「――おい」
物置小屋の外から、低く呼びかける声があった。
「うむ」
弥十郎は手早く身繕《みづくろ》いすると、出入り口の戸を開いて、外へ出る。
打裂《ぶっさき》羽織に野袴という旅姿の武士が、そこに立っていた。弥十郎と、ほぼ同じ
年齢であろう。

「どんな奴だった」

「川崎宿でお新という女と諍《いさか》いを起こしていた、あの侍だよ。いや、本当は侍ではあるまい。お主が打った簪で右眼を貫かれながらも、匕首一振で俺たちを相手にして、塀を跳び越えおった。あれは、本職の盗賊か何かだろう」

「忍びくずれかもしれんな」

「うむ。左門は、あの男を追っていったよ。これがみんな、俺たち蔭供《かげとも》を誘《おび》きだすための陽動策ということもあるから、追跡を左門に任せて俺は残ったのだ」

この武士の名は、杉野政之進《せいのしん》という。

国侍に化けた男を追ったのは、藤原左門。二人とも、弥十郎と同じ鶴亀藩士だ。

つまり彼らは鶴亀藩の江戸家老派で、弥十郎とお北の蔭供なのである。

政之進たちを含めて総勢六人が、街道で後になり先になりながら、弥十郎たちを密かに警護していたのだった。

他の四人の内、一人は辰巳屋に宿泊し、残りの三人は、辰巳屋の周囲を交替で見張っているのだ。

無論、お北は、この事実を知らず、弥十郎と二人だけの旅だと思っている……。

「では、政之進。部屋の方を見張っていてくれ」

「心得た。お主は」

「あの女の口を割らせる」

「そうか。では――」

政之進は、お北のいる座敷の方へ去った。周囲を見まわしてから、弥十郎は、物置小屋の中へ戻った。戸を閉める。

「ん、んぅ……」

小屋の土間を這《は》いまわって縄を解こうとしていたお新は、燃えるような憎悪の眼で弥十郎を睨みつけた。

顎が外れたままなので、猿轡の下から唾液が垂れている。簪を抜いたから、蝋髷《ばいまげ》が解けて散らし髪になっているのも、何か凄惨な印象を与えた。

弥十郎は、お新の脇にしゃがみこむと、顎を治してやった。それから、お新の眼を見つめて、

「あの国侍に化けていた仲間は、逃げた。川崎宿でのことは、俺たちと道連れになるための芝居だったわけだな」

「……」

「他人の善意を利用するお前たちの遣《や》り口《くち》に、文句を言っても始まるまい。雇った相手も、国家老と見当がついている」

弥十郎は、女の襟《えり》の左側に手をかけると、引き下ろした。

左腕の上膊部《じょうはくぶ》に、晒し布が巻きつけてある。

「やっぱり、そうか」と弥十郎。

「さっき、押しのけようとした時からおかしいと思っていたが……この傷、俺の小柄《こづか》が刺さったものだろう」

「っ！」

お新は、まじまじと目を見開いた。

「湊屋《みなとや》に忍びこんで、土蔵から黄金の月光菩薩を盗みだそうとした忍び装束の者は、お前だったのだな。道理で、男にしては小柄だと思った」

「………」

「その役目に失敗したので、今度は名誉挽回と、旅の女に化けて近づいてきたというわけか」

「………」

お新は、そっぽを向いた。

「それはともかく、訊いておきたいことがあるのだ」

弥十郎は、女の頤に手をかけて、こちらを向かせた。

「お前たちの頭領は、どんな奴だ。仲間は何人いる。今夜の宿は、どこだ」

男の手に逆らって、お新は再び横を向いた。

弥十郎は、その横顔を見つめていたが、

「そうか。では、仕方あるまい」

溜息《ためいき》をつくと、女の軀《からだ》を引き起こしながら、弥十郎は立ち上がった。

用箪笥《ようだんす》の上の物を払い落とすと、そこへ、お新の上体を乗せる。お新は、腰を後ろに突き出す格好となった。

弥十郎は、その着物の裾をまくり上げた。

「っ!?」

茜《あかね》色の肌襦袢《はだじゅばん》も、そして、真紅の下裳《したも》までめくってしまう。

二十一歳の豊かな臀《しり》が剝《む》きだしになった。体術で鍛えたためか、普通の女よりは引き締まった軀であった。

この姿勢では無論、女の花園も丸見えである。

濃いめの恥毛に飾られた、赤っぽい女器である。

一対の肉厚の花弁《はなびら》が、その亀裂から顔を出していた。

「んん、うぅ……」

お新は身悶《みもだ》えして、着物の裾を下ろそうとする。

「騒ぐなっ」

弥十郎が、臀の双丘に平手打ちをくわせた。ばしっ、ばしっ、と三発、続けてだ。

たちまち、白い臀に手形が紅葉のように真っ赤に浮かび上がる。

「く……」

骨まで響く平手打ちがこたえたのか、お新はおとなしくなった。目に、悔し涙がにじんでいる。

弥十郎は着物の前を開くと、下帯の脇から己《おの》れの肉根を摑みだした。お新の真後ろに、位置する。

ゆっくりと、自分のものをこすり立てながら、

「気は進まぬが、これから、お前の口を割らせる責め問いを致す。今の内に、白状する気はないか」

「……」

お新は、頭を左右に振った。

「うむ。良い覚悟だ」と弥十郎。

「断っておくが、俺は放蕩《ほうとう》が過ぎて謹慎をくらったこともある行儀の悪い男だ。それゆえ、並の武士には思いもつかぬような、荒っぽい手を幾つか知っておる」

猛《いき》り立った巨砲の先端を、弥十郎は、赤味をおびた女華に押し当てた。

ぴくっ、とお新の軀が動いた。が、ふて腐れたように、抵抗はしない。

すでに処女ではなく、男の扱いにも長《た》けた女だけに、囚われの身で犯されることは覚悟の内なのだろう。

湿った割れ目に、弥十郎は、丸々と膨れ上がっている玉冠部《ぎょくかんぶ》をこすりつける。

お新は何も感じないふりをしていたが、熱い肉塊で巧みに刺激されると、花園の内部から次第に透明な露がにじみでてきた。

その花蜜を、たっぷりと玉冠部にまぶしてから、弥十郎は、つるりと上へ滑らせる。

赤茶色をした排泄孔《はいせつこう》に密着した。放射状の皺《しわ》の中心部、後門にだ。

お新が不審に思うよりも先に、ずずっと臀の孔を犯す。

「――――っ‼」

お新の背中が、弓のように反り返った。

喉の奥から絶叫が迸《ほとばし》ったはずだが、猿轡《さるぐつわ》に阻《はば》まれて不明瞭な呻《うめ》きにしか聞こえない。

その時には、弥十郎の巨砲は根元まで不浄門の内部に埋没していた。

「……ん……んぅ」

お新の全身から、脂汗が噴きだしていた。激痛のあまり、全身が固まったようになっている。

そして、弥十郎の肉根の根元は、女の後門括約筋《かつやくきん》に痛いほど締めつけられていた。

ふと、お新に憐《あわ》れみを覚えた弥十郎であったが、（いや、わしの男のものを嚙み切って殺そうとした悪女だぞ。情けは無用だ）と考え直す。

そして、巨砲を後退させた。

「むむ……んむむっ」

お新は必死で、頭を振る。

「抜いてはいかんというのだな。では――」

ずんっ、と深々と突く。

「ううんっ……」

お新は、火に炙《あぶ》られた芋虫のように身悶えした。頭の天辺《てっぺん》まで、稲妻のような激痛が走ったことであろう。

弥十郎は、少しだけ猿轡を緩めてやった。

「くそっ……殺してやる…ド三一《サンピン》め……」

お新は、こもった声で悪態をついた。

「は、早く、その腐れ摩羅を……あたしの臀の孔から抜きやがれっ」

荒い息をつきながら、お新は言った。

「覚えてろよ。月夜の晩ばかりと思うな。い、いつか……その薄汚い摩羅を剃刀《かみそり》で切り刻んで、野良犬の餌にしてやるからなっ」

「その罵《ば》詈《り》雑《ぞう》言《ごん》、まだ悪党の性根は改まらぬと見えるな」

少しでも憐憫《れんびん》の情を感じた自分の甘さを嗤《わら》いながら、弥十郎は抽送を開始した。

「ひぎっ…おおォォっ！」

悲鳴をあげるお新にかまわず、くびれの近くまで後退すると、桃色をした内部粘膜が外へ引きずりだされる。

深く突き入れると、背後の門の周囲の皮膚までが、中へ引っぱりこまれた。

それを何度も繰り返しているうちに、お新の悲鳴の音色に変化が起こってきた。

ところどころに、甘えるような喘《あえ》ぎが混ざりだしたのである。

「あふ…あふ……もう、もう堪忍してぇ……」

「では、頭《かしら》の名を吐くか」

「言う……言いますから……やめて」

弥十郎は、腰の動きを停止させた。

「頭は、何という奴だ」

「お万……銀猫《ぎんねこ》お万……」

「女か」

「ただの女じゃない。女ばかりを集めた盗賊一味〈紅蓮組《ぐれんぐみ》〉の頭目で……女女事《めめごと》の達人」

女女事とは、読んで字の如く、女同士の性的行為をいう。先ほど述べた衆道《しゅどう》の逆である。

現代の言葉では、〈レズビアン〉ということになろう。

さらに、銀猫とは遊女の別名であった。

猫は〈寝子《ねこ》〉の当て字で、金で寝る岡場所の妓《おんな》という意味である。

そして、金猫とは料金が金一分、銀猫とは銀二朱の妓をさす。

特に、本所の回向院界隈や市ヶ谷の八幡宮門前町の岡場所にいる妓を、猫と呼んだ。

お万という女頭目は、前身がその銀猫なのかもしれない。

「しかも、女忍《くのいち》くずれという噂で、あたしたちにも体術を仕込んだの……」

それで、お新は湊屋に忍びこんだり、庭木の幹を蹴って塀を越えたり出来たのである。

「だが、さっきの国侍風の奴は男だろう」

「あれは、都鳥《みやこどり》の玄太《げんた》という一匹狼の盗賊……銀猫のお頭の昔の知り合いだそうな……きっと、奴も忍びくずれ……時々、こんな殺し絡みの仕事を持ってくる」

「ふうむ……で、仲間は何人だ」

「お頭と玄太、それから配下の女たちが五人……」

「全部で七人か」

それでも、玄太は隻眼《せきがん》になったのだから、戦力は少し減ったというべきか。

「彼奴《きやつ》らの宿はどこだ」

「三益屋《みますや》……でも、もう、全員消えているはず……」

「なるほど。玄太を逃したからのう」

そう言って、弥十郎は、巨砲を後門から引き抜こうとした。

「ま、待ってっ」

「いかが致した」

「ぬ…抜かないで……」

「痛むのか。少しの間だけ、辛抱せい」

「違うの」

お新は躊躇《とまど》いながら、

「もっと……もっと、お臀を責めて欲しいんです」

「お前……責めの味を覚えたのか」

「はい……」

先ほどまでの悪鬼のように吠えた女とは別人のように、小娘のような羞《は》じらいを見せて、お新は言った。

男も女も、拷問を受けている間に痛みを緩和する脳内麻薬が分泌されて、苦痛が快感に転じることがあるという。

被虐《ひぎゃく》に目覚めるというやつだ。今のお新の状態が、まさに、それなのであった。

「俺のもので臀を責められると、気が逝《い》きそうか」

「は、はい……」

蕩《とろ》けるような声で、お新は答えた。完全な被虐愛好者の声であった。

「よかろう。素直に喋ってくれた礼だ」

弥十郎は、女の柔らかな臀肉を両手で鷲摑みにすると、

「参るぞ」

「ご存分に……」

「それっ」

ずずずんっ、と突いた。

「ひァァ……っ！」

笛のようにか細い悲鳴を上げて、お新が仰《の》けぞる。

弥十郎は、突いた。美女の臀孔を突いて、突いて、突きまくる。

お新は、狂ったように悦《よ》がりまくった。

「こ、こんなの……こんなの初めて……一番大きい張形よりも、もっと巨《おお》きいんだもの……それに火傷しそうに熱くて、石のように硬い……ひぃあっ」

張形とは、鼈甲《べっこう》などで作った擬似男根、ディルドゥのことである。

大奥の女中たちは、女同士の行為で、これを使用するという。また、孤閨《こけい》を守る後家なども、これで自分を慰めていた。

「今までのどんな男より……女同士でも……こんなに深い悦びを感じたことないよ……お腹の中を掻きまわされて……ぐちゃぐちゃになってるぅぅっ!」

お新は、猿轡の間から切れ切れに叫ぶ。

それが偽《いつわ》りでも芝居でもない証拠に、女華からも愛汁《あいじゅう》が大量に溢れて、白い内腿《うちもも》を流れ落ちていた。

ついに、弥十郎の快楽曲線が急上昇して、関門が開かれた。

熱湯のような白濁した溶岩流が、女の腸《はらわた》の奥に怒濤のように勢い良く流れこむ。

「――――っ‼」

同時に、お新も全身を痙攣《けいれん》させて、絶頂に達した。ぎゅ、ぎゅっ……と括約筋が窄《すぼ》まる。

何度かに分けて大量に放出してから、弥十郎は、柔らかくなったものを抜いた。

まだ、汗まみれの女の臀肉《うちひだ》が、ひくっ、ひくっと震えている。

ぽっかりと口を開いて内襞を見せている後門から、とろりと白濁した液が逆流してきた。

弥十郎は、それを華紙《はながみ》で拭ってやる。自分のものも後始末して、身繕いをした。

それから、ぐったりしているお新の縄と猿轡を、解いてやった。

着物の裾を下ろしてやると、その脇に五枚の一両小判を置いて、

「落ち着いたら、何処《いずこ》へなりと去れ。二度と仲間のところへ戻らず、堅気になるのだ。よいな、お新」

弥十郎は、静かに物置から出ていった。

「……馬鹿」

そう呟《つぶや》いたお新の目から、ほろりと涙の粒が転げ落ちる。

第四章　水《すい》魔《ま》

一

「おい、喜多《きた》さん。おいってば」

「………」

「どうしたんだよ、一体。昨日の夜から、一言も口を利いてくれないが」

「………」

「何を怒ってるんだ」

「……別に怒っちゃいないよ」

明らかに怒りを含んだ声で、喜多さんのお北は言った。

翌日の早朝、二人は戸塚宿を立ち、藤沢、平塚、大磯と通り過ぎて、ここは小八幡《こやわた》の立場《たてば》を過ぎたあたりだ。

立場とは、宿場ほどの規模ではないが、人足や馬を調達出来る街道沿いの集落のことをいう。

この先に、酒匂川《さかわがわ》がある。

東海道の大きな川には、江戸防衛の見地から架橋しないことが多いが、この酒匂川もそうであった。

十月から翌年二月までの冬の間だけは仮の土橋が架けられるが、三月から九月までは川越人足に渡してもらうことになる。

そろそろ、申《さる》の上刻《じようこく》――午後四時近い。

左手の松林を抜けて一町ほど南へ歩くと、そこは相模湾である。風の中にも、潮の香が含まれているようだ。

「ほら。やっぱり怒ってるじゃないか」

呆《あき》れ顔で、弥次《やじ》さんの弥十郎《やじゆうろう》が言う。

「腹でもこわしたのか」

「馬鹿っ、何を言ってんだっ」

お北は立ち止まって、振り向いた。

「あたし…俺らを部屋に放っておいて、お新姐御《あねご》といやらしいことをしてたくせにっ」

「む……それは誤解だ」

「何が誤解なもんか。部屋に戻ってきた時、弥十郎…弥次さんの着物から女の匂いが、ぷんぷんしてたぞっ」

「いや、それはなあ……昨夜も説明しようとしたが、喜多さんが聞いてくれなかったじゃないか」

「ふん。姿を消したお新姐御と、どこで逢い引きする手筈《てはず》になってるんだ。俺らが邪魔なんだろ。逢い引きでも駆け落ちでも、一人で好きなことをするがいいや」

嫉妬を剝《む》きだしにして、お北は言った。

男二人が衆道《しゅどう》のもつれによる喧嘩をしているのかと、道を行く人々が面白そうにこっちを見ている。

大坂まで運ぶ黄金の月光菩薩は、護り袋に入れて首から下げ、胸の谷間に挟んでいる。お北は、その晒し巻きの胸を叩いて、

「約束だから、大坂の蔵屋敷まで行って、これを届けはするよ。俺ら一人でね。じゃあ、さよならっ」

そのまま、弥十郎を置いて立ち去ろうとする。

「おい。ちょっと、待て――」

　これ以上、道端で旅人たちの晒し者になっては叶わないので、弥十郎はお北の肩を掴むと、左手の松林の中へ連れ込んだ。

「放せよ、放せってば」

　お北は肩を揺すって、弥十郎の手を払いのける。

「聞け。お新は敵の一味だ」

「は……？」

　ぽかんとした顔で、お北は弥十郎の顔を見た。

「湊屋《みなとや》に忍びこんで、土蔵から月光菩薩を盗むために、喜多さんの父の伝兵衛《でんべえ》殿を突き飛ばした忍び装束の奴――あれは、お新だ」

「えぇっ！」

　お北は、驚愕のあまり、左肩の振り分け荷物を落としてしまった。

「で、でも、あの体術は並の女では……」

「仕込まれたそうだ、銀猫《ぎんねこ》お万というお頭《かしら》に。そう言う喜多さんだって、長い修練の賜物《たまもの》で、並の女にはとても無理なことが出来るじゃないか」

　微笑した弥十郎は、お新から得た情報をお北に教えてやった。

強引に後門を犯して被虐《ひぎやく》の味に目覚めさせることでお新の口を割らせたことは、無論、伏せておく。

「お新を白状させるために多少、手荒い方法を使った。女の匂いは、その時に移ったのだろう」

いささか後ろめたさを感じながら、弥十郎は言い訳をした。

「で……殺したの、姐御を？」

お北は、心配そうに訊く。

「いや。金をやって、足を洗えと言っておいた。どうせ、二度も仕事をしくじったのだから、おめおめと仲間の元へは帰れまいと思ってな。もう会うこともあるまい」

「ふうん……」お北は考えて、

「じゃあ、あの時、風呂の外から覗いていたのは、野良猫じゃなくて、国侍に化けてた都鳥《みやこどり》の玄太《げんた》って奴だったのかなあ」

「湯殿で覗かれていたァ？」

弥十郎は驚いた。

「なぜ、そんな大事なことを今まで黙っていたのだ。あの時、変わったことはなかったかと訊いたであろうがっ」

「もう、そんなに、がんがん言わなくていいじゃない、怒りん坊っ！」

お北は、そっぽを向いて童女のように頰を膨らませた。

「むむ」

弥十郎は深呼吸して、気持ちを鎮めてから、

「わかった。もう怒らないから……木股《きまた》を脱いでくれ」

「はあっ？」

唖然《あぜん》として、お北は弥十郎を見つめる。

二

「あ、いや、脱がなくてもよい。穿いたままでも良いから、木股の前に、これを入れるのだ」

弥十郎は、己《おの》れの振り分け荷物の中から、巾着袋を取りだして、お北に渡す。

「何、これ」

「昨日の六郷川と今日の平塚宿の手前の馬入川《ばにゅうがわ》では、私たちは渡し船に乗った」

「だが、この先の酒匂川は徒渡《かちわた》しなのだ」

徒渡しとは、川越人足に肩車して貰うか、複数の川越人足が担ぐ輦台《れんだい》に乗って、川を渡ることをいう。

「それがどうしたの」

「人足に肩車されたら、喜多さんが女であることがわかってしまうんだ」

「何で？」

「つまり、股間に…ないからだよ」

「あっ……！」

お北は真っ赤になった。

「それ以外にも、肌触りとか汗の匂いとかあるが、肩車をされると、ちょうど客の股間が人足の首の後ろに密着する。その感触で、男か女かわかってしまうのだ。何しろ、一年で何百人も、いや、千人も二千人も人を乗せてる連中だからなあ」

「輦台に乗ればいいじゃないっ」

弥十郎の話を聞いているうちに、川越人足に肩車をしてもらうのが急におぞましくなった、お北である。

「ああ、そうだね」

自分の秘部が、木綿《もめん》に包まれた女の最も大切な部分が、身も知らぬ男の汗ばんだ首に密着するかと思うと、ぞっとするのだ。

「お前が女ならば、そうする。身分のある武士も、輦台を使う。ところが、わしたち…俺たちは今、町人の格好をしているだろう。だから、輦台を雇うのは凄く不自然なのだ。町人の男は、よほどの金持ちでもない限り、人足の肩車で渡るのだよ」

「う……………」

お北は追い詰められた表情になった。

「そこで必要なのが、これだ」

弥十郎は巾着の口を開いて、中から何かを取りだす。

それは、不格好なお手玉のような代物《しろもの》だった。

「中に真綿や丸めた端布が詰めてある。つまり、偽物《にせもの》の布倶里《ふぐり》だ」

布倶里とは、男の玉袋、陰嚢《いんのう》のことである。

「これを……」

「喜多さんのあそこに入れる。そうすれば、人足の首には、これが当たるというわけだ」

「……」

お北は、生きた蝦蟇蛙《がまがえる》を三匹続けて丸呑みしろと命令されたかのように、露骨に顔をしかめた。

「ほら」

弥十郎は、お北の手に偽布倶里を押しつけると、後ろを向いた。

「さ、早くしてくれ」

「もう……何だか苦労するのは、あたしばっかり」

そう愚痴りながら、お北は、弥十郎に背を向けた。

気味悪そうに、偽布倶里を揉んでみる。

「男のあそこって、こんな、ふにゅふにゅなの」

「まあな」

「こんなに柔らかいのに、下帯で締めつけられて、痛くないの」

「大丈夫なようになっている……いいから、早く入れるんだ」

「はい、はい」

仕方なく、お北は、木股の中に手を入れて、淡い恥毛に飾られた秘処《ひめどころ》に偽布倶里をあてがう。

「何か……納まりが……」

奥へ押しこもうとしたら、左の裾から、ぽとりと地面に落ちてしまった。お北は、それを拾いながら、

「あたしは女だから、どこに納めればいいのかわかんないよォ、弥次さん」

「ええい、仕方がないな」

振り向いた弥十郎は、お北の右後ろに立つ。

「貸してみろ」

「はい」

偽布倶里を受け取ると、弥十郎は咳払いをしてから、

「動いてはならんぞ」

「うん……」

お北は顔を伏せた。耳朶《じだ》が、赤くなっている。

「──御免」

その偽布倶里を、弥十郎は木股の中へ押しこんだ。

彼の手に、十八娘の引き締まった下腹が密着し、指先に絹糸のように細い柔毛が絡みつく。

さらに押しこむと、湿った割れ目に触れた。思わず、弥十郎の手が止まる。

「……」

お北は、肩越しに男の顔を見上げた。

頬が真っ赤に染まって、目が潤んでいる。その潤んだ目で、瞬《まばた》きもせずに、じっと弥十郎を見つめるのだ。

弥十郎もまた、そのお北の瞳を、じっと覗きこんだ。

お北の長い睫毛《まつげ》が震えて、そっと瞼《まぶた》が閉じられる。

そして、ふっくらとした唇がわずかに開かれて、真珠を並べたような歯が見えた。ほんの少し、顎の先が持ち上がる。

「……」

弥十郎は、ひどく緊張した表情になると、我が唇をお北のそれに近づけた。

「――何をしてんだ、おめえら」

その濁声《だみごえ》に、はっと顔を上げると、二人の男が街道の方から、こちらへ近づいてくる。

額に捻《ねじ》り鉢巻、紙のように薄くなった袖無し半纏《はんてん》の下は、赤い下帯一本の半裸だ。

日焼けした逞しい軀《からだ》で、右手に息杖《いきづえ》を持ち、半纏の右肩に当て布をしている。

つまり、二人とも駕籠掻きなのであった。

「お大名がお通りになる天下の街道が目と鼻の先にあるってのに、男同士で股座《またぐら》をいじってるとは、とんでもねえ了見だ」

手前の団子鼻の駕籠掻きが、言った。すると、後ろの前歯の欠けた駕籠掻きが、

「まあ、駿州《すんしゅう》。あんな可愛い顔をした小僧っ子なら、そこらの飯盛女《めしもりおんな》なんかより、よっぽど上物だぜ」

「なるほど、尾州《びしゅう》。おめえが言うのも、もっともだ。小便をしに松林の中へ入ってきたら、とんだ拾い物をしたなあ」

このように名前ではなく、駿州、尾州と地名で呼び合うのは、駕籠掻き稼業の特徴であった。

「おい、若いの」と駿州。

「その小僧っ子を置いて、さっさと行っちまいな。財布も巾着も、忘れずに置いていけよ。小僧は、俺たちが飽きるまで可愛がったら、蔭郎女衒《かげろうぜげん》にでも売り飛ばしてやるから、安心するがいいやっ」

女衒とは、遊女にするために女の子を集める人買いのことだ。

同じように、蔭郎茶屋で働かせるために美少年を買い集める稼業の者を、蔭郎女衒と呼んだのである。

「物の本には」弥十郎は、お北《おきた》を背後に庇《かば》いながら、

「酒匂川の近くは夜になると追い剝《は》ぎが出るから物騒――とあったが、近頃は明るい内から出るんだな」

「何だとっ⁉」

「てめえ、俺たちを追い剝ぎ扱いしやがるかっ」

追い剝ぎより非道なことをしようとしていたくせに、二人の駕籠搔きは激怒した。

「かまわねえから、尾州。この野郎を叩きのめして、身ぐるみ剝いじまおうぜっ」

「小僧っ子の一番乗りは、俺に任せてくれよっ」

「馬鹿野郎、二人一緒に楽しめばいいじゃねえか」

「なるほど、俺たちは駕籠の先棒と後棒だ。小僧っ子の口と後ろの方を、同時に姦《や》っちまえばいいんだなっ」

「そういうこったっ！」

威勢良く叫びながら、先棒の駿州は息杖を大きく振り上げて、弥十郎に殴りか

かった。

弥十郎は道中差の柄《つか》に手も触れず、さっと息杖の一撃をかわした。

かわしたと見るや、その息杖を両手で摑む。あわてて駿州が引き戻すよりも早く、くいっと捻《ひね》った。

たったそれだけのことで、息杖は駕籠舁きの手を放れて、弥十郎のものとなる。

その息杖を、弥十郎は、ひょいと突きだした。

「げふっ」

鳩尾《みぞおち》の真ん中を息杖の先端で突かれた駿州は、二間《にけん》ばかり後方へ吹っ飛ぶ。

「野郎っ」

その間に、後棒の尾州が弥十郎の左側へまわりこんで、息杖を振るおうとした。

が、そいつの側面から滑るように間合を詰めたお北が、右脇腹へ左の肘を打ちこむ。

「うっ」

尾州は、息杖を放りだした。

前へまわりこんだお北は、右の前蹴りを相手の股間に放つ。

「おぐっ！」

男子の急所を潰された尾州は、海老のように背中を丸めて気絶した。駿州の方も、気を失っている。

「やれやれ」

息杖を捨てて、弥十郎は溜息《ためいき》をついた。

「とんだ邪魔が入ったなあ、喜多さん」

先ほどの接吻直前の件を忘れようとするかのように、わざと軽い口調で言う。

「ああ、なるほどね」

お北が、一人で頷く。

「何が、なるほどなんだ」

すると、お北は、木股の上から偽布倶里を撫でて、

「本当に、ふにゅふにゅ……だった」

三

「ん？」

川越人足の頭《かしら》が、鼻をひくつかせて、

「お前さんたち、えらく青くさいのう」

「すまねえ。ゆんべ、隣の座敷の野郎の鼾《いびき》がうるさくて、ほとんど寝られなかったんだ。それで、街道脇の涼しい草叢《くさむら》で良い気分で昼寝をしたら、潰れた草っ葉の汁がくっついて、この有様よ」

弥十郎が陽気な口調で、弁解する。

そこは酒匂川の東岸、川会所《かわかいしょ》の前であった。時刻が遅いので、他に旅人の姿はない。

「ふーん、昼寝ねえ」

人足頭は、じろじろとお北と弥十郎を見比べると、にやりと嗤《わら》った。

「どんな昼寝だったんか、ずいぶんと派手に草の中を転げまわったようだが……まあ、男同士で旅に出ると、そういう仲になりやすいというからのう。へっへっへ」

あの駕籠掻きたちが、弥十郎とお北を衆道《しゆどう》の仲と誤解したのを参考にして、石で擦り潰した草汁を着物に擦りつけたのである。

こうすれば、お北の女の匂いが消せるし、衆道の女役を務める者ならば、軀《からだ》つきが男らしくなくても不審には思われまい。

何しろ、そのために日本六十余州から集められた蔭郎《かげろう》茶屋の美少年たちの中には、女よりも華奢《きやしや》な者が幾らでもいたという。

弥十郎は、頭の手の中に心付けを握らせて、

「まあ、よろしく頼むぜ」

「おう」

人足頭は、掌《てのひら》の感触で金額を確かめると、

「常公《つねこう》、この兄さんを乗せてやんな。定《さだ》、てめえは、こっちの小僧さんだっ」

「へいっ」

「任しときっ」

肩幅の広い常が弥十郎を肩車し、ひどく日に焼けた定が、お北を肩車する。

「おめえさんたちは、運が良い」と定。

「今朝早くに、上流で雨が降ってなあ。今の水嵩《みずかさ》は四尺二寸、あと三寸ばかり増えたら、川留めだったぜ」

「へえ、そうかい」

弥十郎は感心して、

「水嵩が高くて大変だろうが、酒代《さかて》は、はずむからよ。よろしく頼むよ」

「聞いたか、定。しっかり渡ろうぜ」

「おうよ、常兄ィ」

人足たちは張り切って、川に入った。

水深が百三十センチ弱と深いので、肩の上の客は、濡れないように両足を前に伸ばさなければならない。

草汁と衆道の女役であることをほのめかしたせいか、お北を担いだ定は、別に不思議そうな顔はしなかった。

正伝鬼倒流柔術《せいでんきとうりゆう》の修業のため、普通の娘よりも肉体が引き締まっていることも、女であることを隠すために役立ったのだろう。

酒匂川の中央には中州がある。人足たちも弥十郎たちも、そこで一服した。

ずっと、両足を前に突っ張っている客の方も、わりと疲れるものだ。

「さあ、行こうか」

常の声に、弥十郎とお北は再び、人足たちの肩の上に乗っかる。要領がわかってきたので、乗るのも少し楽になった。

「この先に深みがあるんだ。兄さん、動かねえでくれよ。足を滑らせると、その深みに、はまっちまうからな」

定が、念を押した。

「わかった、わかった」

お北は、なるべく男っぽく答える。

その時、視界の右の隅を何かが動いた。

「……？」

そちらを見ても、川面《かわも》があるばかりで、何もいるはずがない。

（燕《つばめ》でも過ぎったのかな……）

空を仰いで、お北が燕の姿を探した途端、

「わわっ」

何があったのか、定が体勢を崩した。

「ひゃあっ」

為《な》す術《すべ》もなく、お北は頭から川に落ちる。

江戸っ子で泳げる者は、そう多くない。大抵は、水に落ちたら沈むばっかりという〈徳利《とくり》〉である。

泳げる女性の比率は、男よりも、さらに低かった。

何しろ、水着というものがないのだから、山奥の村の生まれか、漁村の生まれでもない限り、女性が泳げるわけがない。

しかも、女の着つけは男よりも窮屈《きゅうくつ》で、自由度が低いから、水を吸うと四肢《しし》に絡みついて、どうにも動けなくなる。

だから、江戸の女は水に落ちることを非常に怖れた。逆に、自殺する時は川に身を投げた。

ただでさえ泳げないのに、袂《たもと》に石まで入れて入水すれば、女は絶対に助からなかったのである。

しかし――湊屋のお北は、ただの娘ではなかった。

柔術小町は、生まれ損ないの男女と陰口を叩かれたお北は、水泳術をも会得していたのである。

悲鳴を上げて落ちたので、肺の中に空気はない。

だから、お北は水を掻いて、飛魚のように水面から上体を突きだした。

「ぷはっ」

空気を一杯に吸いこむ。

再び、頭の天辺《てっぺん》まで水中に没したが、今度は、穏やかに浮上した。

見ると、弥十郎たちから四間《よんけん》以上も下流に流されている。それだけ、川の流れが速いのだ。

彼らの方へ、お北が泳ぎ出そうとした瞬間、

「ぐぼっ⁉」

彼女は、水中に引きずりこまれた。何者かが、彼女の右足を引っぱったのだ。

(河童《かっぱ》か……っ?)

骨の髄から恐怖を感じたお北が、やや濁った水の中を透かして見ると、海松《みる》のような長い黒髪と二つの乳房が見えた。

お北は、その牝河童を左足で蹴った。

蹴られた牝《めす》河童は、川底で半回転して態勢を整える。

裸の腰に、黒い紐のようなものが見えた。

海女《あま》が身につける素腰《すこし》と呼ばれる下着であった。

局部を、最小限の逆三角形の布で守るようになっている。

(河童じゃない……人間の女だっ)

銀猫お万の配下の一人であろう。

お新が猿のように身軽だったように、この女も、水泳術に優れているのだ。

先ほど視界の隅を過《よぎ》ったのは、水中を行く女の影だったのだろう。

川越人足の定の足を引っぱって、お北を水に落としたのに違いない。

その女は巧みに泳いで、お北の背後にまわった。

お北も振り向こうとしたが、着こんだ衣類に束縛されて、簡単には軀が動かせない。

背後をとった女は、お北の懐に右手を突っこんできた。

その晒しの下に大切な護り袋があることは、昨夜、湯殿を覗いた都鳥の玄太が確認していたのだろう。今は護り袋ではなく、印籠なのだが。

お北は右の肘打ちを入れようとしたが、水中なので威力がない。息が苦しくなってきた。

ついに、女の右手が、晒しの下の印籠を摑んだ。

お北は、がぼっと水を飲んでしまう。道中差を抜く余裕もない。

が、その右手がびくんっと震えて、背後の女がお北から離れた。

下半身に赤黒い煙のようなものを纏《まと》いながら、下流へと流されていく。

逞しい男の左腕が、背後からお北の顎の下にまわされた。着物を着ているから、弥十郎に違いない。

自分の軀《からだ》が浮上するのを、お北は感じた。

「げほっ、げほっ」

水面から顔を出したお北は、咳きこみながら息を吸う。

「しっかりしろっ」

お北を叱咤《しった》して、弥十郎は西岸へと泳ぐ。

彼は、お北が水中に引きこまれるのを見て、お万の乾分《こぶん》の仕業《しわざ》と気づいた。

それで、すぐに川に飛びこんで、泳ぐのに邪魔になる道中差を捨てた。

そして、懐《ふところ》に隠していたお新の匕首《あいくち》で、襲撃者の太腿《ふともも》を刺したのである。

すぐに、足が立つ深さになった。

「大丈夫か、もう少しだ」

左肩でお北を支えて、弥十郎は、ようやく岸へ上がった。全身の衣類が水を吸って、鎧《よろい》のように重くなっている。

本来、辿り着くべきだった場所より、半町ほど下流の岸であった。

お北は、砂地にへたりこんだ。

「おーい、大丈夫かあっ」

常と定が、こちらへ走って来る。

定は、自分が落としてしまった客なので、青くなっていた。常は、弥十郎が捨てた道中差を、川底から拾ってきてくれたらしい。

「む？」

ふと、弥十郎が見ると、濡れた木股がお北の股間に密着していた。

恥毛が薄いので、薄桃色の亀裂の形が、くっきりと浮かび上がっていた。

偽《にせ》の布倶里《ふぐり》は、水中で格闘した時に流されたのだろうが、これでは一目で男装の娘とわかってしまう。

二人の川越人足は、すぐそこまで迫っていた。

「お北、すまんっ」

十八娘の耳元に、弥十郎は素早く囁《ささや》いた。

「え……？」

その意味がわからずに、お北が弥十郎を見上げると、ぴしゃっと頬が鳴った。

弥十郎が、平手打ちにしたのだった。

第五章　処女の秘唇

一

「この馬鹿野郎っ！」

いきなり、頬を平手打ちされて呆然《ぼうぜん》としている喜多《きた》さんのお北に向かって、弥次《やじ》さんの弥十郎《やじゅうろう》は怒鳴りつけた。

「てめえも江戸っ子の端くれなら、他人様《ひとさま》の肩の上で、じたばたするんじゃねえ。いくら泳げねえからといって、怖がりすぎて水の中へ転げ落ちるとは、植木屋仲間の恥っ晒しだっ」

お北の胸倉《むなぐら》を摑んで、引き起こすと、

「着物の前を合わせて、土下座するんだ」

弥十郎は、早口で囁《ささや》く。それから、わざと拳骨を振り上げて、

「ひっぱたいてわからなきゃあ、拳骨の二、三発もくらわせてやろうかっ」

「す、すまねえ、兄貴っ」

事情を察したらしく、お北は急いで着物を直すと、その場に両手をついた。

「俺《オイ》ら、どうしても、水と辣韭《らっきょ》の天麩羅だけは鬼門で……勘弁してくんな」

へこへこと大袈裟に頭を下げる。とんだ勧進帳《かんじんちょう》であった。

裾を下ろして前も合わせたので、お北の透けた木股《きまた》は勿論、微妙に乳房の膨らみがわかる晒しを巻いた胸も、ちゃんと隠されていた。

昨夜の風呂の件があるので、黄金観音は防水仕様の小型印籠に入れて首から下げているから、川に落ちても心配がない。

「いいや、許せねえっ」

再び、弥十郎が拳を振り上げると、

「待った、兄ィっ」

定《さだ》が、その右腕に飛びついた。

「この若いのを川に落としたのは、俺の手落ちだ。言い訳じゃねえが、水の中で誰かに足を引っぱられたみてえに、足がもつれてな。だから、勘弁してやってくれ」

兄貴分の常《つね》も脇から、

「お客さん、俺からも頼むよ。客を落としたのは、川越人足の不始末だ。本当に、申し訳ねえ」

「そ、そうかね」弥十郎は、拳を下ろして、

「こいつは、親方から面倒を見てやれと言われている弟分でね。だから、こいつのしくじりは、俺のしくじりになるんだ」

「わかる、わかるよ」と常。

「なあ、小僧さん。ひっぱたいた兄ィ《あに》を恨んじゃいけねえぜ。男はよ、引っぱたかれて蹴っ飛ばされて、一人前になるんだ。どんな稼業でも、みんな、そんな風に我慢してるんだぜ」

「はい、はい」

立ち上がりながら、涙をふく真似をするお北であった。

「じゃあ、お客さん。これを」

常は、川底から拾い上げた道中差を弥十郎に渡した。

礼を言った弥十郎が、酒代《さかて》を渡そうとすると、

「冗談じゃねえ。それは、客を乗せて無事に川を渡した時に受け取るもんだ。そ

れより、川会所《かわかいしょ》へ寄ってくれ。二人とも、その着物を脱いで、乾かさねえと」

そんなことをしたら、平手打ちまでした芝居の苦労が、水の泡になってしまう。

「それなら、心配いらねえ」と弥十郎。

「小田原宿は、もう目と鼻の先だ。この陽気だ、歩いているうちに半乾きになるよ。旅籠《はたご》で風呂に入り、浴衣を引っかけて、着物は女中に洗って貰えば、明日の朝までに乾くさ。それと、こいつは気は心ってやつだ。黙って、納めてくれ」

相手が返事をする隙《すき》も与えないほど早口でまくし立てて、常の手に酒代を握らせた。

「じゃあ、世話になったな」

軽く頭を下げると、お北の腕をとって、さっさと西へ歩き出す。

「お客さん。道中、気をつけてな」

「達者でな」

二人の川越人足は、手を振って見送った。

振り向いて片手を上げて応えた弥十郎に、左の頬を撫でながら、お北が小声で一言。

「ほんっとに、痛かったんだからね――」

「済まない。いや、本当に悪かった」

宿の浴衣と替えの下帯などを手にして、脱衣所に入った弥十郎は、片手拝みしてお北に謝った。

「だが、咄嗟《とっさ》の場合だ。ああでもしないと、そなたの水に濡れて透けた木股《きまた》を、川越人足たちに見られてしまうところだった。そうしたら、たちまち女だと発覚てしまうからな。非常手段というやつだよ」

そこは、宮前町の〈伊勢屋〉という平旅籠《ひらはたご》であった。

常たちに宣言した通り、二人はずぶ濡れの姿で一色の立場《たてば》を通り過ぎ、小田原宿へ入ったのである。

二

この宿駅は、小田原藩十一万三千余石の城下町でもあるから、人口は約五千四百人、戸数は千五百を越える。

東海道の難所中の難所である箱根峠を前にして、参勤交代の大名が泊まることも多いので、本陣が四軒、脇本陣も四軒あるのだった。

弥十郎は宿に入ると、まず、後から宿泊した蔭供《かげとも》の一人、佐伯和馬《さえきかずま》に会った。

和馬に、濡れた道中差二振を渡して、

「すまんが、どこかの武具屋で、道中差を手に入れてくれ。こいつは、処分してもらって、構わない」

川で濡れた刀は、分解して水気をとり、柄糸《つかいと》などを巻き直さなければならない。いつ何時、銀猫《ぎんねこ》お万の手の者が襲ってくるかわからないのに、そんな悠長なことをしている余裕はないのだ。

江戸家老から路銀はたっぷり貰っているので、この場合は、別の道中差を買った方が早いのである。

「よし。任せておけ」

請け負った和馬は、懐《ふところ》から何かを取り出して、「代わりに、これを持っていろ」と弥十郎に渡した……。

「――御父《おと》つぁんにも、ぶたれたことないのに」

そっぽを向いて、お北が言う。

「だから、詫びているではないか。そなたを引っぱたく私の方も、心の中では泣いていたのだぞ」

「へえ……そう？」

「そうだとも」

なぜか、弥十郎は自慢げに胸を反らせた。

「じゃあ、一つだけ、あたしの言うことをきいてくれたら、弥次さんを許してあげる」

「仕方がないな」弥十郎は溜息《ためいき》をついて、

「私に出来ることなら、言うことをきこう。何だ」

「本当？」

「本当だとも、武士に二言はない」

重々しく頷く、弥十郎だ。

「じゃあ……」

お北は、ぽっと頰を染めて、

「一緒にお風呂に入って」

「え……」

啞然《あぜん》として、弥十郎は、男装娘を見つめた。

お北は目を伏せて、もじもじしながら、

「だって、さ。昨日の夜みたいに、窓の外に敵がいたら、物騒じゃない。だから、守ってもらわないと……でしょ？」

「うむ……そう……一理あるな。他の客は、もう風呂を済ませたというから、私がここで見張っていなくても大丈夫だろう」

弥十郎は、ことさらしかめっ面《つら》になって、

「では、先に入ってくれ」

「はい……」

お北は後ろ向きになると、いそいそと着物を脱ぎ始めた。

それに背を向けた弥十郎は、自分も唐桟縞《とうせんじま》の小袖を脱ぐ。

脱衣所の中に、奇妙な沈黙が生じていた。あの松林の中の接吻寸前の沈黙と、同じものであった。

「お先に――」

手拭いだけを持って、引戸を開けたお北が、湯殿へ入る。

弥十郎も、全裸になると手拭いで前を隠して、湯殿へ入った。

戸塚の宿の据風呂と違って、ここは枡形《ますがた》の湯槽が埋め込み式になっている。大きな湯槽だから、大人二人がゆっくり入れるサイズだ。

お北は、先に湯につかっている。筋骨逞しい弥十郎の姿が目に入ると、軀《からだ》を斜めに向けて、視線をそらせた。

弥十郎は、まず、湯気抜きの窓に近づいて、表の様子を窺った。

怪しい者がいないことを確認する。もっとも、少し離れた場所に、蔭供たちが潜んで見張っているはずだ。

それから弥十郎は、畳んだ手拭いを頭に乗せる。手桶で湯を掬い、下腹部を洗ってから、

「――御免」

高さ一尺ほどの湯槽の縁を跨いで、湯につかった。二人の人間が入ったので、中の湯が溢れて、簀《す》の子《こ》の上に流れ落ちる。

佐伯和馬から渡されたものを、弥十郎は臀《しり》の下に敷いた。

「……………」

お北は、胸に顎の先を埋めるようにして、黙っていた。その前に、黒漆塗りの小型印籠が浮いている。

男女などと陰口を叩かれているお北だが、薔薇《ばら》色に火照《ほて》った顔が汗で濡れて、後れ髪に滴《しずく》が光っている様は、実に美しい。年齢相応の色っぽさであった。

「頬は、まだ痛むか」

沈黙に堪えきれずに、弥十郎が問うと、

「うん。ひりひりする」

童児のように答える、お北だ。

弥十郎の右手が、湯の中から出た。お北の左の頬を、そっと撫でる。

お北の両手が、湯の中から出て、その男の手を挟んだ。そして、仔猫のように頬ずりをする。

「お北……」

激情が、弥十郎の身を灼《や》いた。男として耐えられる限界を超えた、激しく熱い炎であった。

お北の軀を、抱きすくめる。十八娘も、それを待っていたように、男の分厚い胸の中に身を投げかけた。

彼女の軀は、胡座《あぐら》をかいた男の膝の上に、横座りの姿勢になる。

「……」

弥十郎とお北は、互いの瞳を、まっすぐに見つめ合った。

男の顔に、何か激しい深刻な葛藤が現れては消え、消えては現れる。

ついに、彼の眼に妖しい炎が燃え上がると、お北は眼を閉じて、相手に全てを任せるように全身の力を抜いた。

「お北……」

弥十郎は、その紅唇に、自分のそれを重ねる。

三

「ん……んぅ……」

生まれて初めての接吻に、十八娘は陶然となった。男の舌先が、自分の唇を割って口の中に侵入しても、拒まない。

それどころか、自ら進んで舌を絡める。二人の舌が、夫婦蝶《めおとちょう》のように優しく縺《もつ》れ合った。

女の舌先が男の口に入り、男の舌先が女の口で遊ぶ。いつしか、お北の両腕は、男の太い首に巻きつけられていた。

情熱的な接吻を続けながら、男の右手がそっと脇腹を撫で上げて、左の乳房に触れる。

「あ……」

お北が喘《あえ》ぎながら、唇を外した。

「どうした」

「あたし……お乳が小さいでしょ」とお北。

「ごめんなさい。きっと、柔術の修業が過ぎたんだわ。男の人は、大きいお乳が好きなのよね。こんなことなら、御父《おと》つぁんの言った通り、道場へ通うんじゃなかった」

「そんなことを申すな。張りのある、形の良い胸乳《むなぢ》ではないか」

弥十郎は微笑した。

「私は、琴や縫い物をしている普通の娘よりも、男を投げ飛ばして活き活きとしている娘の方が好ましいと思う」

「本当？　本当にそう思う？」

すがるような口調で、お北が問う。

「武士に二言はないと申したであろうが」

「でも……」お北は、ちょっと拗《す》ねるような表情になって、

「最初に逢った時、倒れたあたしの……一番大事なところを見たくせに、弥十郎

様は、むすっと怒ったような顔してたじゃない」

「あれか」弥十郎は苦笑した。

「あれは、わざとそういう顔をしていたのだよ」

「わざと……？」

「良いか。武士たる者が、若い娘の大事なところが見えたからといって、好色漢のように鼻の下を伸ばして、にやにや笑うわけにはいかんだろうが」

そう言っている間も、弥十郎の右手は、お北の乳房をやさしく愛撫していた。

「乳の大きさも、私の好みじゃ。ちょうど良い」

「んぅ………」

男に愛撫される感覚に、お北は酔った。はぁーっ……と熱い息を吐いて、

「あたしの…あそこ、変じゃなかった？」

「何を言う。変どころか、例えようもなく美しかったぞ」

今まで自分が見た中で一番――と言いかけて、弥十郎は危うく口を噤《つぐ》んだ。

お北のように初心《うぶ》な娘が、惚れた男の女性遍歴を聞いて、嬉しい訳がない。いや、それは、ほとんどの女性に同様のことであるが……。

「美しい……」

乙女の瞳に、妖しい光が煌《きら》めいた。

「じゃあ、もう一遍見たい？」

あまりにも大胆な言葉を口にしてから、お北は思わず、顔を伏せてしまう。

「うむ……見せてくれ」

喉に絡んだような声で、弥十郎が言った。

すると、お北は、ゆっくりと身を起こした。湯の中に立ち上がると、男の目に下腹部が晒け出される。

淡い恥毛は濡れて肌に密着しているため、ふっくらとした女神《ヴィーナス》の丘と赤みを帯びた花裂の形がはっきりとわかる。

花裂の間から、ほんの少しだけ薄桃色の花弁が頭を覗かせていた。弥十郎が美しいと言ったのは、嘘でも偽《いつわ》りでもないのだ。

花裂の下から、湯の滴が垂れている。

お北の腰を両手で掴むと、弥十郎は、湯槽の縁に娘を座らせた。そして、両足を開かせる。

お北は男の望むままに、膝と膝の間に隠されているものを完全に露出した。

弥十郎は、引き締まった下腹部に顔を寄せて、そこにくちづけをした。

柔術娘の腹筋が、ぴくっと震える。お北は湯槽の縁を両手で握って、軀《からだ》を安定させた。

弥十郎の唇は、下腹を這《は》うようにして、ゆっくりと下へと移動する。

「……………」

お北の心の臓は、早鐘のように脈打っていた。生娘《きむすめ》ではあるが、男が何をするつもりなのか、想像がついたからだ。

恥毛を舐めた弥十郎の舌は、さらに、花裂の始まりに達した。花園に接吻する。

「そんなこと……汚いわ」

「そなたの軀に、汚いところなどあるものか」

そう言った弥十郎は、彼女の左の太腿《ふともも》を自分の右肩に乗せた。

花園の下の、茜色《あかね》をした窄《すぼ》まりまで見える。

そして、両手の親指で、女の花園を左右に開いた。

今まで、左右の膨らみの間に隠されていた花びらが、剝《む》きだしになった。

その一対の花びらには、よじれや皺《しわ》がなく、左右対称で形も整っている。桜貝のようだ。

弥十郎は、そこに唇を押し当てた。

これで、処女の上と下の両方の唇に接吻したことになる。

「ああっ……ん」

お北は未知の感覚に、首を左右に振った。

男の舌が、花びらを下から舐め上げると、

「ひっあっ……」

小さな悲鳴を洩らした。その行為からもたらされる快楽が、あまりにも鋭かったからであろう。

何度か花びらを舐め上げると、弥十郎は舌先を丸めて、花びらの間に差し入れた。

花びらの奥の花孔の入口を舐めて、さらに、その奥襞《おくひだ》をも、まさぐる。

「…………っ！」

声にならぬ叫びを上げて、お北の上半身が反り返った。後ろへ、倒れそうになる。

「危ないっ」

弥十郎は素早く、左手で、お北の右肘を摑んだ。

そっと、お北の軀を湯の中に戻して、

「済まぬ。そなたは、初めてだというのに、刺激が強すぎたようだ」

「ううん……」

お北は、男の胸に頬をすり寄せて、

「男と女のことなんて、あたしには一生関係ないと思っていたけど……初めて、わかった。好きな男の人に色んなことをされると、女は夢心地になるってことが……」

うっとりとした口調で言う。弥十郎は、そんな娘の頬を指で突ついて、

「これは、まだ序の口だ。本試合では、この何倍…いや、何十倍も夢心地になるのだぞ」

「へえ……」

お北の目に、好奇心と羞恥の両方の光が瞬《また》いた。

「だが、やはり、ここでは落ち着かない。後は、部屋に帰ってから」

「うん」

こっくりと頷く、お北であった。

その時、がたっと脱衣所の引戸が乱暴に開けられる音がした。

四

「っ⁉」

弥十郎たちは、二重の意味で心の臓が轟《とどろ》く。

次に、どたっと誰かが床に倒れこむ音が続いた。

「お北っ」

そう声をかけて、弥十郎は、湯槽から飛びだした。手拭いを腰に巻いて、和馬から渡されたものを右手に構えている。

それは、苦無《くない》であった。柳の葉のような形の両刃に、取っ手が付いている。忍者の武器でもある。

道中差を失った弥十郎に、和馬は護身用の隠し武器として、これを与えたのだった。

弥十郎は、脱衣所の方へ走りかけて、はっと振り向いた。

今の音が陽動策で、本当の敵は窓の方にいるという可能性を考えたからだ。

その慎重さが、彼の命を救った。

湯気抜きの窓から、何かが飛びこんでくる。

そいつは、弥十郎の軀《からだ》の脇をかすめて、簀《す》の子《こ》に突き刺さった。細身の銛《もり》であった。

後ろを向いたままだったら、間違いなく、背中の真ん中に突き刺さっていたであろう。

「むっ」

反射的に、弥十郎は、苦無を手裏剣として打った。

窓から覗いていた奴は、とっさに横へ逃げようとしたが、その左肩に苦無が突き刺さる。

「あっ」

叫んだその声は、女のものであった。

弥十郎は、手桶を拾い上げて、湯気抜き窓の格子に叩きつけた。格子が、ばらばらになって、吹っ飛ぶ。

そこから、さっと弥十郎は頭を出して、すぐに引っこめた。それから、もう一度、外へ頭を出す。

窓の外に人影はなかった。踏み台にしたらしい古い桶が転がり、引き抜かれた苦無が地面に落ちているだけだった。

「大丈夫かっ」

頭を引っこめた弥十郎は、お北の方を見た。

「はいっ」

緊張した面持《おもも》ちで、お北は力強く頷いた。

さすがに、並の娘とは度胸が違う。

すでに腰に手拭いを巻き、左腕で胸を隠していた。右手は自由にしている。

「窓から離れているのだっ」

そう言って、弥十郎は銛を引き抜くと、引戸の向こう側の様子を窺った。

それから、がらりと引戸を開く。

「おっ、源八！」

そこに倒れていたのは、蔭供《かげとも》の香取源八であった。まだ、宿の者は来ていない。

弥十郎は、お北の脱衣籠を摑んで、湯殿の彼女の前に置いた。

「人が来る。早くっ」

それだけで、お北には通じた。手拭いを腰から外すと、絞って、急いで軀を拭う。

弥十郎は、窓の外へ銛を捨てると、源八を抱き起こした。出血はないようだ。

「どうした、源八。しっかりせよっ」

「し……痺れ薬……我らの食事の中に……」

「わかった。すぐに医者を呼ばせるからな」

「き……き……ご……無事か……」

「うむ。安心せいっ」

ちらっとお北の方を見てから、弥十郎は、そっと源八を寝かせた。

湯殿への引戸を閉めると、腰の手拭いをとって、軀を拭く。

「あっ、楓《かえで》の間のお客さん、どうなさいましたっ」

五十がらみの太った番頭が、駆けつけてきた。

「どうもこうも、食あたりじゃないのか。この人の連れが、みんな倒れているというぜ」

「食あたり？」

番頭は、片手を打ち振って、

「冗談じゃございません。うちの食事は、ちゃんと…」

「番頭さん。そんな言い訳をしてるよりも、早く医者を呼ばないと」

下帯を締めた弥十郎は、浴衣を着ながら、

「万が一にも、このお侍たちが手遅れで亡くなったら、この旅籠《はたご》は潰れますよ」

「そんな……は、はいっ」

泡を喰って、番頭は去った。

かたり、と引戸が開いた。大急ぎで浴衣を着たお北が、顔を出す。

「このお侍……誰？」

「事情は、後で話す。部屋には戻ったら、襖《ふすま》も障子も開け放って、どこからでも誰からでも見えるようにしておくのだ。そうすれば、敵も襲いようがない」

「弥十郎様は？」

「調べたいことがある」

帯を締めた弥十郎は、「借りるぞ」と断って、源八の脇差を抜いた。自分の左腰に差す。

「食事はとるな。茶も飲むな。敵は痺れ薬を使うからなっ」

そう言って、弥十郎は、廊下へ飛びだした。

五

浴衣に武士の脇差、そして旅籠《はたご》の下駄といういささか奇妙な格好で、町人髷《まげ》の弥十郎は湯殿の裏へまわった。

地面に転がっている銛《もり》はそのままにして、苦無《くない》を拾う。

先端に血がついていた。地面にこすりつけて、その血をぬぐい落とす。

それから、身を低くして、月明かりを頼りに地面に落ちている血痕《けっこん》を探した。

裏木戸の方へ向かって、少しずつ零《こぼ》れた血を見つけると、それを追う。

裏木戸から路地へ出ると、弥十郎は唇に指を当てて、鳥の鳴き真似をした。

旅籠の周辺を警戒する蔭供《かげとも》への、合図であった。

しかし、返事はない。杉野政之進《せいのしん》たち四人が、あっさり殺《や》られるわけがないのだが。

(政之進たちも、一服盛られたのか……昨夜の件で、こちらに蔭供がいることが、お万一味に知られたからな)

彼らのことも案じられるが、今は、窓の外に潜んでいた女を追跡すべきであった。

再び地面に落ちている血痕を辿りながら、弥十郎は、そっと歩いてゆく。

小田原の城下町は、東西に伸びる東海道の通りと、松原神社の脇から天桂山《てんけいざん》玉宝寺《ぎょくほうじ》などがある北の方へと向かう通りが交わって、緩やかな逆T字型をなしている。

弥十郎は、寺院が立ち並ぶ街道の南側、つまり相模湊の方へと進んでいた。

海の近くには、千度小路《せんどこうじ》と呼ばれる漁師村があり、十艘《じっそう》と呼ばれる船持ちの有力者が漁師たちを統治している。

（敵は、千度小路に逃げこむつもりかな。酒匂川《さかわがわ》で襲ってきた女と同じ者なら、あの水泳術の巧みさからして、漁師村の出身でも不思議はないな……）

月明かりだけで血痕を探すのは、夜目の利く弥十郎にとっても容易ではない。

だが、どこに敵が潜んでいるかわからないのに、提灯《ちょうちん》なぞ持って間抜け面で追跡していたら、殺してくれと頼んでいるようなものだ。

「む……」

道の右手に、辻堂があった。その昇降段に、血痕がある。

道の両側は雑木林で、人影はない。

いる。

　弥十郎は道に落ちていた小石を数個拾うと、昇降段を上がった。

　勿論《もちろん》、扉の木連格子《きづれごうし》から辻堂の中を覗きこんでも、真っ暗で何も見えない。が、そこに何者かのいる気配は感じられた。そして、闇の中に殺気が充満している。

　回り縁に立って、観音開きの扉の左脇に位置した弥十郎は、

「そこにおるのは、わかっている」

　中の者に、そう告げた。

「いかに息を潜めていようと、ここまで逃げてきたために軀《からだ》が火照《ほて》り、汗の匂いを発しているのだ。女同士ならわかりにくいかもしれぬが、男の俺には、よくわかる」

　中から返事はない。

「お前は、酒匂川で喜多さんを襲った奴だろう。俺が、匕首《あいくち》で右足を刺したはずだ。そして、先ほどは、苦無を左肩に受けたはず。それだけの傷を負いながら、よくぞ、ここまで逃げてきたな。女ながら、大したものだ。どうだ、出てこぬか。命だけは助けてやる」

　やはり、返事はなかった。

「仕方がない……」

表情を引き締めた弥十郎は、ぱっと扉の前へ出ると、小石を二つ、続けざまに投げこんだ。

左右の隅へ、だ。辻堂のような狭い場所に隠れるとしたら、扉の正面ではなく、左右どちらかの隅に身を縮めているに違いないからだ。

羽目板にぶつかった固い音と、人体にぶつかった鈍い音が続けて聞こえた。

鈍い音と同時に、「うっ……！」という呻《うめ》き声も起こる。

これで、女が右の隅に潜んでいることがわかった。

「石は、幾らでもある。今度は、拳骨くらいあるやつを投げつけてやろうか」

「や、やめてっ！」

悲鳴のような叫びが、中から聞こえた。

「良し。武器を捨てろ」

「武器なんか、ない。あの銛だけ」

「では、明かりは持っているだろう」

「蠟燭《ろうそく》なら……」

「つけろ」

暗闇の中で、ごそごそと何かを取りだす音がして、さらに、火打鉄と火打石を摩擦する音がして火花が飛んだ。

やがて、火口から付木《つけぎ》に火がついて、それが蠟燭に移される。

その蠟燭の滴《しずく》を床に垂らすと、まだ固まらないうちに、そこへ蠟燭を立てて固定した。

「ふむ……」

その女は、長身であった。お北よりも背が高く、女にしては肩幅が広い。

眉の濃い中性的な顔立ちで、赤銅色に日焼けしている。切れ長の野性的な目だ。

年齢は十八、九か。美女というよりも、美青年のような容貌だ。

巻いて束ねた髪は、頭の上で留めてある。磯髷《いそまゆ》という髪型だった。

袖のない腰までの柿色の短襦袢《みじかじゆばん》を着て、扱き帯を締めている。乳房は、大きい方ではない。

片膝立ちなので、局部に黒い素腰をつけているのがわかった。

手足が長く、引き締まっている。右足の太腿《ふともも》には、晒し布を巻いていた。

左肩には手拭いを巻いているが、こちらは血が滲んでいた。

顔にも足にも新しい怪我がないところを見ると、弥十郎の投げた石は、胸か腹に当たったのであろう。

扉を開いて、弥十郎は辻堂の中へ入った。女の前に片膝をついて、

「名を聞いておこう」

「……つばめ」

「つばめ？」と弥十郎。

「燕雀《えんじゃく》いずくんぞ鴻鵠《こうこく》の志《こころざし》を知らんや――の燕《つばめ》か」

「何だか知らないけど、こんな字さ」

女は空中に、右の人差し指で字を書いてみせた。

「ふうむ、津羽女《つばめ》か。漁師の娘に鷗《かもめ》でも海猫でもなく、燕とつけるとは、そなたの両親は粋《いき》なことをするなあ」

「親なんかいるかっ」と津羽女。

「お父もお母も、時化《しけ》で波に呑まれた。あたいは九つの時から、伊勢の卯木村《うぎむら》で鮑《あわび》を取って一人で生きてきたんだっ」

「まっとうな海女《あま》ならば、婿《むこ》を貰って普通に生きることが出来たのではないか」

弥十郎は、辻堂の中の殺気が消えていないことを意識しながら、言った。

「うるさいっ」津羽女は叫んだ。

「十四の時に村長《むらおさ》に夜這いをかけられたから、その耳を嚙み千切って、頭に水瓶を叩きつけてやったんだ。だから、そのまま村から逃げだしたんだっ」

「そうか、それは気の毒であったな」

嘘偽《いつわ》りのない声音《こわね》で、弥十郎は言った。

「自分ではどうしようもない運命で、そなたが堅気の道を踏み外したのは、わかった。だからといって、銀猫お万の言いなりになって人殺しまで働こうとするのは、間違いだぞ」

「…………」

津羽女は言い返せずに、口を噤《つぐ》んだ。

「お万たちは今、どこにいる」

「知らねえ。最初の待ち合わせ場所は、西光寺の裏の空家だったけど、あたいが失敗した時には、別の場所に変わるんだ。そして、あたいは、姐《ねえ》さんの方から連絡が来るまでは、その場所がわからないんだよ」

「なるほど。用心深いことだ」

「ただ……という人が……」

俯《うなず》いた津羽女が、ぼそりと呟《つぶや》く。

「ん？　何と申した」

弥十郎が、津羽女の顔に耳を寄せると、

「っ！」

刃物を握った海女くずれの右手が、さっと振られた。

「むっ」

弥十郎の手刀が、津羽女の手首の内側を叩く。

刃物が、女の手から吹っ飛んで、辻堂の壁に突き刺さった。

それは、長さ一尺ほどの海差《うみざし》と呼ばれる刃物であった。

海女や漁師が、鮫《さめ》などに襲われた時の用心に携帯する武器である。

降伏したはずの津羽女は、鞘《さや》に入った海差を帯の後ろに差して隠し持ち、逆襲する機会を窺っていたのだった。

「ちきしょうっ！」

もはや何の武器もなくなった津羽女は、駄々っ子のように弥十郎に摑みかかった。

しかし、いくら荒海で鍛えた海女の腕力でも、本格的に武術の修業をした武士には、役に立たない。

軽々と津羽女をあしらって、その右腕を背中側へ捻《ひね》り上げる。

「い、痛いっ」

津羽女は悲鳴を上げた。

「当たり前だ。痛いように極《き》めている。もう少し捻ると、腕が折れるぞ」

「くそっ……」

「旅籠《はたご》の外に、俺の仲間が四名、見張りをしていたはずだが、どうした」

「知るもんかっ」

「では、この右腕に訊かねばなるまいな」

弥十郎がそう言った瞬間、殺気が一気に膨れ上がった。

「うっ！」

とっさに、弥十郎は左隅へ飛んだ。

第六章　女ごころ

一

ほぼ同時に――今まで弥十郎《やじゆうろう》がいた場所の床から、無反《むぞり》の長脇差《ながどす》が勢いよく飛びだした。

殺気は、津羽女《つばめ》のものだけではなく、床下に潜む敵のものでもあったのだ。

真下から串刺しにするのに失敗したと知った敵は、さっと刃《やいば》を引っこめる。

立ち上がった弥十郎は、辻堂から逃げだそうとした津羽女の脇腹に、当身《あてみ》をくれた。

蠟燭《ろうそく》が倒れて、消える。

「ん……」

気を失って床に崩れ落ちる女を視界の隅に見ながら、弥十郎は扉を蹴った。

そして、外へ飛びだした。

辻堂の前の道に、渡世人風の格好をした中年の男が立っている。

川崎宿の国侍——いや、忍びくずれの都鳥《みやこどり》の玄太《げんた》であった。右手に長脇差を構えている。

「命冥加《いのちみようが》な野郎だ。よほど悪運が強いのだな」

粗忽者《そこつもの》の侍を演じていた時とは違って、ひどく陰惨な表情である。こちらが、本当の顔なのだろう。

「運ではない。天は常に、正道をゆく者を守って下さるのだ」

弥十郎は、落ち着いた声で言う。

まだ、彼は脇差を抜いていない。両者の距離は三間《さんげん》——五メートル半くらいだ。

「ほざけっ」

吠えるように叫んだ玄太は、諸手突《もろてづ》きで突っこんできた。

弥十郎は右足を引いて、抜き打ち様に、かわした長脇差の刃を断ち割ろうとする。

が、その瞬間、玄太は高々と跳躍した。

川の上の虫を追う山女魚《やまめ》のように、空中で身を捻《ひね》ると、

「つぇいっ」

弥十郎めがけて、長脇差を投げつける。

並の武士であれば、剣術の常識を覆す忍びくずれの攻撃に愕然《がくぜん》として、その長脇差を避けられなかったであろう。

しかし、弥十郎は抜刀した脇差の軌道を瞬時に変更し、飛んできた長脇差を払いのけた。

払いのけただけでなく、玄太の着地点に向かって駆ける。

「おっ⁉」

着地した瞬間に懐《ふところ》の中の棒手裏剣を打とうとしていた玄太は、眼前に迫った弥十郎を見て、心底、驚いた。

空中から投げた長脇差で深手を負わせて、それでも息があるようなら手裏剣で止どめを刺す――というのが彼の作戦だったのだ。

が、すでに、棒手裏剣を取りだす暇はなかった。それより、弥十郎の脇差に斬られる方が早い。

だから、地面に爪先が接触した瞬間、玄太は、全身の発条《バネ》を使って、自分の左側へ跳んだ。

横薙《よこな》ぎにした脇差が、虚空《こくう》を斬る。

草叢《くさむら》の中へ側転した玄太は、立ち上がり様《ざま》に、懐へ入れた右手を抜いた。

抜きだす時のそのままの動作で、棒手裏剣を打とうとする。

その刹那《せつな》、彼の目の前で銀光が一閃《いっせん》した。

「が……っ！」

棒手裏剣を握ったまま、肘から切断された玄太の右腕は、くるりと回転しながら、二間ほど先の草叢へ落ちる。

玄太の体術も鮮やかだったが、弥十郎の動きは、その上をいっていたのだった。

「あ、あぁ……」

右腕の切断面から噴き出す血潮を見ながら、玄太は腑《ふ》抜けたような顔で、へたへたとその場に両膝を突いた。

それから、ゆっくりと己《おの》れが作った血溜まりの中へ、前のめりに倒れる。

一歩退がって、それを見届けた弥十郎は、

「……」

ひゅっ、と脇差を血振《ちぶり》した。納刀して、辻堂の方へ戻ろうとする。

その時、

「危ないっ！」

女の叫び声がして、何かが飛来する音がした。

弥十郎は、左へ跳びながら振り向く。

何と、血まみれの玄太が半身を起こして、左手で棒手裏剣を打とうとしていた。

その左手に、飛来した小石が命中する。

玄太の手から、棒手裏剣が吹っ飛んだ。

次の瞬間、弥十郎の振り下ろした脇差が、玄太の頭部を縦一文字に断ち割る。

「お新……裏切りおったな……」

喉の奥から絞り出すように言うと、玄太は再び、血溜まりに顔を突っこむ。さすがに、今度は完全に息絶えていた。

弥十郎は、玄太の着物の裾で刃にぬぐいをかけると、ゆっくりと立ち上がる。

四間ほど先に、ひっそりと影法師のように立っているのは、お新であった。髪は、普通の島田髷《まげ》に結《ゆ》っている。

「助かった。礼を言うぞ、お新」

弥十郎は笑みを浮かべる。

「そなたが声をかけてくれなかったら、俺の背中に棒手裏剣が突き立っていただろう」

「忍び者ァ、毒蛇と同じですよ」

近づいてきたお新は、わざと蓮《はす》っ葉《ぱ》な口調で言った。

「腕の一本や二本斬り落としても、頭を潰すまでは油断しちゃいけない」

「そうか。肝に銘じておこう」

何の気取りもなく、敵であった女の言うことを素直に受け取る弥十郎を見て、お新は胸を打たれたようであった。

「いえ、その……あたしゃ、お侍様に偉そうなことを言っちまって……」

逆に、どぎまぎして、顔を伏せてしまう。襟首《えりくび》に血が昇っていた。

「俺は仲間の元へ帰らずに逃げろと申したが、どうやら、遠巻きに見守ってくれていたのだな」

「差し出がましい真似を致しまして……でも、頂戴した五両の恩返しをしないと……」

お新の声は、ぼそぼそと消え入りそうであった。

「それなら、俺の仲間の安否を知らぬか。旅籠《はたご》の周囲を、四人の者が交替で警戒する手筈《てはず》だったのだが、俺の合図に応答がなかったのだ」

「それは、弥十郎様たちよりも先に小田原に着いて、上総屋《かずさや》に泊まった四人のお侍でしょう。板場の天井に潜んだ玄太が、食事に痺れ薬を振りかけたので、皆さん、寝こんでしまいました」

「やはり……」

伊勢屋に泊まった蔭供《かげとも》の香取源八たちと同じ手で、やられたのである。

「でも、医者が解毒剤を飲ませたようだから、そろそろ動けるようになってるんじゃないかしら」

「それは良かった」

ほっとした弥十郎は、辻堂の方へ歩きだして、

「しかし、なぜ、玄太は毒薬を使わなかったのかな。人殺しを躊躇《ためら》うような男ではないと思うが」

「だって、二軒の旅籠で八人ものお侍が毒殺されたら、大騒ぎになるでしょう」

男から一歩さがって歩きながら、お新が説明する。

「ですから、国家老様は、お万姐《ねえ》さんと玄太に、侍姿の者は無闇に殺すなとおっしゃったそうで」

江戸家老の筒井錦之丞《きんのじょう》を失脚させて、鶴亀藩寺尾家の実権を握ろうとする国家

老の中丸刑部《ぎょうぶ》にとって、家名を傷つけるような事態は困るというわけだ。

「それは、涙の出るほど有り難い気遣《きづか》いだな。道理で、町人の格好をしている俺が、何度も殺されかかったわけだ」

弥十郎は苦笑して、足を止めた。辻堂の前である。

「申し訳ございません、あたしも……弥十郎様に大変な真似を……」

お新は身を縮める。この女も、昨夜、旅籠の物置小屋の中で、弥十郎のものを嚙み千切ろうとしたのであった。

「いや、その後に、俺も同じくらい酷《むご》いことをしたからなあ。お互い様だろう」

「まあ……」

お新は、耳まで真っ赤になった。

男の象徴を嚙み千切るのに失敗した後、彼女は、弥十郎に背後の門を荒々しく凌辱《りょうじょく》されて、ついには責めの味に目覚めてしまったのである。

「ところで、お新」

弥十郎は扉を開き、まだ気絶している津羽女を見下ろして、

「この娘を休ませるところはないか」

二

「——今、灯《ひ》をつけますので」

先に板の間に上がったお新は、行灯《あんどん》の前に座って、火打道具を使う。

すぐに、行灯がともり、小屋の中が見渡せるようになった。

見渡すといっても、海辺の漁師小屋だから、鉤形《かぎがた》の土間と六畳ほどの広さの板の間だけである。

板の間の真ん中に囲炉裏《いろり》が切ってあり、隅に魚油のにおいが染みこんだような夜具が一組、畳んで置いてあった。

土間の奥には、網や稍《やす》、銛《もり》、蛸壺《たこつぼ》などの漁具が積んである。

「今は使っていなくて物置代わりにしているからと言って、漁師さんが貸してくれました。連れが足を痛めて歩けなくなったからという理由で、三日間借りましたよ」

「うむ。それで良い」

弥十郎は、左肩に津羽女を担いだまま、苦もなく、上がり框《かまち》から板の間へ上がった。

お新が敷いた夜具に、海女《あま》くずれの娘を横たえる。

「女でありながら、これほど軀《からだ》が出来ている者なら、三日もあれば普通に動けるようになるだろう」

渡世人の格好をした都鳥の玄太の死骸は、草叢《くさむら》の中に放置してきた。特殊武器である棒手裏剣は回収したから、彼の死は無宿者同士の喧嘩沙汰として処理され、町奉行所は下手人捜しなど行わないであろう。

「あの……弥十郎様」

囲炉裏に火を起こしながら、お新は遠慮がちに言った。

「どうして、貴方《あなた》様を殺そうとしたあたしや津羽女を、斬らないのですか。それどころか、あたしには旅費まで下さり、津羽女の怪我の心配までなすって」

「そうだなあ」

弥十郎は囲炉裏端に座って、笑顔を見せる。

「俺が、女に甘いからだろう」

「嘘ばっかり」

「嘘ではないよ。嘘ではないが……」

少しの間、弥十郎は言葉を選んでいたようだが、

「強《し》いて言えば、銀猫お万という女が許せないからかな」

真面目な顔で言った。

「姐《ねえ》さんが……そりゃあ、姐さんは悪党ですけど」

お新は、しんみりとした口調になって、

「でも、あたしたち五人――あたしと津羽女、兎絵《とえ》、そして、双子のお夏とお冬には、やさしい人なんです。男に非道《ひど》い目にあったあたしたちを、姐さんは助けてくれたし……あれの悦びも教えてくれて……」

あれとは女女事《めめごと》――つまり、女同士のレズビアンのことである。

「だから、あたしたちは姐さんのためなら、どんな危ない仕事だって、命賭けでやれるんです。男の人にはわからない、女だけの愛情があるんです。あたしは、もう姐さんのところへは帰れないけど……」

「お新」と弥十郎。

「俺は、お万という女は、お前たちを使い捨てにしているだけと思う」

「弥十郎様、それは……」

「まあ、聞け」弥十郎は語気を強めた。

「俺に衆道《しゅどう》の趣味はないが、悪所通いをした経験から、衆道の念者《ねんじゃ》と若衆《わかしゅ》は何組も知っている」

悪所とは、本来は公許の遊郭の意味だが、広くは岡場所や蔭郎《かげろう》茶屋など売色関係の場所全部を指す。

「衆道の関係は、男と女よりも嫉妬深いものでな。念者は、若衆が女と仲良く話していると、相手が実の姉であっても激しく問い詰めると言うくらいだ。若衆もまた、念者が上司の妻に時候の挨拶をしただけでも、死ぬの生きるのという騒ぎになる。俺には女同士のことはわからぬが、多分、衆道と同じではないのか」

「……………」

「お万という女が、本当にお前たちを愛《いと》しく思っているのなら、裏稼業の者である以上、危険な仕事をさせるのは仕方がない。だが、男を誘惑して殺せと命じるのはおかしいだろう。本来なら、お前たちの髪の毛一筋といえども、男の手に触れさせたくないはず。いや、相手が女であっても触れさせたくないというのが本音のはずだ。そうではないのか」

「……………」

「お新は身軽で体術に優れ、色香で男を籠絡《ろうらく》することも出来る。津羽女は水泳術に優れ、体力も気力も並の武士以上だ。そういうお前たちの長所と忠誠心を活かして、便利な殺しの道具として使っているのだ。そうは思わぬか」

「いえ、で、でも……」

反論しようとしたお新だが、次の言葉が口から出てこない。

「なぜ、俺を殺そうとしたお前たちを斬らないか——そう尋ねたな。その理由は、道具として使い捨てにされているお前たちが哀れだと思うからだ。そして、使い捨てにされても、まだお万を庇《かば》うお前たちの心根を、間違ってはいるが美しいと思うからだ」

弥十郎は、話している間に懐《ふところ》の中で用意した紙包みを、お新の前に置いた。中には十両、入っている。

「津羽女の分の路銀だ。医者の薬料《やくりょう》も足しておいた。怪我が癒《い》えたら、二人でどこかに逃げるも良し、別々に旅するも良し……両名とも、達者でおれよ」

そう言って、さっと立ち上がった。

「お待ちくださいっ」

お新が思わず、弥十郎の浴衣の裾を掴むと、

「待って！」

ほぼ同時に叫んだのは、上掛けをはねのけた津羽女であった。お新と同じように、弥十郎の腰にすがりつく。

「おい、無理をするな。傷口が開いてしまうぞ」

「いいえ、お侍様。あたいは……あたいは本当に………」

真剣な表情で何か言おうとした津羽女の双眸《そうぼう》から、堰《せき》が切れたように大粒の涙が噴きだして、日焼けした頰を流れ落ちた。

両手で顔を覆い、しゃくり上げて何も言えなくなる。

「わかってる、わかってるよ、津羽女」

お新も涙ぐんで、彼女の右肩に手をかけて言った。

「十九の年齢まで、男の人にこんな優しい言葉をかけられたのは、本当に初めてだって言いたいんだろう。まして、あたしたちとは身分が違う、お侍様なのにねえ。あたしも、同じさ」

「辛《つら》い歳月を送ってきたのだな……二人とも」

弥十郎は、思いやりに溢れた口調で言った。

「お侍様……」

ようやく泣きやんだ津羽女は、頰を染めて、躊躇《ためら》いがちに、

「あたい、男の人の悦《よろこ》ばせ方とか知りませんけど……こんな女で良かったら、ご奉仕させてくださいまし」

「……軀《からだ》の傷に障りはせぬか」

「平気です。あたい、海差《うみざし》で鮫《さめ》と闘って追っ払ったこともあるんだから、こんくらいの傷なんか」

「ほほう、それは快挙だな」弥十郎は笑って、

「俺も鮫に勝ったことはない。では、酒匂川《さかわがわ》や辻堂では、俺は運が良かったのだな」

ちらっ、とお新の方を見る。女の顔に、嫉妬の色はなかった。それどころか、瞳を熱っぽく潤ませて、

「弥十郎様。あたしも、心からのご奉仕をさせていただきます」

男の浴衣の前を、お新は開いた。白い下帯に包まれた部分に、頬ずりをする。

それを横から、津羽女が、師匠の仕事を観察する弟子のように、真剣な顔で見つめていた。

「ああ……このにおいが……」

うっとりした口調で言ったお新は、下帯のふくらみにくちづけをする。

そのような間接的な愛撫をもっと楽しみたいという気持ちが、お新の火照《ほて》った顔を過ぎった。

しかし、出番を待っている津羽女のことを考えたらしく、下帯の脇から黒ずんだ肉根を摑みだす。

「あれっ」津羽女が不思議そうに言う。

「おかしいよ、お新姐さん。弥十郎様のもの、腫れてるよ」

「ほほほ。違うのだよ、津羽女。弥十郎様のお道具が、ご立派なの。他の男どもとは、ものが違うのさ」

「ふーん」

津羽女は、休止状態の男根を、まじまじと見つめた。

「あたいを襲った村長《むらおさ》のものは、もっと小さかったな。でも、こんなにだらりと垂れ下がっていないで、ぴんと天井を向いてたよ」

柔らかな肉根をさすりながら、お新が、

「それは、女を犯そうとする時には、土筆《つくし》ん坊《ぼう》みたいに勃つのさ。でも、弥十郎様のものは、まだ眠っているの。だから、こうして――」

先端部を、咥《くわ》えた。そして、茎部をさすりながら、口腔《こうこう》内で舌を使う。

「はあァ……」

目と鼻の先まで顔を近づけて、男を知らない津羽女は、お新の口淫を注視する。

お北と湯槽につかっていた時には、意志の力で己《おの》れの衝動を押さえつけていた弥十郎であった。

しかし、今、経験豊富なお新の卓抜した舌技によって、彼のものは目覚ましい反応を示した。

臍《へそ》を打つほどに猛々《たけだけ》しく、その男柱は屹立《きつりつ》したのである。

しかも、お新の唾液に濡れて、淫らに黒光りしていた。

「す、凄い……」

津羽女は喘《あえ》いだ。

「巨《おお》きすぎる……子供の足くらいあるよ」

「巨きいだけじゃないんだ。ほら、さわらせていただきな」

お新が、津羽女の手をとって、巨砲の茎部に触れさせる。

「硬いんだ……硬くて、でも弾力があって……鉄の芯が入った粘土みたい」

「そうだよ、指をまわして、握ってごらん」

「太くて、指がまわり切らないよ」

「うん、うん。両手でね、そう。そして、擦るの。上下に、そっと……そう、そうだよ」

普通の女よりも手の大きい津羽女だが、その彼女が両手で茎部を握っても、男柱はまだ、たっぷりと余っている。

「熱い……どくん、どくんって脈打ってる……」

譫言《うわごと》のように言う津羽女の目は、欲情のあまり、霞《かすみ》がかかったようになっていた。

三

「舌を出して」

お新が命じると、酷暑の野良犬のように、津羽女は舌を長く出す。

「下から上へ、魔羅を舐め上げるのよ」

言われた通りに、津羽女は、巨砲の裏側を根元から先端まで舐め上げた。

「その調子、何度も何度も舐め上げて」

「はい……」

男知らずの津羽女は、熱心に茎部の舐め上げを行った。

「その雁の下のくびれ、そこを舌先でくすぐるように。男の人は、そこが一番感じるんだから」

「ここ……？」

頭を傾けた津羽女は、玉冠部《ぎょくかんぶ》の周縁と、その下の段差を、舌先で抉《えぐ》るように刺激する。

その間に、お新は、茎部を舐めたり、唇を這《は》わせたりする。

長大な弥十郎の男根であるから、女二人が唇と舌で奉仕しても、頭がぶつかることはない。

「二人とも、上手いぞ」

弥十郎が褒めると、お新と津羽女は嬉しそうに微笑する。

「さあ、津羽女。今度は、しゃぶるの」

「口に……入れても、いいの？」

「咥《くわ》えさせていただくのよ。うん、大きく口を開いて、歯を立てないように」

津羽女は、丸々と膨れ上がった玉冠部を呑む。

「口を窄《すぼ》めて、頭を前後に動かすんだ。そう、ゆっくりと……舌を動かせるかい？　舌先で舐めまわすようにして……」

ちゅぷっ、ちゅぱっ、ちゅぷっ……と女の口腔《こうこう》粘膜と男の肉根が擦れ合う、卑猥な音がした。

海女《あま》くずれの津羽女は、目を閉じ夢中になって、仁王立ちの弥十郎の男根をしゃぶる。

それを見て、もう教える必要がなくなったと思ったお新は、男柱の根元から重く垂れ下がっている玉袋に舌を這わせた。

そして、玉袋の片側を口に含む。

口の中で、瑠璃玉《るりだま》を転がした。あまり強くすると危ないので、やさしく舐め転がす。

浅黒く日焼けした中性的な津羽女が肉根を咥えてしゃぶり、島田髷《まげ》の色っぽいお新が玉袋をねぶる。

二人の美女が献身的に奉仕する様子を見下ろしているうちに、弥十郎は、己れの体内の圧力が高まるのを感じた。

「そろそろ、良いか。放つぞ」

「はい、ご存分に」と、お新。

「津羽女、弥十郎様が精をくださるのだよ。一滴残らず、飲み干すんだ。良いね」

「んぅ……」

男根を咥えたままで、津羽女は頷いた。

その後頭部に両手をかけると、弥十郎は、ぐっと腰を突き出した。

巨砲がさらに膨れ上がり、同時に、放つ。

「……………うぅっ⁉」

生まれて初めて聖液を喉の奥で受け止めた津羽女は、驚きのあまり、両目を見開いた。

女同士の行為では、絶対に経験出来ない現象だから、無理もない。

火傷《やけど》しそうに熱く、溶岩のように粘りこくて、しかも、濃厚なにおいを発している。

なおかつ、どくんっ、どくっ、どくんっ……と波状的に射出されるのだ。

量が多いので、懸命に飲み干そうとする津羽女の唇の端から、白濁した聖液が零れ落ちそうになる。

すると、お新が、津羽女の顎と唇の周囲に舌を這わせて、その聖液を舐め取った。

その間にも、掌で玉袋を転がすように愛撫しているのだから、大した閨上手《ねやじょうず》である。

ようやく射出が終了すると、津羽女は口を外して、大きく息をついた。

「変な味だけど……弥十郎様のものだと思うと、美味《おい》しい……」

夢心地のような表情で、津羽女は言った。

お新が、まだ硬度を失わない巨砲を咥えて、両手で茎部を根元から先端へと扱く。

そして、男根内部に残っていた聖液を、最後の一滴まで啜《すす》りこんだ。男性経験が豊富なだけに、行き届いた気遣《きづか》いである。

そして、まだ口の中に残った聖液を味わっているような津羽女に、

「帯を解いて、そこに仰向《あおむ》けになってごらん」

「はい……」

素直に、津羽女は、薄っぺらな夜具に横たわった。

柿色の短襦袢《みじかじゅばん》の前が開いて、乳房が剝《む》きだしになる。胸の筋肉が発達しているためか、乳房は小ぶりであった。

お新は、するすると男の下帯を解くと、それを手早く畳んで夜具の右側に置く。

それから、いそいそと新妻のように脇差を袂《たもと》で受けると、枕元に置いた。

浴衣と帯も受け取って、きちんと畳む。

「津羽女、両足を胸元に抱えこめるかい」

「お新姐《ねえ》さん、これでいいの？」

津羽女は、ちょうど赤ん坊が襁褓《おしめ》を取り替えられる時のような姿勢になった。

いわゆるＭ字開脚の格好だ。

逆三角の素腰に隠された局部が、屋根裏を向く。

「そうだよ。傷は痛くないかい」

「うん、平気」

そう答えた津羽女の局部に、お新は手を伸ばした。

人差し指の腹で、黒い三角形の布に覆われた部分を、やさしく撫でながら、

「湿ってるの。いや、もう濡れてるんだ。弥十郎様の魔羅を、しゃぶらせていただいたせいかしら」

「うん、そうなの」

津羽女は切なそうに言う。

「立派な魔羅を頬張って、ご奉仕していたら、あそこが熱くなってきて……」

「あそこって、どこだい」

「ひ…秘女子……津羽女の秘女子だよ」

秘女子──HIMEKOは、女性器の俗称である。性交そのものをも意味する。

お新は、素腰の結び目を解きながら、

「よし、よし。見て下さいと弥十郎様に、お願いするんだ」

津羽女は固く目を閉じると、

「弥十郎様、津羽女の…いやらしい秘女子を、ご覧になって下さい」

「うむ」

全裸の弥十郎は、夜具の上に胡座《あぐら》をかいた。

臀を浮かせてM字開脚した津羽女を前にして、その素腰をめくる。

小さい時から長時間、海水につかっているとこうなるものなのか、津羽女の恥毛は、花裂の上部に一摘みほどあるだけであった。

だからこそ、小さな三角の布切れで隠せたのである。

赤っぽい一対の花弁が、すでに充血して膨らんでいた。

そのため、花弁と花弁の間に菱形の隙間《すきま》が出来て、桃色をした内部の粘膜が見えている。そこには、透明な露が溜まっていた。

見えているのは、女華の内庭だけではない。背後の排泄孔《はいせつこう》も、だ。女にとって最大の羞恥の場所である薄茶色の放射状の窄《すぼ》まりが、男の目の前にさらけだされている。

「津羽女」脇から、お新が言った。

「弥十郎様が、お前の濡れそぼった秘女子から丸出しのお臀《しり》の孔まで、じっくりとごらんになっているよ。どんな気持ちだい」

「羞《はず》かしい、とっても……」

目を閉じたまま、津羽女は消え入るような声で答える。

「男の人に、こんなに何もかも見られるのは、生まれて初めてだろう」

「うん……初めてだよ、姐さん」

「もう、見られるのは嫌かい」

「いいえ……」津羽女は、頭を振って、

「死ぬほど羞かしいけど、相手が弥十郎様なら、もっと見て欲しいです」

弥十郎は、黙って二人の淫猥《いんわい》な遣《や》り取《と》りを聞いていた。

おそらく、彼女たちは銀猫お万と同衾《どうきん》した時に、いつも、このように会話によって色っぽい雰囲気を盛り上げるのだろう。

「じゃあ、自分で広げるんだよ」

「広げるって……あれを？」

「そうだよ。びしょ濡れの秘女子さ」

「はい……」

太腿《ふともも》の裏にあてがっていた両手を、津羽女は、女器の左右に移動させた。

そして、そこの肌を外側へ引っぱる。

菱形の隙間を見せていた花弁は、大きく開口した。

たっぷりと愛汁を貯えた内庭が、完全に露出する。その起伏の多い内庭には、排水孔と花孔が見えた。

「見て、弥十郎様……」

津羽女は言った。

「津羽女の、びしょびしょに濡れた淫らな秘女子を見て下さい」

「ひくひくと蠢《うごめ》いているようだな」

そう言って、弥十郎は、その花園に唇をつけた。内庭に舌を使う。

「ああ……勿体《もったい》ない」と津羽女。

「あたいなんかの秘女子を、お侍様に舐めていただけるなんて……」

「裸になれば、武士も町人も関係ない」

そう言って、弥十郎は、さらに男知らずの秘処《ひめどころ》を舐めた。

唇で花弁を挟んで、引っぱったりする。

「そ、そんな……駄目っ」

津羽女は乱れた。

女同士の行為は、射精という終幕がないので、続けようと思えば一晩中でも続けられる。

だから、唇や舌による女器への刺激は、慣れきっているはずだった。

しかし、男に、しかも、惚れた男に女器を舐められると、これほどまでに深い悦楽が押し寄せるのか。

律儀にM字開脚の姿勢を保ったまま、津羽女は身をくねらせて、悦《よ》がりまくった。

弥十郎が、わざと音を立てて愛汁《あいじゅう》を吸うと、

「ひィィ――っ！」

背中を弓なりに反らせて、哭《な》く。

泉のように湧きだした愛汁が、花園から溢れて、後ろの孔までも濡らした。

「弥十郎様、そろそろ頃合いでは」

介添《かいぞ》え役のお新の言葉に、

「うむ」

弥十郎は頷いた。

お新は、胡座をかいている男の股間に顔を近づけて、また、巨砲をしゃぶる。充分に唾液で濡らしてから、

「どうぞ」

顔を引っこめた。

弥十郎は、津羽女の長い足を自分の両肩に担ぎ上げると、屈曲位の態位で巨砲の先端を花園にあてがった。

女の太腿を摑むと、一気に腰を進める。

「――――っ‼」

声にならぬ悲鳴を上げて、津羽女の全身の筋肉が、ぎゅっと縮まった。

が、その時には、男の玉冠部が花洞の奥の院に到達している。

まだ、全体の三分の一ほどが、花洞の外に残っていた。

聖なる肉扉を引き裂いた感触は、なかった。

おそらく、お万の指か疑似男根の張形で、処女膜は破られていたのだろう。

それでも、生まれて初めて凄まじいまでの巨根に侵入された津羽女は、それだけで息も絶え絶えという様子であった。

生娘の味わう破華のそれと同等か、それ以上の苦痛を味わっているのだろう。

弥十郎は抽送を開始せずに、担いでいた女の両足を下ろしてやった。

それから、目を閉じて苦痛に耐えている津羽女に、顔を寄せる。

十九歳の女の睫毛《まつげ》が、弱々しく震えていた。無言で、その唇を吸う。

「あっ」

小さく叫んで、津羽女は顔を背けた。

「いけません。さっき、精をいただいたから……」

口中に聖液のにおいが残っていることを、津羽女は気にしているのだった。

「わかっておる。よく、飲んでくれたな」

そう言って、弥十郎は接吻した。自分の放ったものの味を気にもとめずに、深く舌を使う。

男に抱かれるのが初めての津羽女でも、その弥十郎の行為が得難いものであることが、よくわかった。

感激のあまり、接吻したままで「弥十郎様っ」と叫ぶと、その広い背中に、ひしとしがみついた。

両足も腰に絡めて、少しでも男の肉体との密着度を高めようとする。

弥十郎は、舌の交歓を続けながら、乳房も愛撫していた。津羽女の乳頭は、硬く尖っている。

その間に、お新は、右手で自分の秘部をいじりながら、弥十郎の背中や首筋に唇を這わせていた。

男の耳の孔を舐めたりもする。唾液が中に入らないように、気をつけながらだ。

耳朶《じだ》も、唇で撫でる。そして、津羽女に向かって、

「良かったね、最初の男が弥十郎様で」

そう言うと、口を外した津羽女が頷いて、

「あたいの最初の男は、弥十郎様。でも……最後の男も弥十郎様だよ」

甘ったるい声で言った。

「そうか」

弥十郎は、汗で濡れた津羽女の額を、右手で撫で上げながら、

「痛みはどうだ。少しは落ち着いたか」

「はい。お好きなように、犯してください」

「このように、か」

ゆっくりと、弥十郎は腰を動かす。

「ん……あぁァ……」

津羽女は眉根を寄せて喘いだが、それは、苦痛のためではなかった。

粘膜の摩擦によって、明らかに、快感を味わっているのだった。

極太の男根が、津羽女の花孔に深々と侵入し、後退する。

こねまわされた愛汁が、白く泡だって、結合部から零れた。

深く、浅く、浅く、深く、さらに斜め突きや回転運動なども加えて、弥十郎は多彩な責めを行う。

津羽女の肩や太腿の傷が開かないように気をつけながら、だ。

その間に、お新は、男の臀に顔を埋めて、後門をしゃぶっている。

女体の全てを知り尽くしたような弥十郎の愛姦に、津羽女は泣き狂った。

「もう…もう……死んじゃうよ……頭の中が真っ白……死ぬ、死んでもいいから、もっと、魔羅で抉《えぐ》って……秘女子が裂けるまで、ぶちこんでぇぇぇっ！」

津羽女は達した。絶頂に至ったのだ。

括約筋が、きゅーっと巨根を締め上げる。

同時に、お新の舌先も深く深く、排泄孔の内部に侵入していた。

弥十郎は放った。

先ほど、津羽女の喉の奥に放ったばかりとは信じられないほどの勢いで、大量に射出する。

その時には、右手で秘部を刺激していたお新も、一緒に達していた。

ほぼ同時に強烈な絶頂を迎えた三人は、少しの間、忘我《ぼうが》の境地を彷徨《さまよ》う。

「お新」と弥十郎は声をかけた。

「ご苦労であったな」

「いえ……」

名残惜しそうに男の臀から顔を離したお新は、乱れた髪を撫でつける。

津羽女は、ぐったりと喪心《そうしん》していた。

弥十郎は合体を解かぬままで、お新に訊く。

「お前と津羽女、己《おの》れの配下が二人までも失敗して、自分を裏切った。お万という女、次はどういう手段をとると思う」

第七章　乱刃《らんじん》・箱根八里

一

小田原宿から箱根宿までは、四里と八町。箱根宿すら三島宿までの道程は、三里二十八町である。

これを合計して、箱根八里と呼ぶ。

その八里の間には東海道でも屈指の難所、標高八百四十六メートルの箱根峠があった。さらに、箱根峠の手前には関所がある。

俗に〈入り鉄砲に出女〉といわれる通り、この箱根の関所では、西から江戸へ向かって鉄砲が持ちこまれることを防ぎ、身分の不確かな女が江戸から西へ出ることを、厳重に取り締まっていた。

鉄砲を取り締まるのは、言うまでもなく江戸防衛のためである。

諸大名は徳川幕府への忠誠の証として、まず、参勤交代で江戸と領国とで交互に暮らした。さらに、妻子は幕府に対する人質として、ずっと江戸に住まわせている。

つまり、箱根の関所が西へ向かう女を取り締まるのは、西国大名の妻子が勝手に領国へ逃げ帰ることを阻止しているのだ。

曲がりくねった急坂続きの険阻《けんそ》な箱根八里を、人が歩き易いように整備しなかったのも、仮想敵である薩摩の軍団などが江戸へ攻めこむのを防ぐためである。

このように肉体的にも精神的にも難儀な箱根八里であるから、小田原から箱根を越えた者は三島で、三島から箱根を越えた者は小田原の旅籠《はたご》で、無事に越えられたと山祝いをするのが普通であった。旅人にとって、それほどの難所だったのである。

小田原から西へ向かうと、東海道がまだ上り坂になる前に、早川に架かった三枚橋がある。

この三枚橋の手前を右に入ると湯坂道で、いわゆる箱根七湯の温泉地帯へ通じていた。

三枚橋を渡った先は、湯本村の立場《たてば》。

そして、この立場を過ぎたあたりから、街道は徐々に上り坂になり、一里塚を右手に見て、さらに須雲川を越えると、〈女ころばしの坂〉という急坂になる。

ここから箱根の関所まで、ほぼ一里——四キロというところだ。俗に、小田原道と呼ばれている。

弥十郎《やじゅうろう》が都鳥《みやこどり》の玄太《げんた》を倒した翌日、辰《たつ》ノ中刻《ちゅうこく》——午前九時頃のこと。

その急坂の手前で、街道の端に蹲《うずく》っている旅支度の女がいた。

「——姐《ねえ》さん、どうしなすったね」

通りかかった中年の馬方《うまかた》が、声をかける。

「はい……急にさしこみが……」

富士額に脂汗を浮かべたその女は、二十七、八の大年増《おおどしま》だが、煙るような淡い眉の儚《はかな》げな美貌の持ち主であった。

「旅は初めてかね。きっと、歩きながらかいた汗が冷えたんだろう。三島への帰り馬だから、乗っていきなせえ。駄賃なんぞいらんから」

「ありがとうございます……でも、その前に……」

「ん？」

「あの…林の奥へ……連れていっていただけますかしら」

羞《は》じらいながら言う女を見て、馬方の眼に、淫らな光が宿った。

普段は善良な人間で、最初は親切心で女に声をかけたのだろう。が、親切だけでは済まなくなったのは、苦しむ姿すら媚態《びたい》と見えるほど、女が美しすぎたからである。

「な、なるほど。渋る腹を軽くしたいんだな」

極度の興奮に唇を震わせて、馬方は、左腕で女を抱き起こした。右手は、馬の手綱《たづな》を握っている。

「へへ、へ。気にすることはねえよ。腹具合が悪くなったら、何もかも出してしまうのが一番じゃ」

馬を引いて林の奥へ入りながら、馬方は、女の脂粉の香を鼻孔いっぱいに吸いこんだ。

股間が熱を帯びて、馬方の頭は、膨れ上がった欲望で破裂しそうになっている。

「……もう、街道からは見えませんか」

松の大木の傍《かたわ》らで、女が弱々しい声で訊いた。夏の熱気がこもった林の奥は、緑のにおいが、むせ返るようである。

「誰にも見えねえとも。だから、遠慮せずに、臀《しり》をまくって…」

手綱を放した馬方は、右手で女の軀《からだ》を支えて、にたにたと嗤《わら》いながら、左手で着物と下裳の裾を捲《まく》り上げようとした。

その瞬間、女の軀が消えた。

「へ……？」

何が起こったのか——と周囲を見まわす必要も、その余裕も、馬方にはなかった。

いつの間にか、その首に掛かっていた縄の輪が、

「っ⁉」

ぎゅっ、と締め上げられたのである。

悲鳴も出ないほどきつく喉を締め上げた縄は、それでも足りずに、馬方の軀そのものを宙に浮かせた。

地面から一尺半ほどの空中に宙吊りになった馬方は、己《おの》れの首筋を両手で掻きむしりながら、ばたばたと出鱈目《でたらめ》な方向へ足を振りまわす。

しかし、その虚《むな》しい抵抗も、すぐに、やんだ。

ひくひくと手足を細かく痙攣《けいれん》させながら、馬方は、絶命したのである。

胴体と四肢《しし》の重さを支えたために、頚部が伸びる。

だらりと両手両足が垂れ下がり、緩んだ膀胱から小水が漏れていた。

何が起こったのか、全く理解出来ないまま死んだ馬方の顔には、無念さよりも、突然に人生を終了させられた驚愕こそが貼りついているようであった。

「──残念だったね」

その死骸を、女は平然と見上げて、

「色惚《いろぼ》けは身を滅ぼすよ。もう遅いけどさ」

先ほどまでの苦しげな表情など、女の顔には微塵《みじん》もない。

美貌はそのままだが、爬虫類のように冷たい顔つきになっている。

殺された馬方は見ることが出来なかったが、この女は、懐《ふところ》から取りだし縄の輪を馬方の首にかけると、地を蹴って跳躍したのだ。

馬方の身長よりも高く跳び上がると、松の大木の幹を蹴った。

その反動で、さらに高く高く跳躍すると、そこの太い枝に縄を掛けて、そのまま飛び降りたのである。

彼女の落下する勢いで、縄が引っぱられ、馬方は縛り首になったというわけだ。

そして、地面に降り立つや否や、女は、縄の端を松の根元に巻きつけたのである。

並の女には――いや、普通の男にも不可能な鮮やかな体術であった。馬が怯《おび》える暇もないほどの、ほんの少しの間の出来事だ。

一般的に、女性は年頃になると脂肪がつくので、男性よりも運動能力が低下しやすい。

この時代の二十代後半は現代の三十代半ばに相当するから、それでこの身の軽さということは、この女は、よほど修業を積んだ者なのだろう。

「よし、よし。お前には、後で役に立って貰うからね」

女は馬の首を軽く叩いて安心させると、手綱を近くの木に繋いだ。

そして、周囲を見まわして、漬物石ほどの大きさの石を三つ拾ってくると、それを馬方の死体の真下に転がした。

「ここらの田舎役人なら、この石を踏み台にした首縊《くびくく》りだと思うだろう」

そう呟《つぶや》いた女は、薄い唇の端を少しだけ持ち上げた。微笑《ほほえ》んだのかもしれない。

それから、近くの倒木に腰を下ろして、煙草道具を取りだした。

自分が殺した馬方の死骸の脇で、悠然と煙草を喫う。その眼は、木々の隙間《すきま》から見える街道の方を眺めていた。

それから半刻《はんとき》――一時間以上が過ぎたであろうか。

「おかしい……」

女は、眉間《みけん》に縦皺《たてじわ》を寄せた。

「こんなに時間がかかるわけがないが」

その時、林の奥へ入ってくる人影があった。

女の右手が、すっと懐《ふところ》へ滑りこむ。

二

「――姐御《あねご》。どこです、姐御」

その人影が、小声で囁《ささや》いた。

「こっちだよ、忠吉《ちゅうきち》」

女は立ち上がった。右手は、懐から抜きだす。

「こりゃどうも……」

えらく頭の鉢が大きな小男が、腰を屈めて女の方へ近づいてきた。ふと、馬方《うまかた》の無惨な死体に気がついて、

「ひっ⁉」

慌てて両手を合わせると、早口で念仏を唱える。
「やめときな。お前みたいな悪党に念仏を唱えられたら、極楽行きが決まってい
る人間だって、地獄へ逆落としになっちまうよ」
女が冷笑する。
「お江戸の裏稼業で名高いお万姐御から、悪党と言われますと、何だか不思議な
心持ちがいたしやすね。へえ」
木鼠《きねずみ》の忠吉は、皮肉を交えた感想を述べた。鉋《かんな》のように、二本の前歯が飛び出
しているのが、木鼠という渡世名《ふたつな》の由来である。
「そんな当てこすりはいいから、二人はどうしたんだい。弥十郎とお北は」
鋭い口調で言うこの女こそ、女だけの犯罪集団・紅蓮組《ぐれんぐみ》の頭目、銀猫《ぎんねこ》お万であ
った。お新に体術を仕込んだ、女忍《くのいち》くずれである。
「へい、へい。それなんですよ」
忠吉は、両手を揉み合わせるようにしながら、
「二人が小田原宿の伊勢屋を出立《しゅったつ》してから、ずっと、あっしは見え隠れに後を
尾行《つけ》てまいりやした。そして、湯本村の茶屋に入るのは、間違いなく見届けたん
です。で、あっしは街道の斜め向かい側の石に腰を下ろして、遅れてくる連れを

待つような風情で、茶屋を見張っていたんで」

「それで――」

「へい。それで、半刻《はんとき》ほど待っても二人が出てこねえもんだから、焦《じ》れて、茶屋に入ってみたんでさあ。そうしたら、驚いたことに二人は奥の切り落としの座敷にも、どこにもいねえんです」

「裏口から出たんじゃないのかい」

抑えた怒りで、かすかに頬の肉を震わせながら、お万が問う。

「それはねえんだ。と、いうのも、茶屋の背後は木のまばらな斜面になっている。だから、裏口から出て街道へ戻ろうとしても、あっしの座っていた所からは、丸見えのはずなんだ。ねえ、姐御。これは一体、どんな手妻《てづま》なんでしょうか」

手妻とは、現代でいうところの手品のことである。

「簡単なことさ」とお万。

「お前が薄ぼんやりと茶屋を眺めている半刻の間に、茶屋へ入って出てきた客は、どのくらいいたんだ」

「さあて……何十人になりますか。二十人や三十人じゃ、ききませんね」

「若い侍が出てきただろう」

「ああ、そう言えば、二人が入ってしばらくしてから、公用の旅らしい羽織袴の侍が出てきました」

「それから、若い娘も出てきたんじゃないかえ」

「ああ。それは、侍よりも前に、出てきました。きりっとした江戸娘らしいのが」

「……」

お万は、右の方を向いた。

それを見た忠吉は、何気なく、お万の視線の方向へ顔を向ける。

次の瞬間、

「この間抜けっ」

お万の右手の甲が、忠吉の顔面に衝突した。

「ほぎょっ」

裏拳で殴られた小柄な忠吉の軀《からだ》は、ぶっ倒れて、湿った土の上を二、三回、転がる。

「その侍と江戸娘が、弥十郎とお北だっ」

お万は、忠吉の脇腹を蹴った。

「賭場《どば》のいざこざで慣れない匕首《あいくち》を振りまわし、猫の引っ掻いたような傷を負わせたばっかりに、江戸にいられなくなったお前が、小田原の隅っこで燻《くすぶ》っていたのを、あたしが今度の仕事のために拾ってやった恩を忘れたのかい。お新と津羽《つば》女《め》は戻らないし、都鳥の玄太が殺《や》られて、とりあえず使える男はお前一人だけだから、あの二人の見張りを任せたのに……この穀潰《ごくつぶ》しの役立たずがっ」

もしも、お万が街道に立っていたら、侍姿と町娘姿であっても、弥十郎とお北だと見破ることが出来ただろう。

しかし、馬と死体を隠した林の奥から樹間を通して見える視界だけでは、さすがに、歩いている旅人の顔まではわからない。

「あ、姐御……勘弁してくれっ」

執拗《しつよう》に蹴り続けるお万に向かって、べそをかきながら、小悪党は両手を合わせた。

「この埋め合わせは必ずしますから……命ばかりは、お助けを……」

「くそっ」

お万は簪《かんざし》を抜くと、その先で、がりがりと荒っぽく頭を掻く。

「女が男の格好をして、侍が町人の格好をして、どうやって箱根の関所を通るつもりかと不思議に思ってはいたが……こちとらは、その前に黄金菩薩をいただくつもりだったから、深くは気に留めなかった。なるほど、最初から、その茶屋で元の姿に戻る手筈《てはず》だったんだな」

「つ、つまり、茶屋には前もって、二人分の衣類が用意してあったんですか。大刀と脇差まで」

何とか立ち上がった忠吉が、膝の土を払いながら言う。

「そうさ。蔭供《かげとも》の六人を動けなくしたんで、ちっとばかり、こっちも油断してたよ。湯本を出たのが半刻も前じゃあ、今から追いかけても、無駄だ。小田原道の一番の難所といわれる樫《かし》の木《き》坂に、お夏とお冬の姉妹を伏せてあったのに」

先にも述べたとおり、ここから関所までが約四キロ。

弥十郎たちは一時間も先行しているわけだから、どんなにお万たちが急いでも、関所よりも手前では追いつけないだろう。

馬はあるが、これは荷物や旅人を背中に乗せて、ゆっくりと歩くのが仕事で、鍛え抜かれた軍馬のように、箱根の急坂を駆け上がれるようなものではなかった。無理に駆けさせたら、途中で足を折って、乗り手ごと谷底へ転落しかねない。

「すると、この馬は……」

「後ろから、暴れ馬にして走らせるつもりだったのさ」

お万は溜息《ためいき》をついた。

「弥十郎とお北が暴れ馬に気を取られた隙《すき》に、街道の両側に潜んでいるお夏とお冬が二人を仕留めるというのが、こっちの算盤《そろばん》だったんだよ。何しろ、あの腕利きの玄太を倒したほどの相手だからね。念には念を入れようとしたんだが、無駄になっちまった」

無駄になったの一言で済まされては、殺された馬方はたまったものではない。

「でも、あの二人は、この先も侍と町娘の姿で旅を続けるつもりでしょうか」

お万は、忠吉の顔をまじまじと見て、

「なるほど……忠公。お前、良いことを言ったね」

「へへ、そうですか」

「侍姿の弥十郎と江戸娘のお北が出た後に、誰か長いものを持って、茶屋から出て来た奴はいなかったかい」

「そういえば、茶屋の次平《じへい》って親爺《おやじ》が筵《むしろ》に巻いた長いものを持ち、背中には風呂敷包みを背負って出てきましたぜ」

「それだっ。二人の衣類と道中差を持って、その親爺は関所を通るつもりだ。そして、箱根宿のどこかの店で、また、二人は弥次喜多《やじきた》の格好に戻るんだろう」

お万の顔が、活き活きとしてきた。

「山祝いとまではいかなくても、無事に関所を通った二人は、着替えを済ませて、一服するに違いない。だったら、その間に、こっちはお夏たちと先まわりして、三島宿への下り坂で待ち伏せしてやるんだ。もともと、お夏とお冬が仕損じた時のために、三島道には兎絵《とえ》を伏せてあるからね」

「姐御、やりましょうっ」

忠吉も、手を打たんばかりに勢いづく。

「百両の大仕事だ。必ず、あの二人を血祭りにあげて、黄金菩薩を手に入れてやる！」

お万の麗貌《れいぼう》に、毒々しい笑みが浮かんだ。

三

「日本橋古物商、湊屋伝兵衛《みなとやでんべえ》が娘、北。父の代わりに大坂の鶴亀藩蔵屋敷まで古物を届ける道中、これに相違ないか」

「はい。相違ございません」

箱根関所の定番人に向かって、島田髷《まげ》の娘姿のお北は、神妙に頭を下げた。

「では、しばらく待て」

定番人は、足軽に何か言いつける。

関所は徳川幕府から小田原藩が預かっているので、そこに勤める役人たちは小田原藩士であった。

責任者である番頭が一名、目付が一名、番士が三名、足軽と中間《ちゅうげん》が十五名、合わせて二十名もいる。

関所の東側に江戸口門、西側には上方口門、南側は屏風山《びょうぶやま》の斜面で、北側には芦ノ湖があった。

そして、芦ノ湖を背にして面番所《めんばんしょ》が、屏風山を背にして足軽番所があり、旅人たちは、この二つの建物の間で審査されることになる。

足軽たちは六尺棒を手にしているが、いざという場合には、先端がY字型の刺又、T字型の突棒、猎《やす》のような形の袖絡みなどの捕物武器を使うことが出来た。

それだけではなく、弓が五張、鉄砲が十挺も用意してあるのだから、箱根の関所の重要性がわかるだろう。

旅人たちはしゃがんで待っている間にも、前からも後ろからも見られているので、落ち着かないこと夥《おびただ》しい。

侍姿の緒方弥十郎の脇で、お北も、どきどきと胸を波打たせながら、定番人の次の指示を待った。

「大丈夫だ。安心しろ」

役人たちには聞こえぬように、小さな声で弥十郎は囁《ささや》いた。

「関所手形は本物なのだから、何も問題はない」

わざと前を向いたままで、弥十郎は言う。彼の調べは、先に終わっていた。

「湊屋の北とやら。こちらへ参れ」

定番人が呼んだ。

「はい……」

お北は、面番所の縁側の端へ行って、そこへ後ろ向きに腰を下ろす。

すると、先ほどの足軽が四十年配の女を連れてきた。

女改めの人見役の女であった。女は、お北の髪の中に指を入れて、鬘《かつら》ではないかとか、出来物の有無などを調べる。

女同士とはいえ、身も知らぬ他人に髪の中をまさぐられるのは気持ちの良いものではなかったが、お北は無言で耐えた。

いくらお転婆娘《てんば》のお北でも、まさか天下のお関所で、人見女を投げ飛ばすわけにはいかない。

一通りお北の髪を調べた女は、定番人に向かって、「よろしゅうございます」と頭を下げた。

定番人は上役の番士に、お北の手形を見せる。番士は、手形を眺めて鷹揚《おうよう》に頷いた。

「通ってよろしい」

立ち上がったお北は、乱れた髪もそのままに、

「ありがとうございます」

深々と頭を下げて、礼を言った。

それから、弥十郎と二人で、関所の西側にある上方口門から外へ出る。

お北は手拭いを拭き流しに頭に掛けて、髪の乱れを隠した。

上方口門の外は、千人溜り《せんにんだま》という広場になっている。

左右に掛け茶屋が並び、その縁台に座って、江戸方面へ向かう旅人たちが順番待ちをしていた。

関所の東側にも、同じように江戸口門と千人溜りがあり、西へ向かう旅人たち

が待たされている。

待っている者は皆、医者から診察の結果を聞く患者のように、不安げな顔つきであった。

二人は、その千人溜りを通り抜けて、目と鼻の先にある箱根宿へ向かう。

「どんな奇策でお関所を通るのかと思ったら、素の姿に戻るだけだなんて……逆に驚いちゃった」

気が楽になったらしいお北は、弾んだ声で言う。

「最初から、あの茶屋で着替える手筈《てはず》だったのだ。本当なら、蔭供《かげとも》の佐伯《さえき》たちが先に行って、用意を調《とと》のえておくはずだったんだが……」

蔭供の六人は、昨夜、都鳥の玄太が夕食に混入した痺れ薬のせいで倒れ、毒消しを服用したおかげで何とか動けるようにはなったものの、とても箱根八里を越えられる体調ではなかった。

それで、昨夜のうちに茶屋の主人の次平に文《ふみ》を出して、弥十郎がお北と二人だけで立ち寄ることを知らせておいたのだ。

弥十郎は、男知らずの津羽女とお新を愛姦《あいかん》した後に、海の水で女の匂いを洗い流してから、お北の待つ旅籠《はたご》へ戻ったのである。

そして、玄太を倒したことや、お新から聞いた紅蓮組の情報をお北に話し、茶屋での着替えの段取りをしてから、床についた。

だから、お北はまだ、生娘のままなのである。

「手形に書かれた通りの姿で関所を通るのが、一番なのだ」

右手に芦ノ湖を見て歩きながら、弥十郎が言う。

「仮に、上手に変装をして無事に関所を通過出来たとしても、後々に、それを敵に追求されたら、こちらは絶対に不利だ。だから、弥次さんではなく緒方弥十郎に、喜多さんではなくお北に戻ったのさ」

「それでまた、あたしは喜多さんの姿に戻るのね」

「うむ。お北殿の娘姿も美しいが、そのままだと、敵に襲われた時に手足の自由が利かないからなあ」

「まあ……美しいだなんて、お上手を言って」

お北は頬を赤らめながら、わざと弥十郎の腕をつねった。

「い、痛いな」

「弥次さん、昨夜は随分と帰るのが遅かったけど、ひょっとして、岡場所の遊女と遊んでいたんじゃないの。他の宿場には飯盛女《めしもりおんな》しかいないけど、小田原は城下町だから、新吉原っていう悪所があるそうじゃない」

悪所とは、遊郭や岡場所のような売色地帯の別名である。

「何を言うんだ。この緒方弥十郎、大事なお役目の途中に岡場所へなぞ寄るものか」

お新に男のものをしゃぶらせて津羽女の花孔に挿入したが、遊女を抱いてはいないから、嘘ではない――と、弥十郎は胸の奥で呟《つぶや》いた。

津羽女の初穂《はつほ》を摘んでお新を抱いた後に、海に浸かって念入りに体を洗ったのは、大正解である。

「へーん、どうだかね」

本気で疑っているのではない証拠に、お北の顔は笑っていた。

「おっと、ここだぞ」

看板提灯《ちょうちん》に〈お多福《たふく》〉と書いてある居酒屋の前で、弥十郎は足を止めた。お北を連れて中に入り、小女《こおんな》に近づいて、

「湯本の次平と待ち合わせの約束をしている者だが」

「へい」

丸っこい軀《からだ》つきをした小女は、心得顔で頷いた。

「お二階へどうぞ。角の座敷です」

「わかった」

弥十郎たちは階段を上って、二階の座敷へ入った。

さっきの小女が茶を持って来たので、弥十郎は懐紙にくるんだ心付けを渡す。

小女は恵比寿顔になって、

「髪結《かみゆ》いを呼びましょうか。女髪結いがおりますが」

「いや、それは良い。次平が来たら、通してくれ」

「はい。わかりました――」

小女が階下へ引っこんでから、煙草を二、三服つけるくらいの間に、六十前と見える老爺《ろうや》が上がってきた。

「お待たせいたしました」

荷物を脇に置いてから、次平は、両手をついて挨拶する。

温和な顔つきだが、ただの茶店の親爺ではないらしく、眼に強い力があった。

「いや、楽にしてくれ。お陰で、関所を無事に通ることが出来たよ」

「そう言っていただけると……緒方様方の御役に立てて、この次平も、和馬《かずま》様に面目が立つというものでございます」

この次平は、蔭供の一人、佐伯和馬の屋敷に昔、奉公していた者である。博奕《ばくち》絡みの失敗があって、和馬の父である主人に手討ちにされそうになった。その父を宥《なだ》めて、次平の命を救ったのが、元服前の和馬である。屋敷からは放逐されたが、それを恩として、次平は今も、街道を通る鶴亀藩士の便宜を図っているのだった。

「荷物を持っての通過は、怪しまれなかったか」

「わたくしが土地の者であることは、関所のお役人方もご存じですし、箱根宿と湯本の者が行き来するのは普通のことですから」

「なるほどなあ」

お万が想像した通り、風呂敷の中には二人分の衣服が、筵《むしろ》の包みの中は、新しい道中差が二振であった。

「わたくしが茶屋を出る時に、木鼠の忠吉って小悪党が、馬鹿面《ばかづら》を下げてうちの茶屋を見張っていましたがね。緒方様方は、途中で、銀猫お万の手下には襲われませんでしたか」

「うむ」と弥十郎。

「昨夜の文にも書いたが、お新という女の話では、関所へ向かう途中の人けのない場所に、お夏とお冬という双子の姉妹を待ち伏せさせているということだった。が、我ら両名が姿を変えたために、その姉妹は気づかなかったらしい。危険なことは何もなかったよ」

「それは、ようございました」次平は頷いて、

「では、着替えをなさいますか。お北さんは、髪も男髷《まげ》に結い直さないといけませんし」

「そうだな。あんまりのんびりしていると、お万たちが追いつくかもしれんからなあ」

「ははは。それは、ご心配なく」

次平は笑顔を見せた。

「心配いらないって、どういうことなの」

お北が、不思議そうに訊く。

「実は――」

次平は凄みのある笑みを見せて、

「この爺《じじ》ィの独断で、手を打ってまいりましたので」

四

箱根の関所の江戸口門の外には、千人溜りという広場がある。

その広場の掛け茶屋で散々に待たされ、銀猫お万は、空茶で腹がいっぱいになってしまった。

「この関所の順番待ちくらい厭《いや》なものは、ありませんね」

隣で団子を囓《かじ》りながら、木鼠の忠吉が言った。

「どうかな。伝馬町の牢屋敷で打首の呼びだしを待つよりは、ましじゃないのかい」

お万は揚げ足を取って、底意地の悪いことを言う。

「恐ろしいことを言わねえでくださいよ、姐御《あねご》」

忠吉は、首をすくめる。そこに、刃《やいば》を押し当てられたような気がしたのだろう。

お夏とお冬の姉妹は、千人溜りの反対側の茶屋に座っていた。

饅頭笠で顔は見えないが、切下げ髪の人形のように可愛らしい双子である。

姉のお夏が右目の脇に小さな黒子《ほくろ》が、妹のお冬が左目の脇に黒子がある以外は、全く同じ容貌であった。

小柄で童顔だから、十三、四に見えるが、実際は二十歳であった。現代の年齢にすれば、二十代後半というところか。

着物の裾を絡げて、赤い脚絆《きゃはん》を着けている。同じ色の手甲《てっこう》も着けていた。白足袋《しろたび》に草鞋《わらじ》履きで、荷物を斜めに背負い、杖を持っている。

二人とも、お万の方に目もくれない。

お金・お銀の旅芸人の姉妹——という設定であった。

旅芸人であれば、関所を通るのに手形が要らないのである。

お万は江戸の小唄の師匠、忠吉は小間物屋の番頭という偽造手形を持っている。

「次の五人、入れ」

足軽に呼ばれて、ようやく、お万と忠吉を含む五人の旅人が、茅葺きの江戸口門を潜って関所の中へ入った。

足軽が、しゃがんだ五人の手形を預かって、定番人に渡す。

その定番人が忠吉の手形を見た時に、わずかに表情が動いたのを、お万は見逃さなかった。

（どうしたんだい……）

緊張した顔の定番人が番士の方へ行って、手形を渡しながら、何事か囁《ささや》いた。

もう、疑う余地はなかった。

偽造手形は簡単に見破られるような安物ではないが、何か、まずい事態が起こったのだ。

お万はさりげなく、右手を帯の結び目に伸ばす。

「――江戸室町、小間物商、中田屋番頭、忠八《ちゅうはち》」

定番人が呼んだ。

「へい、わたくしでございます」

忠吉は立ち上がって、気軽に前へ進み出る。悪党のくせに、不穏《ふおん》な状況に気づいていないのであった。

「京まで商品の買い付けに参るのか」

「へい。それと申しますのも、京には、伊佐八《いさはち》という腕の良い職人が…」

調子良く、忠吉が嘘の説明をしようとした時、

「申し上げますっ」

江戸口門の外の千人溜りにいた足軽が、血相を変えて飛びこんできた。

「どうした、騒々しい」

「はっ、それが……畑宿《はたじゅく》の者から、女ころばしの下で、三島宿の馬方《うまかた》の死骸が見つかったとの通報がありました。それが、首を縊《くび》っての自殺に見せかけた、殺人らしいので」

「何だとっ」

役人たちは顔を見合わせた。

そして、手形を持っている番士が、忠吉の方を睨みつけて、

「木鼠の忠吉、馬方殺しもお前の仕業《しわざ》かっ」

「えっ」

いきなり本名を呼ばれた上に殺しの嫌疑までかけられて、忠吉は、口から心臓が飛びだしたような顔になった。

すぐに、三人の足軽が六尺棒で、忠吉を地べたに押さえつける。

「違う、違うっ」

忠吉は必死で叫んだ。

「馬方を殺したのは、俺じゃねえ。あの女でさあっ」

仁義も何もなく、忠吉は自分の命惜しさに、お万を指さした。

「聞いてください。あの阿魔《アマ》ァ、銀猫…」

最後まで言うことは、出来なかった。

帯の結びの中に隠した匕首《あいくち》を抜いたお万が、それを忠吉めがけて手裏剣に打ったからである。

大きく開いた口の奥を、飛来した匕首が貫いて、忠吉は絶命した。

それを見届ける暇もなく、お万は立ち上がっていた。

上方口門へは遠いので、手近な江戸口門の方へ走り出す。

「待てっ」

目の前に立ちふさがった足軽は、六尺棒をお万の左肩に叩きつけた。

が、ひらりと女がかわしたので、その六尺棒は空を切り、勢い余って地面を叩いてしまう。

その六尺棒を爪先で踏んで、お万は跳躍した。

足軽の頭上を軽々と飛び越えると、宙で一回転して、地面に降り立つ。

着地した時には、袖から右腕を抜いて、片肌脱ぎになっていた。

豊満な白い乳房の片方が、こぼれそうになっている。

何がどうなったのかわからぬまま、地面を打った足軽が背後を見た時には、お万は江戸口門を飛び出していた。

「その女を逃すな、関所破りの大罪人だぞ！」

番士の叫びに、足軽たちが、どっと江戸口門へと走る。

千人溜りへ出たお万は、掛け茶屋に座っていた中年の武士に駆け寄った。

「何じゃ……」

他の旅人たちと同じように、その武士は、まだ、関所で何が起きたのか理解していなかった。

片肌脱ぎの女の無礼を咎《とが》めようとすると、お万の右手が、毒蛇のように素早く武士の顔面に飛ぶ。

人差し指と中指が、彼の眼窩《がんか》に突き刺さった。

「ぎゃっ」

両手で顔を覆って、その武士は仰《の》けぞった。

お万は、その脇差を引き抜いて、武士を蹴り倒す。その武士は、縁台ごと背後へ倒れた。

「神妙にせいっ」

追いついて来た足軽が、お万の背後から打ちかかろうとする。

が、それよりも早く、お万は振り向き様に脇差を振るった。

「わあっ」

顔面を斜めに斬り裂かれた足軽は、六尺棒を放りだして、倒れた。

さすがのお万も、激怒のあまり唯一の武器である匕首を投げてしまったので、仕方なく、茶屋にいた武士から脇差を奪ったのだ。

余計な隠し武器を所持していて、万一にも関所で引っかかっては困ると匕首だけにしておいた配慮が、裏目に出たのであった。

片肌脱ぎになったのも、右手で脇差を扱いやすくするためであった。

「ひ、人殺しだっ！」

顔を血まみれにして倒れた足軽を見て、千人溜りは、悲鳴と怒号で大混乱に陥《おち》った。

命惜しさと関わり合いになることを避けるために、旅人たちは男も女も、我先にと広場から街道へ逃げだす。

「その女の他にも双子の娘がいるはずだ、決して逃すでないぞっ」

江戸口門から飛びだした番士が、そう足軽たちに命ずる。

が、その時には、お夏とお冬は千人溜りを抜けだして、他の旅人たちの中に紛れこみ、街道を東へ戻っていた。

何か緊急事態が起こったら、自分に構わずに、とりあえず関所から逃げだせ――と、お万に命じられていたのである。

双子と発覚しないように、わざわざ、二人が離れて逃げる用心深さだった。

「くそっ、木鼠の忠公め！」

二人目の足軽を袈裟懸《けさが》けに斬り倒して、お万は、裏切り者の忠吉を罵《ののし》る。

お万は知るよしもなかったが、これは、次平の仕業であった。

小田原でけちくさい悪事を重ねていた忠吉を、次平は、以前から見知っていた。

それで次平は、忠吉の人相などを細かく書いて、江戸で傷害事件を起こした犯罪者が偽造手形で西へ逃げようとしている――という密告文を、先ほど、関所に投げこんだのである。

その密告文には、忠吉と一緒にお万という女犯罪者が同行しているはず――と書き添えてあった。

箱根宿の居酒屋の二階で、次平が弥十郎たちに「手を打った」と言ったのは、このことだったのだ。

それにしても、忠吉にもう少し裏稼業の男としての根性があれば、お万が、こんな窮地に陥ることもなかったのである。

自分が犠牲になっても仲間を庇《かば》うのが、悪党同士の仁義であろう。

それなのに、見張りの失敗を必ず償うと言った直後に、逆にお万を売ったのだから、忠吉は犯罪者としても屑《くず》以下の男だった。

「ぐあっ」

「おおォっ」

三人目の足軽の太腿《ふともも》を断ち割り、四人目の顔面を斬り裂き、五人目の脇腹を抉《えぐ》ると、さすがのお万も、焦ってきた。

まだ、無傷の足軽や定番人たちが十数名もいるのだ。

(こんな足軽ども、一対一なら、一呼吸の間に息の根を止めてやるのに……)

問題は、白昼、こんな広場で取り囲まれているということだった。

忍び装束か何かなら、もう少し敏捷《びんしょう》に動けるし、林の中にも逃げこむという手もあるのだが、普通の女の衣装のままでは、それも難しい。

(一か八か……湖へ飛びこんでみるか)

海女くずれの津羽女ほどではないが、裸になれば泳ぎには自信があるし、夏だから凍えることもないだろう。

しかし、外海ならともかく、芦ノ湖は閉じた湖だ。

しかも、芦ノ湖を知り尽くしている役人たちと湖畔の漁師たちの追跡を振り切れるかどうか、疑問である。

(悪党仲間に少しは知られた銀猫お万ともあろう者が、こんなところで捕まるなんて……少しでいいから、隙《すき》があれば……)

と、その時、

「何をするかっ」

雷鳴のような怒声が、千人溜りに響き渡った。

「わしの猪口《ちょこ》を叩き落とすとは、どういう訳だ。人が気持ち良く飲んでいるのに」

呆《あき》れたことに、この捕物の最中に、掛け茶屋の縁台で酒を飲んでいた浪人者がいたのである。

年齢は三十代後半、総髪で袴姿の固太りの浪人であった。泥酔とまではいかないが、かなり酔っていた。

その浪人に、お万を包囲していた足軽の一人がぶつかったのである。

おかげで、彼が手にしていた猪口が地面に落ちてしまったのだった。

「今は、それどころではないわっ」

相手が身分のある武士ならば、足軽も、こんなぞんざいな言い方はしなかっただろう。

しかし、箱根の関所始まって以来と思われる大捕物の真っ最中で、因縁をつけてきたのが喰い詰め浪人だったから、足軽もつい、荒っぽい返事をしたのだった。

しかも、その足軽は、さらに重ねて、

「四の五の言うと、叩きのめすぞっ」

六尺棒の先で、浪人者の分厚い胸を突こうとした。

「たわけっ！」

吠えるが早いか、浪人者の右手が閃《ひらめ》いた。

左腰から鞘走《さやばし》った刀が、その足軽の首の付け根に叩きつけられる。

「げっ」

そいつは、踏みつぶされた蛙《かえる》のように、地べたに叩きつけられた。

血が流れていないのは、峰打ちだったからだろう。抜身《ぬきみ》を下げた浪人者は、ゆっくりと立ち上がる。

「天下の素浪人、尾崎仁兵衛《おざきにへえ》、何一つ御法《ごほう》に触れる振る舞いはしておらぬのに、この扱いは納得出来ぬ。責任者はどこだっ」

関所役人たちは知るはずもないが、この尾崎仁兵衛こそは、品川宿で甲州三羽鴉《がらす》という腕利きの助っ人屋を鮮やかに倒した、凄腕の兵法者《ひょうほうしゃ》であった。

「こいつめっ」

「同輩の仇敵《かたき》だっ」

番士が制止するよりも早く、二人の足軽が、Y字型の刺又とT字型の突棒を繰りだした。

が、仁兵衛の大刀が閃くと、刺又も突棒も、柄の半ばから見事に両断される。

「新手の関所破りだ、謀反人だっ」

得物《えもの》を斬られた足軽たちが、悲鳴をあげて後ずさりする。

その動揺の間に、お万はさらに二人の足軽を斬ると、囲みを破って広場から街道へ駆け去っていた。

「馬鹿者、お前たちは女を追うのだっ」

番士は、足軽たちに命ずると、仁兵衛の方へ駆け寄って、

「拙者、関所の番士を務める上原章右衛門《しょうえもん》という者。大事なお役目の最中とはいえ、足軽の行いは行き過ぎであった。ご容赦願いたい」

形だけだが、頭を下げる。本来なら、関所役人が、ここまで浪人者に下手に出る必要はない。

しかし、関所破りで人殺しの重要犯罪者を捕縛《ほばく》出来るかどうかの瀬戸際なので、こんな些細なトラブルに人手を割きたくなかったのだ。

「いや。拙者如きに、ご丁寧なる挨拶、痛み入る」

赤く濁った目をした仁兵衛は、上機嫌になって、

「どうです、一杯。酒は飲むもの、飲まれるべからず。友、遠方より来たりて、酒を酌み交わすも……」

「残念ながら、お役目の途中なれば。これにて、御免っ」

早口で言い捨てて、上原章右衛門は街道の方へ走り去った。

「おう、おう。お役目熱心なことで」

仁兵衛は、どっかと縁台に座り直すと、

「親爺。酒が足らんぞ。どんどん持ってこいっ」

昨日、小田原宿で賭け試合に勝ったので、懐《ふところ》は温かいのだった。

「へーい」

逆らったら、掛け茶屋を叩き壊されそうなので、店の老爺は、慌てて酒の支度をする。

広場に残った足軽二人が、仁兵衛と目を合わせないようにしながら、最初に叩

き伏せられた仲間の軀《からだ》を、ずるずると引きずっていった。

「しかし、つまらんのう」

新しい酒を飲みながら、尾崎仁兵衛は呟《つぶや》いた。

「腕の立つ奴に会いたい……品川宿のあの男のような者に……酒毒でどうにかなる前に、本物の漢《おとこ》と命賭けの勝負がしたいのう」

品川宿のあの男——とは、町人姿の緒方弥十郎のことであった。

第八章　野性の乙女

一

関所役人たちが銀猫《ぎんねこ》お万を追って煮えくりかえるような大騒ぎをしていた頃――元の弥次《やじ》さん喜多《きた》さんの姿になった緒方弥十郎《やじゅうろう》とお北は、相模国と伊豆国の国境である箱根峠を越えて、石畳の坂を下っていた。

この下り坂を、三島道と呼ぶ。

石原坂、大枯木《おおかれき》坂、小枯木坂と下ると、山中新田村《やまなかしんでんむら》に着く。山中新田は、正式の宿場と宿場の間にある〈間《あい》の宿場〉であった。

旅籠《はたご》や茶屋などが四十軒も建ち並び、本陣が一軒、脇本陣が二軒もある。

本陣とは、参勤交代の大名が宿泊する旅籠のことだが、間の宿場のそれは、〈小休《こやすみ》本陣〉と呼ばれて、休憩を目的としたものであった。ただし、天災などの非常時には、小休本陣でも宿泊が許される。

弥十郎たちは、箱根宿のお多《た》福《ふく》では茶を飲んで団子を食べただけだったので、

「遅くなったが、ここで腹ごしらえをしよう」

二人は煮売り屋へ入ると、焼き豆腐と野菜の煮付け、それに干魚という昼食を摂る。

「お腹いっぱいになったら、何だか眠くなっちゃった」

　喜多さんのお北が、甘えるように言う。

　小田原宿の旅籠の湯殿で、二人だけの特別な時間を過ごして以来、どうしても弥十郎に対して媚《こ》びてしまう、お北であった。

「そうか、そうか」

　弥次さんの弥十郎は、とぼけた顔で、

「では、俺は先に行くから、喜多さんはこの店で、好きなだけ昼寝をしていればいい」

「意地悪っ」

　お北は、ぷっと膨れて見せる。

　惚れ合った男女の、何ともたわいない会話であった。弥十郎も〈私〉ではなく、

〈俺〉というようになっている。

煮売り屋を出た二人は再び、三島道を下る。

陽が蔭って、霧が流れてきた。

山中新田村を出て少し先、右手の高台に御堂《みどう》がある。この御堂には、芝切《しばきり》地蔵が祀ってあるという。

その先の左手には、小さな馬頭観音像があった。

鬱蒼《うっそう》とした杉林の中の道に霧が流れるので、さらに薄暗くなる。

その先で、急に道が開けた。

「ここは富士見平といって、晴れていると真正面に富士の御山が、眼下には駿河の湊が見えるのだがなあ。こんなに霧が深くては、何も見えん」

「残念だけど、帰り道で見ればいいじゃない。ね？」

お北は、弥十郎の肩に頭をぶつける真似をした。

「……うむ、そうだな」

なぜか、少し言い淀んでから、弥十郎は頷く。

「よし。霧がもっと深くなる前に、先を急ぐとしようか」

「うん」

富士見平の少し先から、道は杉並木に挟まれた急坂となった。

上長坂《かみながさか》――かみなり坂とも呼ばれている坂であった。ここから三島宿までは、二里――約八キロの距離である。

しかし、浅井了意《りょうい》の『東海道名所記』には、「雨ふりには、馬も人もすべりて、しりもちをつく、よこなげにする、手足もどろまぶれになりて、はふはふくだる……はこねには、地ごくのあるといふ。ここハ坂ぐちにて、いきながら、ぢごくの道をゆくかと」と書かれているほどの難所であった。

街道の両側の杉並木の向こうは、背の高い夏草が生い茂っている。

普通は、東海道の両側には松の木を植えるのだが、箱根峠の周辺は霧の日が多くて松の木が育ちにくいので、杉の木を植えたのだという。

「待て、喜多さん」と弥十郎。

「下り坂は、上り坂よりも足を痛めやすい。まして、この霧だ。杖《つえ》があった方が良いな」

そう言って、弥十郎は、落ちている木の枝はないかと、ひょいと頭を下げた。

ほぼ同時に弦音《つるおと》が響いて、そばの杉の幹に、矢が突き刺さる。

もしも、弥十郎が偶然に頭を下げなければ、その矢は彼の頭を貫いていただろう。

「伏せろっ」

弥十郎は反射的に、お北に飛びついた。

そのまま半回転して、自分が下になり、地べたに倒れこむ。

背中が痛むが、それどころではない。

お北の軀《からだ》を右側の杉並木の方へ押しやると、早口で、

「這《は》って、その杉の木の蔭に行くのだ。そこを動くなよっ」

返事を待たずに、弥十郎は身を低くして、左側の杉並木の方へ走った。

矢の飛来した方向からして、敵は杉並木の奥の林の中にいる。

(お万とお夏お冬の姉妹は関所を越えていないはずだから……林の中にいるのは、猟師の娘という兎絵《とえ》だなっ)

武器が弓矢であったことも、刺客が兎絵という十八娘である証拠だった。

お新の話では——信州の山奥で猟師の父親と二人暮らしだった兎絵は、幼い頃から弓矢の術を父に仕込まれて、恐るべき腕前になったという。

(この霧がなければ、俺は、喉首を貫かれていたかもしれん)

丈の高い草の中を中腰で進みながら、弥十郎は考える。

抜いた道中差は、進むのに邪魔にならぬように右肩に担ぐようにしていた。

(だが、この草の中に入った以上、俺の姿は見えぬはず……)

ひゅん、と弦音が聞こえた。

彼の頭の右側を、矢が飛び抜ける。

「っ!」

弥十郎は左へ飛んだ。横向きで、草の中に倒れこむ。

甘かった。相手は、霧の中の草の動きで、こちらの位置を把握しているのだ。

(だが……やられっ放しではないぞ)

横になったままの弥十郎は、伸ばした右足の先で、その辺の草を揺らして見せる。

すぐに、第三の矢が、右足の上を飛び抜けた。

(わかった!)

弥十郎は起き上がり様、右手の道中差を投げつけた。

斜め上方向から飛来した第二の矢と第三の矢によって、弥十郎は、相手のいる位置を摑んだのである。

「あっ」

数間《すうけん》先の霧の奥で悲鳴が上がり、どさっと地面に何かが落ちる音がした。

やはり、兎絵は、樹の上から矢を射ていたのだ。

道中差の鞘《さや》を右手に握って、弥十郎は、草の中を蛇行しながら走る。

一直線に走ると、まだ相手に戦闘能力が残っている場合、弓で射られる危険があるからだ。

「む……」

樫の木の根元に、下草が乱れている場所があった。

そこに、折れた弓と矢筒が落ちていて、湯呑み三分の一ほどの量の血が倒れた草を濡らしていた。

が、その弓の持ち主の姿はない。

相手は、狩猟でいうところの半矢《はんや》──手負いの獣《けもの》である。

弓を失ったが、弥十郎の投げた道中差を武器として使えるだろう。

それに対して、こちらは、道中差の鞘しか手にしていないのだ。

「……」

弥十郎はじっとしたまま、気を凝《こ》らして周囲の様子を探った。

相手は、弥十郎が来る方向が、わかっている。

その場合、どこに隠れて待ち伏せするだろうか。自分の落下地点の奥か、右側か、左側か。

目だけを動かして樫の幹を見た弥十郎は、そこに、なすりつけたような血痕《けっこん》があるのに気づいた。

相手が落下した時についた血とは思えない。

(すると……)

奥と左右以外にも、待ち伏せする場所があった。

真上であった。

二

「うおォォっ!」

咆哮《ほうこう》を上げて、人間が落下してきた。

しゃがんだような姿勢で、両手で道中差を下向きに構えていた。

木から落ちた人間が、再び、木の上に隠れるとは、思考の盲点を突いた発想である。

「うっ」

弥十郎は、前方へ飛んだ。草の中で一回転する。

一瞬の差で、道中差の切っ先は地面に突き刺さっていた。

その娘──兎絵は、藍《あい》色の腹掛けに袖無し半纏《はんてん》を着て、細い扱《しご》き帯を締めていた。

太腿《ふともも》の真ん中あたりで断ち切った山袴《やまばかま》を穿いて、藁《わら》の脚絆《きゃはん》に黒の手甲《てっこう》、それに足半《あしなか》を履いていた。

足半とは、半円形をした前半分だけの草履《ぞうり》のことである。

踏ん張りが利くので、坂道や足場の悪い場所を移動するのに最適であった。

そして、背中には、河童《かっぱ》の甲羅《こうら》みたいに、臀《しり》の辺りまでの長さの鹿の毛皮を負っている。着皮《きがわ》と呼ばれる、一種のマントであった。

海女《あま》くずれの津羽女《つばめ》ほど色黒ではないが、小麦色の顔に大きな目をして、乱れ放題の方髪《ほうはつ》を項《うなじ》のあたりで括《くく》り、背中に垂らしている。

背丈は女としては並だが、全身が牝鹿《めじか》のように引き締まっていた。

その兎絵は、道中差を順手に持ち替えると、躯《からだ》ごと弥十郎に突きかかる。

「むっ」

それを、すれすれの見切でかわした弥十郎は、兎絵の両腕に道中差の鞘《さや》を叩きつけた。

空の鞘とはいえ、本格的に兵法を学んだ武士の一撃である。

「ううっ」

兎絵は、道中差を取り落とした。

そして、ぱっと飛びさがると、右手で腰の山刀《やまがたな》を抜く。

長さ七寸――二十一センチほどの片刃の武器だ。

弓や鉄砲で仕留めそこなった野獣に逆襲された時の、猟師の最後の得物である。

兎絵が山刀を抜いた時には、弥十郎も鞘を捨てて、道中差を拾っていた。

見ると、兎絵の袖無し半纏の左脇が裂けて、血で濡れている。手拭いを押しこんで、血止めにしていた。

「――もう、よせ」

弥十郎は、道中差の切っ先を下げて、

「待ち伏せは失敗だ。お前は、怪我をしているではないか」

お新や津羽女と同じように、銀猫お万に利用されているだけの可哀相な娘なのだ――と思っての弥十郎の言葉である。

が、相手は、大人しく降伏勧告に従うような娘ではなかった。

夜行獣のように大きな両眼を光らせて、

「でやァっ」

兎絵は、山刀を振りかぶって斬りかかってくる。

その攻撃には、捨て身の鋭さがあった。

弥十郎は、右手の道中差を返すと、その峰で山刀を受け止めた。

がっ、と火花が散る。

と、すかさず、兎絵は左の指二本で目突き攻撃に出た。この巧みな闘い方は、お万に仕込まれたのであろう。

「むっ」

弥十郎は目を突かれる直前に、危うく左手で娘の左の手首を摑んだ。

すると、兎絵は、いきなり弥十郎の左腕に嚙みついてきたではないか。

「うおっ」

弥十郎は思わず、叫んだ。

骨をも砕くかと思われるような、凄い顎の筋力だったのである。まるで、肉食獣並だ。

遠慮や手加減をしている余地は、なかった。

弥十郎は右足で、兎絵の下腹を思いっきり蹴った。

「ぎゃっ」

兎絵の軀は、一間半ほど後ろへ吹っ飛ぶ。

それでも、山刀を手放さなかったのは、さすがに山育ちの猟師の娘だけのことはある。

草の中から、兎絵は立ち上がらなかった。

そのまま這《は》って、四足獣のような速さで逃げだす。

「待てっ」

弥十郎は鞘を拾って、すぐに追った。嚙まれた左腕が痛むが、そんなことに構ってはいられない。

右手の道中差は肩に担ぐようにすると、左手で鞘を突きだし、罠や逆襲に備えて前方を探りながら走った。

霧は先ほどよりも濃くなり、高い夏草の間に流れこんで、視界を遮《さえぎ》る。

どれほど林の奥へ入ったであろうか、不意に、視界が開けた。

断ち切られたように地面がなくなって、そこから先は急斜面になっている。

斜面にはまばらに草が生えているだけで、ほとんど崖と言っても良い。

下を見ると、乳白色の霧が渦を巻いて、谷底が見えなかった。

水の音がするから、川が流れているのだろう。

(いくら何でも、この娘が綱もなしに、ここから下りられるわけがない。すると、途中で撒《ま》かれたのか……)

今、来た方へ、弥十郎が振り向いた時、

「えいっ」

右手の草叢《くさむら》の中から、飛びだしてきたものがあった。

木の枝の先に山刀を括り付けた、兎絵の即製の槍である。

弥十郎は、道中差の鞘で、その即製槍を打ち払った。

その槍は、兎絵の手を離れて、くるりと一回転しながら霧の谷底へと落下していく。

「くそっ」

素手の兎絵は、右肩から弥十郎に体当たりしてきた。

斬り殺すのを躊躇《ためら》った弥十郎は、その軀を受け止めて、左へ投げ飛ばそうとする。

が、受け止めた瞬間に、濡れた草で彼の草鞋履きの足が滑った。

「ああっ」

「わっ」

二人の軀は抱き合うようにして宙に投げだされ、真っ逆さまに谷底へ落ちていった……。

三

まず、お夏が立ち上がって、様子を見た。

いつも、そうなのだ。

何でも、姉のお夏が先に確認して、安全だとわかると、妹のお冬が行動を起こす。

もしも、先行のお夏が危機に陥った場合、お冬が、全力で救出する——それが、この双子姉妹の遣《や》り方《かた》であった。

そうやって、二人は幼い頃から助け合って生きてきたのである。

銀猫お万に拾われて、同性愛の手解きを受けた時も、まず、お夏が先にお万の指と舌で犯されたのであった……。

そこは、箱根宿の西側、なだらかな畑引山《はたびきやま》の麓、箱根峠へと向かう東海道が弧《こ》を描いている辺りだった。

宿場の方から、全く見えない位置である。

だからこそ、二人は、林の草叢《くさむら》の中から街道を窺っているのだ。

立ち上がったお夏が、街道の東と西を見たが、旅人の姿はなかった。

「大丈夫だよ。おいで、お冬」

「うん」

お冬も草叢から立ち上がり、姉妹は白く乾いた街道へ出た。そして、互いの衣服の汚れをはたき落とす。

「上手くいったね、お夏ちゃん」

「そうとも。お万姐《ねえ》さんの読みが当たったのさ」

この二人は、大胆にも関所破りを敢行し、そして見事に成功したのである。

前《さき》にも説明した通り、関所の南側には標高九百四十八メートルの屏風山《びょうぶやま》が聳《そび》えていた。

関所から五十メートルほど登った屏風山の中腹には、遠見番所が建っている。

この遠見番所には、昼夜二交代で二人ずつ足軽が詰めて、芦ノ湖を違法に渡る舟がいないかどうか、監視していた。

そして、この遠見番所の東側に、関所から山の向こう側まで二百十一間――三百八十メートルにわたって、高さ七尺の柵が設けられている。

小田原方面から来た者が、関所を迂回して、屏風山の中を通って箱根宿側へ出ようとする者を阻《はば》むためだ。

仮に、柵を乗り越えようとしても、遠見番所か関所の者に見つかってしまう。

だから、この柵を越えて関所破りすることは不可能である。

しかし――今日だけは、違った。

何しろ、元和《げんな》五年――西暦一六一九年に今の場所に関所が設けられて以来、おそらくは最も凶悪な事件が起きたのだ。

七人の足軽を斬り、一人の武士の両眼を潰した女が、小田原道を駆け下りていったのである。

さらに、つまらぬ揉め事から、足軽が一人、凄腕の浪人者に峰打ちで叩き伏せられていた。

これら九人の重軽傷者を関所の敷地内に収容し、箱根宿から医者を呼んで手当をさせるだけでも大変なのに、無論、人数を繰りだして、逃亡した女を追跡しなければならない。

さらに、小田原藩の国家老に報告して、侍十五名、足軽四十名の増援を申請しなければならないのだ。

そんな修羅場だから、遠見番所の二人も、のんびりと湖の見張りをしているわけにはいかない。

その二人の足軽も、関所に下りてきて、怪我人たちの面倒を見なければならなかった。

他の旅人たちと同じように、刃物沙汰に驚いて小田原道を駆け下りたように見せかけたお夏とお冬は、途中から街道脇の林の中へ飛びこみ、屏風山の斜面を這うようにして進んだ。

そして、二人は、関所の連中が怪我人の手当に気を取られている隙《すき》に、お万に仕込まれた体術を活かして、飛猿のように柵越えをしたのである。

それから再び、屏風山の林から隣の孫助山《まごすけやま》の林へと進み、箱根宿を迂回して、畑引山の麓を東海道がまわりこんでいる地点で、街道へ出てきたというわけだ。

箱根宿を避けたのは、関所が通行不能になっているのに、新たに東から旅人が来たら、不審に思われるからである。

それにしても、自分が何らかの突発事故で関所役人に追われる羽目になった場合のことを、双子姉妹の関所破りの方法に至るまで考慮していた銀猫お万は、とてつもない悪党というべきか。

「さ、例の二人を追うのよ」とお夏。

「姐さんに命じられた通り、黄金菩薩を手に入れるの」

「そうだね。兎絵の奴に手柄を横取りされる前に」

お冬は頷いて、杖《つえ》をついて歩きだそうとした。

その時、右手の林の中から、飛びだしてきた影があった。

「へへ、へ、待ちな」

物乞いよりひどい格好をした、四角い顔の若者である。

伸び放題乱れ放題の髪は、長年の汗と脂と垢によって、べとべとになっていた。

元は小袖だったらしい衣服は、襤褸《ぼろ》雑巾《ぞうきん》としか見えないほど汚れて、かろうじて軀《からだ》から垂れ下がっているだけであった。

無論、帯など締めているわけがなく、荒縄で代用している。

真っ黒な足に、旅人が捨てたらしい擦り切れた草鞋《わらじ》を履いていた。

「……」

お夏とお冬は顔を見合わせると、無言で後ろへ退《さ》がろうとする。

が、もう一人の若者が林の中から飛びだしてきて、彼女たちの退路を断った。

「残念でしたっ」

その馬面《うまづら》の若者も、やはり、古代人よりもひどい格好をしていた。

前方の四角い顔の若者も、後方の馬面の若者も、にやにやと気味の悪い嗤《わら》いを浮かべて、双子姉妹を眺めている。

「な、何ですか、あなたたちは」

「意地悪しないで、通してください」

お冬とお夏は、怯《おび》えたような声で言う。

そう言いながらも、気配を隠して林の中に潜んでいたのだから、並の人間ではない――と考える。

「見たぜ。二人で、そっちの林の中から出てくるのを、よ」

四角い顔の若者が、黄色い歯を見せて言った。

「おめえら、関所破りだろう」

「そんな……」

お夏が弁解しようとすると、後ろの馬面の若者が、

「じゃあ、俺たちと一緒に、関所まで戻るか。そうすれば、お前らが正式に関所を通ってきたかどうか、すぐにわかるぜ」

「……」

お夏は、返事に詰まった。

相手の言うことは的を射ているし、二人の正体がわからない以上、下手なことは言えない。

「脅しじゃねえぞ」と四角い顔の若者。

「俺は松吉、そっちの相棒は勘助だ。俺たちゃなあ、関所のお役人から頼まれた見張り人なのよ」

この松吉と勘助の二人は、東海道が曲がり道となり、箱根宿から見えなくなるこの地点を、特別に監視するように命じられているのだった。

後ろ暗いところのある者は、箱根宿が見えなくなるとほっとして油断するであろうし、三島宿方面から来た者は、箱根宿が視野に入る前にここで悪事の確認をするだろう。

そのような観点から、この二人は関所役人からわずかな給金を貰って、ここを

見張っているのだった。

給金は安いが、度を超さなければ箱根宿での飲み食いは無料だし、多少の悪事は黙認されている。

現に、お夏とお冬も、箱根宿の方から見えないのを良いことに、林の中から街道へ出てきたのである。

だから、ここに見張りを置くことを決めた関所役人の考えは、正しかったわけだ。

「さあ、どうする」と勘助。

「関所破りは磔《はりつけ》だぞ。お前ら姉妹らしいが、二人仲良く磔柱を背負って、錆槍《さびやり》で脇腹を突かれる覚悟はあるのかっ」

「待って下さい。お金なら、差し上げますから」

「後生《ごしょう》ですから、見逃してくださいな」

お夏とお冬は、弱々しい表情で哀願した。

「そうだなあ」

松吉は、お夏の差しだした一両小判を受け取ると、その端っこを軽く噛んで、贋金《にせがね》でないことを確かめる。

「魚心ありゃあ、水心っていうよなあ」

「ま、俺たちの小屋で、ゆっくり相談しようじゃねえか」

勘助は、お冬の背中を押しやった。

姉妹は仕方なく、饅頭笠を手にしたまま、見張り人たちと一緒に街道の右手の林の中へ入る。

双子が出てきた畑引山側の林とは、街道を挟んで反対側の、芦ノ湖に近い方の林の中だ。

一町ほど行くと、やや開けた草地があり、そこに粗末な家があった。

勘助は小屋と言ったが、古代人の竪穴住居に近い屋根だけの家――又建《まただ》てと呼ばれ左右から逆V字型に木を組み合わせ、そこに茅など重ねて屋根としたものである。

当然、中は土間で、そこに荒筵《あらむしろ》が敷いてあった。

「松吉、良かったなあ」と勘助。

「こいつら、双子らしいぜ。だから、どっちを相手にしても、恨みっこなしだ」

「そうともよ」松吉も笑って、

「この前みてえに、くたばり損ないの婆《ばば》ァと若い孫娘だったら、血を見るところだぜ」

そして、お冬の腕を摑むと、

「俺が先に、小屋を使わせて貰うぜ」

「ちぇっ、しょうがねえ。暑いが、木陰で姦《や》るか」

勘助が舌打ちした時、突然、お夏が走りだした。

「待ちやがれっ」慌てて、勘助は追う。

「情なしめ、こっちの娘を見殺しにするつもりかっ」

が、五メートルほど離れると、お夏は立ち止まり、饅頭笠の裏から何かを取りだした。

それは、弧を描いた黒い紙である。

骨組に貼りつけて扇を完成させる地紙、正確には扇地紙《おうぎじがみ》と呼ばれるものであった。

お夏は、その黒い扇地紙を、手首の返しをきかせて水平に飛ばす。

そいつは、くるくると回転しながら、追ってきた勘助ではなく、松吉の方へ飛んできた。

「な、何だっ」

本能的な危険を感じたらしく、松吉はお冬から手を離して、逃げようとする。

しかし、それよりも早く、黒い扇地紙は松吉の首の辺りを通過した。

「ひ……!?」

四角い顔の松吉の頸部が、ぱっくりと口を開いた。そこから、竜吐水《りゅうどすい》のように真っ赤な血が噴出する。

回転する扇地紙の端が、刃物のように松吉の首を斬り裂いたのであった。

「お、お、おめえたちは……」

相棒の信じられない死に様を見た馬面の勘助は、呆然《ぼうぜん》として立ち尽くした。

黒い扇地紙は、ブーメランのように空中で反転する。

右手を伸ばしたお冬が、それを受け止めると、再び水平に飛ばした。

今度は、まっすぐに勘助の方へ向かう。

「うひゃあっ」

勘助は悲鳴を上げて、右方向へ逃げだした。

得物《えもの》を失った扇地紙は、虚《むな》しく宙を裂く。

が、駆け寄ったお夏が、扇地紙を受け止めて、さらに勘助の背へ飛ばした。

背後から迫った扇地紙を、後頭部に眼のない勘助は、かわすことが出来なかった。

「……っ⁉」

項《うなじ》を斬り裂かれると、血柱を噴き上げて前のめりに倒れる。

扇地紙は、そばの橅《ぶな》の木の幹に突き刺さった。

近づいたお夏は、その扇地紙を引き抜くと、懐紙で縁を拭う。

二枚の地紙を貼り合わせただけで、刃物を仕込んでいるわけではない。

紙の端の鋭さと、回転力によって、素晴らしく鋭利な武器となっているのだった。

片側は黒一色だが、反対側には満開の桜が描かれていた。

お冬の饅頭笠の内側にも、同じように扇地紙が装着されている。

片側は黒、反対側は曼珠沙華《まんじゆしやげ》が群れた画であった。

お夏とお冬、春の桜と秋の曼珠沙華、これで春夏秋冬の四季が揃うので、この隠し武器の名称は――死季舞《しきまい》という。

ブーメランの場合、相手にかわされたら、それまでだ。

しかし、死季舞は、双子のお夏とお冬が常に獲物を挟みこむ陣形で遣《つか》うので、かわされても、すぐに軌道を変えて飛ばすことが出来る。

さらに、二枚の死季舞を同時に飛ばすことも出来るので、いくら名人達人といえども、これをかわし続けることは不可能であろう。

「――くだらない手間をとっちまったね」

眉をひそめて、お夏が言う。

「さ、行こうよ、お夏ちゃん」

お冬が、姉の袖を引いた。

二人は、蟻《あり》を踏み潰したほどの感傷も見せずに、街道の方へ戻る。

松吉と勘助の死骸には、早くも蠅《はえ》がたかりはじめていた。

四

「――目が覚めたか」

剥《む》きだしの薄暗い屋根裏をぼんやりと眺めていた兎絵は、その男の声で、はっと意識が覚醒した。

それは、銀猫お万から命じられた殺すべき相手――弥次さんこと緒方弥十郎の声だったのである。

板の間に敷かれた茣蓙《ござ》に仰向《あおむ》けに寝ていた状態から、兎絵は、瞬時に起き上がろうとした――が、

「ぐっ……！」

全身に稲妻のような激痛が走って、目の前が真っ暗になる。

軀《からだ》のどこが痛くて、どこが痛くないのか、まるで判別がつかないほどの、幾つもの鉄の掛矢《かけや》で同時に打たれたような、圧倒的な痛みであった。

立ち上がることは出来ず、兎絵は、そのまま茣蓙に倒れこんだ。

「う、う……」

全身を硬直させたまま荒い息をついて、激痛の波がおさまるのを、じっと待つ。

その時になって初めて気がついたが、軀のあちこちに晒し布が巻かれている以外は、兎絵は全裸であった。

乳頭が上を向いた胸乳《むなぢ》も、恥毛に縁取られた亀裂も、丸く引き締まった臀《しり》の双丘も、何もかもが剝きだしになっている。

そして、髪が湿っていた。軀の上に掛けてあったのは、男物の肌襦袢《はだじゅばん》である。

そこは、古くて頑丈そうな小屋の中で、室内に張った紐に兎絵の衣服と男物の小袖や帯などが掛けてあった。

小屋の板の間は八畳ほどの広さで、残りの六畳ほどの広さは土間になっている。柱に打ちこまれた燭台《しょくだい》の蠟燭《ろうそく》は、あまり明るくないし、変なにおいもする。魚油を固めた安物だろう。

「馬鹿なことをするな」

囲炉裏に薪《たきぎ》をくべながら、白い下帯一本の半裸の弥十郎は、のんびりした口調で言う。

腹に巻いていた晒し布は、兎絵の手当をするために使ってしまったのだ。傍《かたわ》らには、道中差が置いてある。その脇には三寸の長さの合釘《あいくぎ》が数本、置いてあった。この小屋の中に落ちていたものだ。おそらく、前にこの小屋を利用した行商人が落としていったのだろう。

「お前は左脇腹に刀傷を負い、さらに全身に何カ所も打身があるのだぞ。幸い、骨折はないようだが、皹《ひび》くらいは入っているかもしれん。まあ、あれだけの高さから落ちて、よくぞ、二人とも無事だったものだ。谷川に落ちたから、良かったのだな。途中で、岩にでもぶつかっていたら、頭が西瓜のように割れ砕けていただろう」

幸運にも、道中差も鞘《さや》も河原に落ちたので、濡れていない。弥十郎は、自在鉤《じざいかぎ》

に掛けた鍋の中を覗きこんで、

「だが、お前が印籠の中に熊胆《くまのい》を持っていたのは運が良かった。さすがに猟師の娘だな。効能に優れた本物の春熊の熊胆だろうから、気を失っている間に飲ませておいたぞ。それから、俺の持っていた傷薬を油紙に伸ばして脇腹に貼りつけ、晒しを巻いてある。だから、傷口が開かぬように、無闇に動かずに安静にして寝ていろ」

「……ここは、どこだっ」

喰いしばった歯の間から、声を押しだすように、兎絵が尋ねる。

「それは、こちらが訊きたいことだ」

塩壺の塩を、木の匙《さじ》で鍋の中に入れながら、弥十郎は言った。

「この小屋は、付近の村人たちが薪集めに使う小屋だろう。水瓶に水が満たされて、量は少ないが塩や糒《ほしいい》まで置いてある。勝手に雑炊を作ったが、後で代金を置いておくつもりさ。それが旅人の礼儀と聞いているからな」

「……」

「で、近くに村や宿場があるかどうかは、俺にもわからない。霧が深いので、お前を川から引き上げて、この小屋を見つけるのが精一杯だった。下手に村を捜しに出たら、かえって霧に巻かれて遭難しそうなのでな」

「………」

「崖から落ちて、もう、一刻《いっとき》以上はたっている。俺も街道に残してきた連れが心配なのだが、霧が晴れなければ、どうにもならぬ。ああ、そうだった」

弥十郎は、土間の隅を指さした。そこには、山刀《やまがたな》で作った即製の槍が立てかけてある。

「お前の槍が河原に落ちていたから、拾っておいたぞ」

「お、お前……頭が、おかしいんじゃないのかっ」

思わず、兎絵は怒鳴った。瞬時に頭と左脇腹に激痛が走って、すぐに後悔する。

「無礼な奴だな」と弥十郎。

「俺は一応、お前の命の恩人だぞ。もう少し、ましな言い方があるだろう」

「本当におかしい……敵の俺を助けて、手当をしたばかりか、わざわざ得物まで拾ってくるなんて……」

「しかし、あの山刀は、随分と遣《つか》いこんだ逸品だった。おそらく、お前の父の形見だろうと思ってな。それで、拾っておいたのだ」

「………」

兎絵は、くるりと寝返りをうって、弥十郎に背中を向けた。またも激痛が走ったらしく、低く呻《うめ》く。

ややあって、その呻きとは別の、喉の奥から絞りだすような嗚咽《おえつ》が、兎絵の口から漏れた。

弥十郎は無言で、その背中を眺めていたが、煮詰まらないように鍋を火の上から外すと、囲炉裏の脇に置く。

弥十郎は、兎絵の泣き声を黙って聞いていた。しばらくして、それが落ち着いてから、

「――兎絵と申したな」

弥十郎は、彼女の枕元へ座る。

「お前は今までに、何人の命を奪った」

「……………二人」

ほとんど聞き取れぬほど小さな声で、兎絵は答えた。

「そうか。猟師が鳥獣を狩るのは生きるための生業《なりわい》だから、仕方がない。しかし、人を殺すのは罪深いことだぞ。お前の亡き父は、娘が人を殺して喜んでいると思うか」

「うるさいっ」

兎絵は上体を起こして、痛みに唸《うな》りながら振り向いた。

これだけ動けるなら、先ほどに比べて痛みが穏やかになったのだろう。しかし、双眸《そうぼう》は真っ赤に充血している。

「お前なんかに、何がわかる。お父《とう》は立派な猟師だった。普通は四人がかり、五人がかりで仕留める冬の穴熊狩りを、たった一人でやった。お父が一突きで倒した熊は、皮もきれいだから、誰よりも高値で売れたんだぞ。信州一の猟師だ。猟師仲間からも、尊敬されてた。だけど四年前に、お父が卒中で死んだら、面倒を見てやった連中はみんな冷たくなって、俺の小屋に寄りつきもしなくなった」

「……」

「そして、お父から熊胆を買っていた薬種問屋の番頭が、俺に奉公先を世話してやるっていうから、山を下りて宿場の旅籠《はたご》へ行ったら……相手は女衒《ぜげん》だった。女衒に、俺を売り飛ばすつもりだったんだっ」

暗い記憶が呼び覚まされて、兎絵の眼に怒りの炎が宿った。

「あいつら、三人がかりで、俺を手籠《てごめ》にしようとしやがった。だから、俺は、あいつらの指や肩を噛み千切ってやったのさ」

「それは凄いな」

先ほどの噛みつきを思いだしながら、左腕に歯形が残っただけの自分は、運が良かったのだ——と弥十郎は思う。

「そんで、俺は旅籠から逃げだして、あちこち逃げまわっているうちに、お万姐《ねえ》さんに拾われたんだ。姐さんは、俺に飯を喰わせてくれて、身を守る術《すべ》も教えてくれた。女同士の悦びも、盗みの術も教わった。姐さんは、俺の恩人なんだ」

兎絵は、弥十郎の額に自分の額がくっつきそうなほど、身を乗りだして、

「だから、姐さんに命令されたら、どんな奴でも殺さないといけないんだっ」

「お前は、本当にそう思っているのか」弥十郎は静かに問う。

「そうではあるまい。本当にそう思っているなら、なぜ、そんな哀しい目をしているのだ」

「う……………」

兎絵の顔が、くしゃっと幼児のように歪《ゆが》んだ。そして、弥十郎の分厚い胸に顔を押しつけて、号泣する。

弥十郎は、十八娘の肩を抱いて、背中を撫でながら、

「すでに犯した罪は、もう、取り返しがつかない。お前に出来ることは、心底か

ら罪を悔いて、亡くなった者の菩提を弔《とむら》うことだけだ。お新と津羽女も、おそらく、そうしているはずだ」

「え……？」

しゃくり上げながら、兎絵は顔を上げた。

「お新さんや津羽女さん、生きてるの？　斬り捨てたんじゃないの？」

「お万がそう言ったのか」

「うん。だから、俺の弓で弥十郎……様…を仕留めるのは、二人の仇討ちでもあるんだって」

「なるほど……人心を操るのが巧みな女なのだな」

溜息《ためいき》をつく、弥十郎であった。

「二人に命は狙われたのは確かだが、殺してはおらん。俺は女人《にょにん》を斬る剣は持たぬ。俺が斬ったのは、都鳥《みやこどり》の玄太《げんた》という忍びくずれだけだ。俺を殺すのに失敗したから、もう、お万のところへは帰れない――というので、俺は、お新と津羽女には旅費を与えて、お万の目の届かぬ土地へ逃げろと言ったのだがな」

「……………」

「どうした。俺が嘘を言っていると思うのか」

「うん」兎絵は首を横に振って、

「でも、隠していることがあるみたい」

「隠していること？」

「お新さんは、お万姐さんに可愛がってもらわないと軀《からだ》が火照《ほて》って寝つけないっていうくらい、女女事《めめごと》が好きだったんだ。だから、仕事にしくじって姐さんにひどい折檻《せっかん》されても、じっと耐えていた」

「そうか……」

弥十郎は内心、たじろいだ。

「あのお新さんが、そう簡単に裏切るわけがない。裏切るとしたら……」

兎絵は、女そのものの眼になって、弥十郎を見つめる。

「弥十郎様、お新さんと……あれをしたでしょ」

「あれとは何だ」

無駄だと知りつつ、一応、弥十郎はとぼけてみせる。

「男と女のことだよ。女女事と同じ、裸で抱き合って、一晩中、舐めっこしたり、しゃぶり合ったりすんの」

えらく直接的な表現をする、兎絵であった。

「一晩中は難しいが、まあ……そうだな。お新を抱いたことは確かだ」

さすがに、お新の臀《しり》の孔を強引に犯して被虐《ひぎゃく》の悦楽に目覚めさせたことだけは、伏せておく。

もっとも、それほど深くお万との行為に溺れこんでいたのなら、お新は最初から被虐嗜好が強かったのかもしれない……。

「お新さんだけじゃなくて、津羽女さんも抱いたんじゃないの」

兎絵の女の勘は、腕利きの目明しよりも冴えに冴えわたった。

「うむ。津羽女も抱いた。それは認めよう」

「弥十郎様って、凄く良い人かと思ったら、とんだ助兵衛《すけべえ》侍だったんだね」

「おい。人聞きの悪いことを言うな」弥十郎は顔をしかめる。

「つまりだな……お新を抱いたのも、津羽女を抱いたのも、そうなるべき成り行きというものがあったのだ」

健気《けなげ》なお北を差し置いて、敵方であった女を二人も抱いたことについては、弥十郎も多少、忸怩《じくじ》たる想いがあるのだった。

「ふーん、成り行きねえ」

疑わしげに男の顔を横目で見ていた兎絵だが、

「さっき、俺に、お父の熊胆を飲ましてくれたって言ったよね。それって、どうやったの」

「俺が水と一緒に口に含んで……お前に口移しで飲ませたのだ」

「へえ……」兎絵は目を伏せて、

「俺、全然、覚えてないや」

「それは、気を失っていたからなあ」

「……もう一度」

小麦色の頰を赤らめて、兎絵は言った。

「もう一度、してみてよ」

五

「また、熊胆を飲みたいのか」と弥十郎。

「それとも……」

「馬鹿」

兎絵は、ますます赤くなって、

「今度は熊胆なしで、いいんだよ」

「よかろう」

弥十郎は、兎絵の頤に指をかけて、顔を上向かせる。

同性愛の経験しかない十八娘の表情には、初めて男性に抱かれるという羞《は》じらいと緊張、それに、怖れと期待が入り混じっていた。

男の顔が近づくと、自然と目を閉じる。

唇を重ねて、弥十郎は娘を抱きしめた。傷に障らない程度の力で、だ。

「ん……」

兎絵の方から舌先を差し入れてきたのは、お万との秘事で学んだ愛技であろう。

弥十郎は、それを受けて、舌先を絡めてやる。

二人の舌は夫婦蝶《めおとちょう》のように戯《たわむ》れて、互いの口の中を行き交った。

傷や打ち身の痛さも忘れたように、兎絵は彼にしがみついて、軀《からだ》を擦り寄せてくる。

もはや、言葉で兎絵の願いを訊く必要はなかった。弥十郎に抱かれたい――ただ、それだけであろう。

弥十郎は、静かに兎絵の軀を茣蓙《ござ》に横たえた。

幼い時に女衒《ぜげん》に買われて、肉体労働を一切せずに育てられた吉原遊郭の華魁《おいらん》は、骨組も華奢《きゃしゃ》で手足も細く、乳を練り固めたように繊細で滑らかな軀つきをしている。

そういう手弱女《たおやめ》を好む男たちが見れば、野山を駆けまわって育ったので、陽に焼けて野性の獣《けもの》のように引き締まり、新旧の小さな傷痕《きずあと》だらけの兎絵の裸体は、まるで悪童のようで、興醒《きょうざ》めかもしれない。

しかし、弥十郎は、紅白粉《べにおしろい》で飾られた精巧な人形のような女たちよりも、生気に満ちあふれた女の方が好きであった。

目を閉じたままの兎絵の首を唇でまさぐりながら、掌《てのひら》で左の乳頭を撫でる。

すでに尖っていた乳頭は、掌で穏やかに刺激されて、さらに硬くなった。

弥十郎は、乳房全体を、ふんわりと摑む。そして、左の乳房を揉みながら、唇を移動させて、右の乳頭を捕らえた。

「あ……」

兎絵の唇から、小さな喘《あえ》ぎ声が洩れた。

弥十郎が唇と舌で乳頭を嬲《なぶ》ると、その喘ぎ声が次第に大きくなる。

充分に右の乳頭を愛撫してから、弥十郎は、左の乳頭を咥《くわ》えた。右の乳房は、左手で揉みまわす。

「ひァ…んん……」

乳房への手と唇により愛撫の方法は同性愛でも異性愛でも大して変わらぬはずだが、兎絵は、生まれて初めて舐められ揉まれたかのように、初々《ういうい》しい反応を見せた。

女の手で揉まれるのと男の手で揉まれるのでは、違う感触なのであろう。

やがて、弥十郎の唇は、二つの乳房から平らな腹部を経て女の部分に迫った。

黒い恥毛は、亀裂に沿って帯状に生えている。亀裂からは、紅色をした一対の花弁が顔を出していた。

弥十郎は、その亀裂を下から上へ舐めあげる。

「んあァん……っ！」

兎絵が仰《の》けぞった。全身の筋肉が、緊張する。

「おい、傷は痛まぬか」

「へ、平気……」兎絵は笑みを見せて、

「ねえ。俺にも、弥十郎様のもの……見せて」

羞じらいながら、十八娘は言った。

これから自分の肉体を貫く男根を我が眼で確かめたいと思うのは、男性経験のない女の子の自然な感情であろう。

「よし、よし」

弥十郎は、刀傷のある左脇腹を上にして、兎絵を横向きに寝かせた。

そして、自分は下帯を外すと、兎絵に対して逆向きになって寝る。

横巴《よこどもえ》——いわゆる〈相舐《あいな》め〉の態位であった。

兎絵の左足を立てさせて、その局部に、弥十郎は顔を埋める。

「ひっ……あ、ああん……」

男の舌先が花園の奥へ入りこむ感覚に、兎絵は可愛い悲鳴を上げた。

そして、自分の目の前にある黒ずんだ肉塊に、そっと手を伸ばす。

四年前、女衒たちに襲われた時に彼らの薄汚いものは目にしていたが、それらとは違う偉容であった。

「これが、本物の男の魔羅……」

お万に教えられて、男のものの扱い方は一応、知っている。

まだ柔らかいそれを両手で握ると、兎絵は大きく口を開いて、咥えた。

そして、舌と唇で男根をもてなす。

弥十郎の舌の愛撫に酔いながら、一生懸命にしゃぶった。

さすがに、玉袋まで愛撫する余裕はない。

それ自体が独立した生きものであるかのように、次第に肉塊は膨れ上がり、そして硬くなった。

まるで豆腐のように柔らかだったのに、粘土の塊みたいに弾力のある硬さになる。

しかも、兎絵の舌が火傷《やけど》するかと思われるほど、熱く脈打っていた。

「こ、こんなに、魔羅が凄いなんて……」

口を外した兎絵は、平均サイズを遥かに凌《しの》ぐ巨獣を見て、唖然《あぜん》とする。

「案ずるな」

そう言って、弥十郎は軀の向きを変えた。

右肩を下にして横向きになっている兎絵の後ろに、自分も横になる。

半球のような形の良い臀《しり》に熱い巨砲を押しつけて、背後から兎絵を抱きしめると、娘は首を捩《ねじ》って無言で接吻を求めてきた。

弥十郎が唇を重ねると、兎絵は貪《むさぼ》るように吸ってくる。

臀の割れ目を巨砲の先端が滑り下りて、濡れそぼった花裂に密着した。

腰の位置を調整した弥十郎は、そのまま斜めに突き上げる。

「ひぐぅ………っ！」

兎絵が、背中を弓なりに反らせた。

花洞の内部の抵抗から、銀猫お万との同性愛行為にもかかわらず、神聖な肉扉は残っていたとわかる。張形――疑似男根《ディルドウ》は使わなかったらしい。

そして、その肉扉はたった今、弥十郎の巨根によって引き裂かれたのであった。

新鮮な肉襞《にくひだ》の締め具合が、素晴らしい。

「もう、半分以上、入ったぞ」

弥十郎が娘の耳元で囁《ささや》くと、眉間《みけん》に縦皺《たてじわ》を刻んだ兎絵は、こくんこくんっと頷く。

そのまま、弥十郎は腰を動かさずに、破華の激痛が終息するのを待った。

「お、俺の中に…弥十郎様の魔羅が……感じるよ、ずきん、ずきんって脈打ってる……」

「お前の大切なものを貰った。嬉しく思うぞ」

「俺も…好きな人に捧げられて、嬉しいよぅ……」

疼痛《とうつう》のためか、悦びのためか、はたまたその両方なのか、兎絵は涙ぐむ。

弥十郎は、耳の下に唇を押し当てて、

「少しずつ動くぞ。良いか」

「うん……平気だよ」

透明な愛汁《あいじゅう》に濡れて黒光りする巨根が、野性の娘の蜜壺に僅《わず》かに侵入し、そして、引き出された。

その動きを何度も何度も繰り返して、十八娘の括約筋《かつやくきん》を解《と》き解《ほぐ》しながら、その往復幅を広げて行く。

正常位だと兎絵に体重をかけることになるし、女性上位も無理なので、弥十郎は、最も女性に楽な姿勢である後側位にしたのであった。

ついに、弥十郎の黒い巨砲が、根元までも十八歳の花孔に没すると、

「ん、あっ……いっぱい、いっぱいになってるぅ……」

兎絵は喘いだ。

「これからが本番だ」

弥十郎は、背後から乳房を掴み、穏やかに腰を動かす。

くちゅ、ちゅぷっ、くちゅ……と、濡れた粘膜が擦れ合う淫らな音がした。

「辛くなったら、我慢せずに言うのだぞ」

「うん…大丈夫……」

汗まみれの兎絵は、乳房をつかんでいる男の手に自分の手を重ねて、

「まだ痛みはあるけど…それより、何か不思議な感じが……」

「こんな風にか」

弥十郎が突き入れるのではなく、腰をまわすと、

「はァんっ……！」

さらに可愛らしい声で、兎絵は哭《な》いた。

直線的な抽送だけではなく、まわしたり、突きの方向を斜めにしたりして、弥十郎は多彩に責める。

兎絵の方も、自分から臀を蠢《うごめ》かして、より深く男根を咥えこもうとした。

普通の女性だったら、体中の鈍痛のために身動きも出来ないような状態なのに、自分から積極的に快楽を貪るのだから、さすがに山育ちは体力が違う。

「や、弥十郎様……もっと、もっと乱暴に犯して。でっかい魔羅で、俺の秘女子を、胃の腑《ふ》を突き破るくらい深く、深く突きまくってぇ……っ！」

その希望に応えて、弥十郎は激しく腰を使った。

力強く突いて、突いて、突きまくる。

乙女の花園を貫通してから、四半刻《しはんとき》——三十分もたったであろうか。

「——っ！」

ついに、兎絵は泣きながら達した。花洞を痙攣《けいれん》させながら、気を失う。

ほぼ同時に、弥十郎も放った。

白濁した灼熱の溶岩流が、怒濤の勢いで奥の院に激突し、逆流して、結合部から溢れ出る。

聖液と愛汁と破華の出血がミックスされたものが、兎絵の内腿《うちもも》を濡らした。

数度に分けて発射した弥十郎は、その余韻を味わいながら、しばし微睡《まどろ》む。

兎絵もまた、幸福な陶酔の中で、半ば眠っていた。

しばらくして、弥十郎が華紙《はながみ》入れに手を伸ばそうとすると、目覚めた兎絵が、それを取った。

「俺にさせて」

そう言って、柔らかい華紙を、手で揉んで、さらに柔らかくする。

そして、結合部にあてがうと、そっと抜いた。

弥十郎の男根は、任務を終了して、休止状態になっている。

華紙を股間に押しこむようにした兎絵は、小さく呻きながら態勢を変えて、男根を咥えた。

男の聖液も自分の愛汁も、そして破華の血も厭《いと》わずに、丁寧に舐めとって、幸福そうに肉根を浄める。

弥十郎は、無言でその頭を撫でてやることで、その献身的な奉仕に対する感謝の意を伝えた。

その弥十郎の顔が、さっと緊張する。

「――兎絵。もう良い」

ただごとでない声音に、兎絵は、はっと顔を上げた。

「どうかしたの？」

下帯を締めながら、弥十郎が言った。

「どうやら……来るべき者が来たようだ」

第九章　凶姉妹《きようしまい》

一

「あ……」

喜多《きた》さんのお北は、はっと顔を上げて周囲を見まわした。

「やっと、霧が晴れてきたっ」

彼女は今まで、林の中の倒木に座りこみ、項垂《うなだ》れていたのである。

上長坂《かみながさか》で刺客に襲われた時――弥次《やじ》さんの弥十郎《やじゆうろう》は、お北に「そこを動くな」と命じて、矢の飛来した方向へ向かっていた。

その言いつけ通りに、四半刻《しはんとき》ほどは杉の根元に蹲《うずくま》って待っていたお北であったが、段々と不安になってきた。

霧は濃くなる一方だし、しかも、人通りが途絶えている。

三島宿の方から誰も来ないのは、あまりに霧が深いので、旅人たちが途中の茶屋で休んでいるからであった。

そして、箱根宿の方から旅人が来ないのは、次平《じへい》老人の策が成功して銀猫《ぎんねこ》お万が大暴れしたため、関所が閉じられたからだ。

しかし、そのことは、お北にはわからない。

(ひょっとして、弥十郎様に何かあったのかもしれない……)

あの勇士が猟師の娘ごときに敗れるとは思えないが、それでも、相手を倒して自分も負傷するということは、あり得るだろう。

(怪我をした弥十郎様が、あたしの助けを待っているかも)

そう考えると、かっと軀《からだ》の奥が熱くなってきて、鉄火気性の娘はとても、じっとしてはいられない。

ついに、お北は決心して、弥十郎の入った林の中へ足を踏み入れたのである。

その前に適当な木の枝を拾って、杖代《つえ》わりにすることは忘れなかった。

しかし、そこまでは良かったのだが、結局、林の中で弥十郎の姿は発見出来なかった。

(行き違いになって、弥十郎様は、さっきのところで待っているかも……)

仕方なく、元の場所へ戻ろうとしたのだが、そこで道に迷ってしまったのである。

自分が踏んできた草の跡を辿ればよいと考えていたのだが、霧で薄暗くなった林の中でそれを実行するのは、容易ではなかった。

そうこうしているうちに、自分が林の奥へ向かっているのか、街道の方へ向かっているのかも、全く、わからなくなった。

しかも、平らで障害物のない道ではなく、凸凹して草や灌木《かんぼく》に足を取られる林の中だから、余計に疲れる。

およそ一刻――二時間以上も林の中を彷徨《さまよ》って、ついにお北は、見つけた倒木にへたりこんだというわけである。

杖代わりの枝も、どこかでなくしてしまった。

弥十郎を助けるどころか、自分の方が誰かに助けて貰わなければならぬ状態である。

その様子を天が哀《あわ》れんだのか、しばらくすると、急に霧が晴れてきたのだった。

しかも、木々の向こうに街道が見えるではないか。

「良かった！」

疲れも忘れて、お北は、木々の間を駆け抜けて、街道へ飛びだそうとした。

が、視界の隅に人影を捕らえて、はっと足を止める。

そして、お北は素早く、灌木の蔭へ身を隠した。街道にいるのが、敵かもしれないからだ。

石畳の三島道を登ってきたのは、風呂敷包みを担いだ中年の行商人であった。

左腰には道中差を帯びている。

ひたひたと歩いてきたその男は、突然、足を止めた。そこは、お北が潜んでいる灌木の近くだった。

「………」

右手で菅笠の縁を持ち上げて、男は、辺りを見まわす。

左手は、道中差の鞘《さや》を握っている。

親指で鐔《つば》を押して鯉口《こいぐち》を切れば、ただちに抜刀出来るわけだ。

周囲の様子を探るその眼光は、尋常の町人のものではなかった。

お北は口で呼吸して、何とか気配を隠そうとする。

「……気のせいか」

そう呟《つぶや》いた男は、背中の包みを揺すり上げて、歩きだす。

上り坂を一定の調子で歩いてゆく後ろ姿は、やはり、堅気の庶民とは異なるものであった。

だが、弥十郎のように左肩が上がっていないから、武士が町人に変装したのでもないようだ。

普通の町人でもなく、武士の変装でもないとなると、残るは闇稼業の無頼漢《ぶらいかん》であろうか。

（紅蓮組《ぐれんぐみ》は女だけの集まりと弥十郎様は言ってたけど、都鳥《みやこどり》の玄太《げんた》や木鼠《きねずみ》の忠吉《ちゆうきち》みたいに助っ人している男もいるそうだから……あいつも、その一人かもしれない）

緩やかな曲り道の向こうに男の姿が消えてからも、しばらくの間、お北は動かなかった。

（……九十八……九十九……百っ）

ゆっくりと百を数えてから、お北は街道へ出てみる。曲り道の向こうから、誰も姿を現さなかった。

お北は、ほっとして、ようやく周囲を見まわす。

街道の両側に杉ではなく松の並木があることや、まわりの風景からしても、そこは、弥十郎と別れた地点から三島道を下った場所であることが明白であった。

（さて……）とお北は考える。

（坂を登って元の場所まで戻るか、それとも、一人で三島宿まで行くか）

弥十郎からは、「何かあって、俺とはぐれるようなことがあったら、その先の宿場へ行くのだ。そして、旅籠《はたご》の二階の部屋をとり、窓の外へ笠を掛けておいてくれ。端に赤い紐をつけてな。俺が待っている時は、笠に青い紐をつけておく」と言い聞かされている。

（よし。とにかく、三島宿まで行こう。そこで、弥十郎様を待ってみよう）

弥十郎もまた、自分と同じように林の中で道に迷い三島道を下った場所に出てしまったのかもしれない、とすれば、どこかの旅籠に青い紐を付けた笠が掛けてあるかもしれない——そう考えたお北は、三島道を下り始めた。

半町と行かないうちに、街道の左右に高さ三メートルほどの塚があった。その頂上には、榎《えのき》がある。

慶長年間に、徳川幕府が五街道に一里毎《ごと》の目印として設置した、一里塚であった。

「助かった、ここはどこだっ」

街道に面して、江戸からの里程と京までの里程を書きこんだ杭《くい》が、打ってあるはずなのだ。

しかし、朽《く》ちてしまったのか、誰かが引き抜いたのか、その杭は見つからない。

「――もし」

いきなり、背後から声をかけられて、

「わっ⁉」

お北は、飛び退《の》いた。

そこに立っていたのは、上品な武家の奥方だった。笠を被り、杖をついている。

年齢は二十代後半、煙るような淡い眉をして、〈臈長《ろうた》けた〉という表現がぴったりの容貌の美女であった。

いくら疲れていて杭を捜すのに夢中になっていたといっても、仮にも武術を学んだ身で、こんなに近くまで人が寄ってくるのに気づかなかったとは、不覚もいいところだ。

「突然に声をかけて、すみませんでした。少しものを尋ねますが、この辺りで、四十くらいの中間《ちゅうげん》を見かけませんでしたか」

「い、いえ……あたし…いや、俺《オイ》らは会いませんでしたが」

「そうですか」

落胆して肩を落とす武家女に、お北は、

「ご無礼とは思いますが、何かお困りのご様子。よろしければ、俺に、お話しくださいませんか」

「実は……」武家女は顔を上げて、

「供の者が、路銀の入った財布と荷物を持って、箱根宿で逐電《ちくでん》してしまったのです。わたくしは、何とか追いつけないかと三島道を下ってきたのですが……」

「そうですか。それは、ご災難でしたね。お主様の財布を持ち逃げするような野郎ですから、きっと韋駄天《いだてん》走りに逃げ去ったに違いありません。とりあえず、三島宿まで行って、宿役人《しゆくやくにん》に相談なすっては如何《いかが》で」

「そうですね」武家女は寂しく頷いた。

「幸い、急な場合のために小粒を幾つか持っていますので、とりあえず、旅の費用は賄《まかな》えます。そなたの言う通り、三島宿へ行ってみましょう」

「あの、よろしければ…俺らのような者でよろしければ、ご一緒させていただきますが。俺らも、三島宿で連れと待ち合わせをしていますんで。あ……俺ら、いや、わたくしは、江戸は神田連雀町《れんじやくちよう》の住人で喜多八《きたはち》という植木屋の見習いです。

へい」

「これは、丁寧に」武家女は、にっこりと微笑して、

「わたくしは、旗本、山岸敬之助《やまぎしけいのすけ》の妻、十和《とわ》といいます。大坂城の大御番組頭《おおごばんくみがしら》を勤める夫が病《やまい》に倒れたために、看病に参るところです」

「ははあ。それは大変ですねえ」

お北は、すっかり感心して、

「では、奥方様。参りましょうか。ここから三島まで、まだ、だいぶありそうですし」

「ここからは、一里半ほどでしょう」

「は？」

お北がきょとんとすると、山岸十和は左手の一里塚を見上げる。

「この辺りは笹原新田《ささはらしんでん》で、これは笹原の一里塚。江戸から二十七番目の塚ですから、三島宿までは一里と二十町です。道中案内に、そのように書いてありました」

「こりゃどうも……畏《おそ》れ入りました」

「いえ。それでは、行きましょうか」

「はい。お供します、奥方様」

同性の道連れが出来て、内心、ほっとしている、お北であった。

露払いよろしく、先に立って、男装娘は歩き始める。

その後ろからついてくる山岸十和は――にんまりと毒蛇のような邪悪な笑みを浮かべた。

お北は知るよしもなかったが、この十和こそは、いかなる手段によってか関所を越えてきた銀猫お万の変装した姿だったのである。

二

同じ頃――薪《たきぎ》小屋の出入り口の引戸の前に、素肌に直に小袖を着た緒方弥十郎は立っていた。

「………」

引戸越しに、弥十郎は外の気配を探る。

帯には、道中差を差していた。木股《きまた》は穿いておらず、動きやすいように着物の裾は臀端《しりはしょ》折りにしている。

「や、弥十郎様……来るべき者が来たって、どういうこと？」

これも、苦労しながら何とか衣服を纏《まと》った兎絵《とえ》が、訊く。

「誰が外にいるの？」

「お前は小屋から出てはならん……いや、命令だ。絶対に出るなよ」

厳しい表情でそう言ってから、弥十郎は、からりと引戸を開ける。

外の霧は、すでに晴れていた。

弥十郎は、ゆっくりと小屋の外へ出ると、引戸を閉じる。

小屋の前は草のほとんど生えていない空地で、左手が土手、その下が石ころだらけの河原だ。

谷川を流されて来た弥十郎は、その河原から兎絵を抱えて這《は》い上がったのである。

小屋の右側は林で、その向こうは斜面になっていた。

「………」

お新も津羽女《つばめ》も、兎絵が弓に優れていることは知っていたが、お夏とお冬の双子姉妹が何を得物《えもの》にしているかは、知らなかった。

姉妹は決して、仲間であるお新たちにも、自分たちの訓練の様子は見せなかったのだという。

ただし、それが双子であることを最大限に活かした武器であろうことは、容易に想像がつく。

なぜ、それを仲間にも秘密にしたのかは、不明だが……。

そして、先ほど、弥十郎が小屋の外にいることを感じ取った気配は二つ――つまり、上長坂の杉に刺さっていた矢を見て、兎絵が任務に失敗したと悟った双子姉妹が、彼らの痕跡《こんせき》を辿って追ってきたと考えるしかない。

だから、弥十郎は、兎絵には出てくるなと命じたのである。

仲間同士で、しかも若い娘同士で、殺し合いをさせたくなかったからだ。

（お万たちを関所で排除するという次平老人の密告策は、失敗したのか……）

弥十郎がそう考えた瞬間、右手の草叢《くさむら》の中から、何かが飛びだしてきた。

「っ！」

とっさに、弥十郎は身を屈めた。

それは黒い蝙蝠《こうもり》のようなもので、回転しながら飛行している。

頭上を通過したそれの行方を、弥十郎は、頭を巡らせて見ようとした。その時、

「伏せてっ！」

兎絵の叫びを聞いて、弥十郎は、反射的に這い蹲《つくば》った。

何も考えることなく、軀《からだ》が動いたのである。それだけ、兎絵を信頼していたのだろう。

その伏せた弥十郎の上を、土手の方から飛んできたもう一つの黒い影が、飛び過ぎる。

その影は、途中の木の枝を、すぱっと切断して、草叢の中へ消えた。

「兎絵、裏切ったねっ」

草叢の中から飛びだしてきたお夏が、言った。

お夏は、右手に土手の方から飛んできた扇地紙の形の得物を持ち、左手に饅頭笠を持っている。

「裏切り者は殺す、お万姐《ねえ》さんの命令だっ」

土手の下から跳び上がってきたお冬が、叫ぶ。彼女は、草叢から飛んできた得物と饅頭笠を手にしていた。

「なるほど……そういう理由か」

起き上がりながら、弥十郎は言った。

「お前たちが、仲間であるお新たちにも武器の修練をしているところを見せなかったのは、つまり、お万に逆らう者を処刑する役目を負っていたからだろう。だから、いざという時のために、仲間にも手の内を隠しておきたかったのだ」

「裏切り者の処刑人……そんな、ひどい……」

熊槍を手にした兎絵は、唖然《あぜん》として、

「お万姐さんは、最初《ハナ》っから、俺たちを信用していなかったってこと⁉」

自分たちはお万に手駒として利用されたことは理解していたが、少なくとも、男の理不尽な暴力から逃れる生き方を示してくれたことについては、感謝していた兎絵であった。

しかし、双子姉妹を内部粛正《しゆくせい》のための処刑人として飼っていたということは、兎絵たちは手駒どころか完全な使い捨ての道具だったということになる。

銀猫お万に繋がる最後の糸が、音を立てて切れたような想いの、兎絵であった。

「何を言ってるんだい、現にお前は裏切ってるじゃないか」

お夏は辛辣《しんらつ》な口調で言う。

「姐さんの判断は正しかったのさ」

「俺は裏切ったんじゃないっ」

兎絵は叫んだ。叫んだが、

「俺は…俺は……つまり、その……」

弥十郎に助けられてからの自らの心の変転を説明する言葉が、すぐには見つからなかった。

「兎絵は裏切ったのではなく、お万の呪縛《じゅばく》から解き放たれたのだ」

十八娘の代わりに、弥十郎が静かに言う。

「男を憎悪し人を殺しても構わない――というお万が心に吹きこんだ毒を、投げ棄てることに成功し、本当の人の道に目覚めたのだ。つまり、裏切ったのではなく、表返ったのさ。お新や津羽女と同じように、な」

「何っ」

お冬は驚いた。

「二人とも、お前に斬られたのではなく、裏切ったのか。兎絵と同じように、男のお前に瀆《けが》されて……」

お夏も、眦《まなじり》を釣り上げて、

「許さない、この死季舞《しきまい》で生きたまま切り刻んでやるっ」

「死季舞……」

先ほどの攻撃で、弥十郎は、回転しながら音もなく飛ぶ武器を姉妹が互いに受け取ることは、理解していた。

その扇地紙の外縁部は、紙でありながら剃刀のように鋭い切れ味になっている。

つまり、一人で姉妹を相手にすれば、一枚を避けても、もう一枚の死季舞で斬られてしまうのだ。

「へへ。そうは行かないよっ」

兎絵は、弥十郎の斜め後ろに位置して、

「お前たちが今まで有利だったのは、相手が一人だからだろう。だけど今は、弥十郎様と俺で二人だ。二対二で、五分五分だぞ」

「ふ、ふふふ」

お夏は嗤《わら》った。

「聞いたかい、お冬」

「うん。聞いたわ、お夏ちゃん」

お冬も、露骨な蔑《さげす》みの嗤いを浮かべる。

「あたしたち……やっぱり、こいつらに手の内を伏せておいて、良かったわね」

「間抜けな裏切り娘と股間に薄汚いものをぶら下げた野蛮な男……殺し甲斐があるってものよ」

お夏の黒い笑みは、口の端が耳まで裂けるかのようであった。

「俺を間抜けって言いやがったなっ」

弥十郎が止めるよりも早く、熊槍を構えた兎絵は、お夏の方へ猪のように突進した。

「本物の間抜けさっ」

お夏が、右手の死季舞を返し、曼珠沙華《まんじゆしやげ》の面を上にして投げる。

そして、お冬も右手を返し、桜の花の面を上にして死季舞を投げた。

「何だ、こんなものっ」

兎絵は、曼珠沙華の死季舞を熊槍で叩き落とした。

そして、その背中へと飛来する桜の死季舞を、駆けつけた弥十郎が、抜き打ちにする。

死季舞は、真っ二つに切断された――が、その時、

「あっ」

弥十郎は、叫ぶ暇もなく、兎絵を脇へ突き飛ばした。

突き飛ばして、自分は反対側へ倒れこむ。

その二人の立っていた空間を、四枚の黒い影が斬り裂いた。

死季舞である。

お夏とお冬は、饅頭笠の内側に、複数の死季舞を隠し持っていたのだった。

三

「馬鹿めっ」とお夏。

「死季舞が二枚だけと思ったのが、愚かだ。全身を斬り裂かれて、泣き喚《わめ》きながら死ねっ」

「兎絵っ」

立ち上がりながら、弥十郎は言った。

「槍を投げてはいかんぞっ」

野性の娘は、自分を女にしてくれた弥十郎を救うために、唯一の得物を捨てかねないのだ。

しかし、それでお夏を倒すか傷つけたとしても、素手になった兎絵は、お冬の方の死季舞に斬り裂かれるだろう。

弥十郎も、起き上がった兎絵も、あらゆる角度方向から飛んでくる四枚の死季舞をかわすのが精一杯で、とても、姉妹に近づくことが出来ない。

「ほほほ……舞い踊れ、死の舞をっ」

そのお夏とお冬の姉妹は、互いに相手が投げた死季舞の軌道を確実に読みとり、先んじて移動し、失速する前に空中で受け止めて、また投げるのだ。

その絶妙の連携《れんけい》は、同じ血肉を分け合った本物の双子でなければ、とても不可能であろう。

すでに、弥十郎も兎絵も、浅手だが十数カ所の傷を負っていた。

このままでは、出血多量で動きが鈍くなり、結局は死季舞の餌食《えじき》になるだけではないか。

しかし、攻撃するならば、お夏とお冬を同時に倒さないと、必ずや、残った方に殺《や》られるだろう……。

「わかった！」

いきなり、弥十郎は叫んだ。叫ぶや否や、右手の道中差を、お夏に向かって投げつける。

「むっ」

驚いたお夏であったが、しかし、素早く身をくねらせて、その道中差をかわした。

が、次の瞬間、

「ひィっ」

「ああっ」

ほぼ同時に、お夏とお冬は、その場に倒れた。

弥十郎と兎絵の肌を引き裂いた四枚の死季舞は、受け手を失って、木の幹に突き刺さったり、河原に落ちたりする。

「お、おのれ……弥十郎……」

「やったな……」

激怒と苦痛に目を真っ赤にして、双子姉妹は唸《うな》った。

彼女たちの右腕には、その袖を貫いて、何かが突き刺さっている。

それは釘《くぎ》であった。先ほど、薪小屋の中で弥十郎が見つけた長さ三寸の合釘であった。

弥十郎は、それを何げなく帯の後ろに差していたのだが、生死の境において、突然、手裏剣として打つことを思いついたのである。

通常、手裏剣術で用いる棒手裏剣は、七、八寸の長さが一般的だ。

しかし、松林蝙也斎《へんやさい》の願立流《がんりつりゅう》の流れをくむ上遠野《かみとおの》流では、長さ三、四寸の棒手裏剣を用いる。

また、寛永年間に手裏剣名人として世に知られた毛利玄達《げんたつ》は、五寸釘を投げて雀《すずめ》を捕らえる遊びをしているうちに、手裏剣術に開眼したのだという。

さすれば、弥十郎が三寸の合釘を手裏剣として用いたことは、それほど突飛なことでもなかったわけだ。

最初に道中差を投げて双子姉妹の気を逸らし、その一瞬の隙《すき》を利用して、弥十郎は両手で同時に、合釘を打ったのであった。

二人を同時に攻撃する——これが、逆転の鍵だったのだ。

「こ、こんなもの……」

女とは思えぬ恐るべき精神力で、お夏は、自分の腕を貫いた合釘を引き抜こうとした。

しかし、普通の釘と違って頭がなく、両端が尖った合釘であるから、指で挟んでも抜けない。

釘の断面が四角形であり、傷口の周囲の筋肉が収縮しているので、さらに、抜けにくくなっていた。

「兎絵、今だっ」

弥十郎はそう言って、道中差の方へ走った。

「おうっ」

兎絵も熊槍を構えて、火の玉のように双子姉妹の方へ突っこむ。

「ちっ」

お冬が、左手で何かを地面に投げつけた。

「わっ」

閃光とともに、白煙が一気に広がる。

続けて、二個目、三個目の煙玉が破裂して、濃厚な煙に視界が閉ざされた。

「兎絵、伏せろっ」

自分も灌木《かんぼく》の蔭に身を置いて、弥十郎は叫ぶ。

姉妹の右腕は使えなくしたが、まだ左手は使えるのだ。白煙の中では、逆襲される怖れがある。

ややあって、白煙が風に散らされると、双子姉妹の姿はどこにもなかった。

「逃げたか……」

道中差を拾い上げながら、弥十郎は、吐息をついた。

「や、弥十郎様ァっ！」

兎絵が、ほとんど泣きべそをかいて、弥十郎にしがみついてきた。

彼の前に跪《ひざまず》き、腰に顔を押しつけて、

「もう……もう、俺、駄目かと思ったよう……」

「はは、は。俺もだよ」

弥十郎は苦笑した。

あのような奇怪な武器を遣《つか》う殺し屋と対峙して、今、生きていることが、奇跡としか思えない。

「弥十郎様……ちょうだい……」

兎絵は、男の下帯に唇を押しつけると、その脇から肉根を摑みだした。

咥《くわ》える。

貪《むさぼ》るように、兎絵は、淫らな音を立てて舐めしゃぶった。

九死に一生を得て、生きているという実感が味わいたいのだろう。

先ほど射出したばかりだというのに、弥十郎のそれは、たちまち痛いほどに猛《いき》り立った。

弥十郎もまた、死の断崖の縁から暗黒の底を覗きこんだような気分で、体の内部に荒々しい衝動が燃えさかっている。

兎絵の頭を両手で摑むと、石のように硬く膨れ上がったもので、ぐいっ、ぐいっ、ぐいっ……と乱暴に喉の奥を突きまくる。

強制口姦《イラマチオ》であった。

「おぐっ……んんうっ……」

喉の奥に巨根を突き立てられて相当に苦しいはずの兎絵であったが、自分の生を確認したいという欲求は、その苦痛をも凌駕《りょうが》していた。

十八娘は唇の端から唾液を垂らしながらも、長大すぎる肉の凶器を、自ら深く深く咥えこむ。

ずたずたに裂けた衣服を着た全身血まみれの男女による、鬼気迫るような口淫図であった。

「む、むむっ」

信じられないほど短時間で、弥十郎は、達した。猛烈な勢いで、男の精を熱く射出する。

「ん……んぐっ……」

喉を鳴らして、兎絵は、その白い聖液を飲み干した。

射出が終了しても、兎絵は、肉根を咥えたままであった。

赤ん坊が母の乳を吸うように、肉根の射出管の内部に残ったものまで、ちゅうちゅうと吸いとろうとする。

弥十郎は、しばらくの間、その頭を撫でていたが、

「――もう、落ち着いただろう」

そっと腰を引く。兎絵の唇から抜きだされた肉根は、硬度を失って、だらりと垂れ下がった。

「小屋に入って、傷の手当てをするのだ」

憑《つ》きものが落ちたような気分の、弥十郎である。

「うん……」

名残惜しそうに、兎絵は、肉根を下帯の中にしまいこんだ。

「それから半刻《はんとき》ほど休んだら、近くの村を探すとしよう。別の着物を手に入れなければ、この格好では街道に戻れぬ。うかうかしていると、陽が落ちてしまうしな」

今夜、一晩くらいは、この小屋で休みたいほど疲れ切っていたが、手負いの凶姉妹が再び襲ってくる怖れがある。

さらに、弥十郎には気がかりなことがあった。
喜多さんのお北が無事に三島宿へ辿り着いたかどうか、であった——。

第十章　妖女《ようじょ》の魔手《ましゅ》

一

伊豆国加茂郡《かもごおり》・三島宿は、本陣が二軒、脇本陣が三軒、旅籠《はたご》の数が七十以上。三島大社の門前町が発展して、宿場町となったものだ。

その大社の前にある街道は、伊豆半島の南端の下田湊へ通ずる下田街道である。物の本には「都会の地にて商家多く、至《いたっ》てにぎわし」と書かれていた。

宿場人口は四千人ほどだが、他の宿場と違って、女の数が男よりもわずかに多い。

それは、街道筋でも有名な〈三島女郎《じょろう》〉という一晩五百文《もん》の娼婦がいたからである。

前にも述べた通り、飯盛女《めしもりおんな》は給仕をするという名目で働いていたが、実態は、売色《ばいしょく》を稼業とする女たちであった。

さらに言うと、幕府の命令では飯盛女が客にするのは旅人に限定されていたが、実際には近在の男どもが飯盛旅籠に群がりきて、ほとんど遊女屋の様相を呈していた。

喜多《きた》さんのお北が、山岸十和《やまぎしとわ》と名乗った女と入ったのは、勿論《もちろん》、飯盛旅籠ではなく〈田崎屋《たざきや》〉という平《ひら》旅籠である。

「こちらの奥方様は、道中で一緒になった御方《おかた》だが、供の者に荷物なんかを持ち逃げられて、難儀なさっている。とりあえず二階で、俺《オイ》らの隣の部屋にして貰いたいんだが、どうだろう」

とりあえず、お北が交渉すると、

「それは大変でございましたね。わかりました、一部屋、お取りしましょう。そのお供だったという盗人《ぬすっと》を手配するのに、宿役人《しゅくやくにん》を呼びましょうか」

「いいえ」

笠を取った十和は、弱々しく頭を振って、

「最初は、わたくしもそう考えておりましたが、表沙汰《おもてざた》にすれば、旦那様の恥になること。荷物も路銀も諦めます。多少の手持ちもありますし、府中に親戚もありますから、相談してみます」

「承知いたしました。なに、神仏はちゃんとご覧になっていますから、その恩知らずめは、きっと碌《ろく》な目にあいませんよ」

「いいこと言うねえ、番頭さん。じゃあ、世話になろうか」

そんな遣《や》り取《と》りがあり、二人は手甲脚絆《てっこうきゃはん》を外して濯《すす》ぎを使い、田崎屋に上がった。

そろそろ、表が薄暗くなる頃であった。

二階の角の部屋に十和が入り、その隣がお北の部屋になる。

お北は、弥次《やじ》さんの弥十郎《やじゅうろう》に言われた通りに、赤い紐を付けた笠を窓の外に吊した。

それから、「奥方様、よろしゅうございますか」と声をかけてから、隣との境の襖《ふすま》を開ける。

「わたくしは、ちょっと、宿場を一まわりしてきますんで」

「あら。もうすぐ、夕餉《ゆうげ》だそうですが」

「へい。どうぞ、奥方様は、お先に召し上がってください。じゃあ」

早口でそう言うと、頭を下げて襖を閉じる。

そのお北が、廊下側の障子を開けて出てゆく足音を聞きながら、しどけなく膝を崩して、横座りになった山岸十和――銀猫《ぎんねこ》お万は、

「さて……」

「あの男装娘、どう料理してやろうか」

気怠《けだる》げに後れ毛を掻き上げながら、そう呟《つぶや》いた。

窓の外は、夕焼け空である。

――箱根の関所の役人たちを斬り倒して小田原道を駆け下りたお万は、途中で街道の右手の林の中に逃げこんだように偽装し、実際は、左側の林へ逃げこんだ。

そして、地面に痕跡《こんせき》を残さないように木から木へ飛び移って移動して、芦ノ湖の畔《ほとり》に出たのである。

そこの漁師村には、銀太という関所破りの手助けをする小悪党がいた。

お万は、紹介者の名前を告げると、銀太に三両払って、漁舟を出してもらったのである。

そして、舟底に横たわって菰《こも》を被ると、公魚《わかさぎ》漁のふりをして、対岸に渡して貰ったのだ。

逃がし屋の銀太は、変装用の衣類や旅用具一切も扱っていた。

お万は、買い取った武家女の衣類に着替えると、箱根宿を避けて街道へ戻り、三島道を下ったというわけだ。

本当なら、真っ昼間に、こんな大胆なことをしたら、必ず露見する。

しかし、多数の重軽傷者が出た上に、逃亡したお万を追って山狩りまでしなければいけないから、関所の中は煮えくりかえったような有様であった。

屛風山《びょうぶやま》の遠見番所に詰めていた二人の足軽も、関所まで下りてきて、負傷者の手当を手伝っていたので、誰も、湖に注意を払っていなかったのである。

お万が、多くの足軽を斬った理由も、ここにあった。

もしも、関所で不測の事態が起こったら、大暴れして逃げ出して、監視の薄くなった湖から関所破りをする――と最初から決めていたのだ。

お夏とお冬の双子姉妹に屛風山から関所破りするようにと命じておいたのも、湖と山の二手に分かれておけば、最低でもどちらかは成功すると踏んだからである。

もしも、片方が捕まったら、成功した方が助ければ良い――というのが、お万の考えであった。

（三島道の途中の杉の幹に、兎絵《とえ》の矢が突き刺さっていた。お北は連れと三島で待ち合わせとか言っていたが、緒方弥十郎の奴は林の中へ飛びこんで、兎絵と殺《や》り合ったに違いない。兎絵の奴、首尾良く仕留めたかな……返り討ちに遭ったとしても、お夏とお冬が始末するはずだが……）

とにかく、お万が、鶴亀藩国家老の中丸刑部《ぎょうぶ》に依頼されたのは、江戸から大坂へ運ばれるはずの黄金菩薩を入手することであった。

その際、邪魔になるようなら、緒方弥十郎と湊屋《みなとや》のお北は殺しても構わない――と言われている。

（だけど、今となっては、殺すだけじゃ物足りない）

血を流したような真っ赤な夕焼け空を眺めるお万の瞳が、冷酷な輝きを帯びた。

（これほど苦労させられて、お新と津羽女《つばめ》という手駒を失ったんだ。あの小生意気な男装娘には、死ぬより辛い目に遭って貰わないとね……ふふ）

二

軒先の看板行灯《あんどん》には灯が入り、宿場見物に出てきた泊まり客たちと女郎買いに来た地元の男たちで、通りは賑やかであった。

（青い紐を付けた笠……青い紐を付けた笠は……）

着流し姿のお北は、田崎屋の下駄を鳴らしながら、宿場の中を一周した。

普通、宿場町は、街道の両側に帯状に家が並ぶ。

しかし、三島宿の場合は、東西に東海道が延びて、北側に三島大社が鎮座し、南側に下田街道が延びている。

三島大社の周囲にも、下田街道沿いにも家が並んでいるので、宿場町は十字型になっていた。

だから、念のために、お北はその十字型の町並を全てまわってみた。

しかし、弥次さんの緒方弥十郎が先に三島宿に着いていれば、どこかの旅籠《はたご》の二階に掛かっているはずの笠は、見つからない。

（いや、あたしが見逃したのかも）

さらに宿場を一周したが、やはり、合図の笠は見つからなかった。

がっかりすると、急に空腹を覚える。もう、空は夕闇に覆われている。

仕方なく、お北は旅籠へ戻ろうとして、三石《みついし》神社の前まで来ると、

「この薄汚ねえ坊主がっ」

「物乞いなら、他でやれっ」

「目障りなんだよっ」

三人の男たちに、鳥居の外へ突き飛ばされた老人がいた。

古びた墨衣《すみごろも》を纏《まと》った旅の僧で、地べたを転がり、呻《うめ》いている。

その老僧を突き飛ばしたのは、腰に長脇差《ながどす》こそ差していないが、風体《ふうてい》からして渡世人らしい。

「さっさと消えろってのが、わからねえのかっ！」

顎に傷のある渡世人が、老僧の脇腹を蹴ろうとした。

次の瞬間、側面から滑るように接近したお北が、右腕で蹴り足を跳ね上げながら、左手で顎傷男の胸を突いた。

「わァっ⁉」

男の軀《からだ》は後方へ吹っ飛んで、仲間二人に衝突する。

「おおっ」

三人はまとめて、無様《ぶざま》に引っ繰り返った。

「お坊さん、大丈夫かい」

お北が、旅の老僧を助け起こすと、

「ど、どうも、ご親切に……」

干物のように痩せた老僧は、何度も頭を下げる。

「この野郎、俺たちを誰だと思ってやがるっ」

藻掻《もが》くようにして立ち上がった渡世人の中で、青黛《せいたい》を塗りつけたように頰髭の剃り跡が濃い奴が、吠えた。

「知るわけないだろう、今、初めて会ったのに」

お北は、ぶっきらぼうに言った。

弥十郎の合図の笠は見つからなかったし、老人への乱暴を目撃したおかげで、この男装娘は、非常に機嫌が悪くなっている。

道中差は旅籠に置いてきたが、こんな連中に素手でも負けるわけがない。

「耳の孔をかっぽじって、よく聞きやがれっ」

年嵩《としかさ》で三白眼《さんぱくがん》の渡世人が、思いきり地面に打ちつけた腰を、さすりながら言った。

「この三島宿を縄張りにしている権造一家の代貸で、棺桶《かんおけ》の忠七《ちゆうしち》様というのは、俺のことだっ」

自分の名前に〈様〉をつけるくらいだから、人相だけではなく頭も相当に悪そうだ。

騒ぎが起こると同時に、お北たちと渡世人たちの周囲には、人垣が出来ている。

「聞いて驚くな。俺は、三途《さんず》の河太郎《かわたろう》だっ」

青黛の渡世人が、胸を反らせて名乗る。

「狂犬の仙太《せんた》ァ、俺のことよ」

お北に吹っ飛ばされた男が、喚《わめ》いた。

「生《なま》っちろい小僧のくせに、よくも、俺に恥をかかせやがったな。もう、土下座して詫びても手遅れだっ」

懐《ふところ》から、さっと匕首《あいくち》を抜くと、

「俺は怒ったら見境がなくなるんで、狂犬と呼ばれてるんだ、てめえを膾《なます》に刻んで、境川に流してやるっ」

「そうか、そうか」

田舎やくざの垢抜けない口上に、うんざりしたお北は、適当に頷いて、

「能書きはいいから、早くかかってこい。こっちは晩飯前で、ひもじいんだ」

「野郎……」激怒した仙太は、

「くたばりやがれっ」

匕首を腰だめにして、軀ごとぶつかってきた。

お北は右足を引き軀を開いて、その匕首をかわすと、左の拳を仙太の右脇腹に突き入れる。

「うっ」

仙太の動きが、一瞬、停止した。

その時、お北の右手は彼の右手首を摑み、そして、左腕を相手の右腕の上から蛇のように絡ませて、上へ持ち上げる。

鈍い音がした。

伸び切って逆反りになった仙太の右腕の肘関節が、折れたのである。

「がはっ」

匕首を放りだして、仙太は泣きながら地面を転げまわった。

「痛《いて》え、痛えよ、兄貴、何とかしてくれぇえっ」

見境がなくなるという本人の口上は、真実であった。

渡世人にはあるまじき情けない態度だが、堅気の人々の前で、見境なく悲鳴を上げている。

「よくも、仙太を……もう勘弁出来ねえ」

三途の河太郎が、匕首を逆手に構えた。

「死ねっ」

さすがに、仙太のやられ方を見て、軀ごとぶつかってゆくのは不利と思ったのだろう。その匕首を振りかぶって、襲いかかる。

と、お北は、自分から河太郎の胸元へ飛びこんでいった。

左腕で、振り下ろされる相手の右腕を受け止めると、右の拳を水月に叩きこむ。

「ぐふっ」

急所を打たれた河太郎は、背中を丸めた。

お北は、くるりと後ろ向きになると、河太郎の右腕を自分の右肩に抱えこんで、背負い投げをくらわせる。

地面に左半身を叩きつけられた河太郎は、踏み潰された野良猫のような弱々しい呻《うめ》きを上げた。

道場の畳や床板ではなく、固い地面に叩きつけられたのだから、衝撃は大きい。

さらに、お北は、右手で匕首を取り上げると、その柄頭《つかがしら》を河太郎の右脇腹に叩きつける。

「………っ」

河太郎は、ものも言わずに悶絶した。

お北は、匕首を取り捨てると、残った代貸の忠七の方を見る。青くなった忠七は、すでに逃げ腰であった。

「な、な、何でえっ」

震え声で、棺桶の忠七は言う。

「見れば素っ堅気の小僧じゃねえか。おめえのような素人を本気で相手にしたら、権造一家の名が廃《すた》るってもんだ。おいっ」

倒れている仙太と河太郎を、忠七は引き起こしながら、

「いつまでも、寝てるんじゃねえ。小僧相手のお遊びは、終わりだ。帰るぞっ」

そう言うと、二人を引きずるようにして、逃げ去った。

見物していた野次馬は、どっと笑いだす。

「なるほど、本気じゃなかったというのは、上手い言い訳だ」

「牛若丸みたいに姿の佳い若い衆に手籠《てごめ》にされて、ああでも言わないと格好がつかないんでしょう」

身繕いしたお北が、老僧を連れて歩きだすと、面白い観世物《みせもの》を堪能した野次馬たちは散っていった。

近くの掛け茶屋の縁台に座ると、お北は茶と団子を注文する。

「お坊さん、お腹がすいてるんだろう。遠慮はいらないよ。ほら、食べてくれ。俺らは、旅籠で晩飯が待ってるから」

「有り難うございます」

老僧は両手を合わせて頭を下げると、団子をゆっくりと食べ始めた。

「こんな立派なお社《やしろ》のある宿場にも、あんな毒虫みたいな連中がいるんだねえ」

「立派なお社があるからですよ」

喉に詰まらないようにとの用心からか、団子を少しずつ囓《かじ》りながら、老僧は言う。

「この宿場は、東海道と下田街道が分かれるところで、しかも、箱根峠と関所を前にしている。そして、三島大社があるので、参詣人も多い。そういうわけで、人が多く集まる場所には、罰当たりなことですが、必ず賭場《どば》と遊女屋が出来ます」

「そういえば、三島女郎って有名なんだってね」

「はい。そして、神社の境内では、賭場が開かれています。あの権造一家という乾分《こぶん》の数のは、博奕《ばくち》と飯盛《めしもり》旅籠という名目の遊女屋で稼いでいるらしいですな。乾分の数が二十人ばかりとか」

「ふーん。お坊さんは、どこから来たの」

「失礼しました。拙僧は、浄寛《じょうかん》と申します。昨日までは原宿におったのですが、鶴亀藩の先触れの方々に追い出されまして」

「鶴亀藩……？」

意外な藩名が出て来たので、お北は驚いた。

「はい。鶴亀藩主の寺尾備前守様が、この三島大社に御参詣に来られるのです。何でも、二十数年前、参勤交代の途中に、この三島大社に詣でて嫡子の無事誕生を祈願されたところ、その年の四月二十五日に、江戸藩邸で御正室様が見事に男児をご出産なされた。それで、御公儀に特別に許可を戴き、在国の年には必ず四月二十五日に三島大社に御参詣をなさるのだそうで」

「四月二十五日といえば、明日だね」

「ええ。此度《こたび》は、姫君の寿美《すみ》姫様もご一緒だそうです。今年の秋に寿美姫様がお婿様を迎えるので、その婚儀が無事に済むようにとの祈願もなさるとか」

浄寛は柔らかい眼差しで、お北を見つめながら、

「そのお行列の先々に、見苦しいものがないようにと、先触れのお侍が検分しておられたのです。明日の正午《ひる》頃には、三島宿に着くのではないかな。その前に、拙僧は宿場を出ないといけません。箱根のお関所で揉めごとがあったそうだから、

東へ行くのは難しい。下田の方へでも行きますか」

「関所で揉めごとというと？」

「おや。ご存じではございませんでしたか。身の丈七尺、口が耳まで裂けて牙をはやした恐ろしい鬼のような女が、刀を振りまわして関所のお役人たちを何人も斬り殺したそうで。小田原道の方は、その鬼女を捕まえるために数百人で山狩りをしているとか。そのため、関所は閉じられて、小田原の方へは行けないんですよ」

箱根宿側にいた旅人の伝聞だから、かなり事件が大袈裟に伝わっているのだった。

「へえ、鬼女が関所でねえ……」

次平《じへい》老人の策が成功したのか――と、お北は考えた。

すると、紅蓮組《ぐれんぐみ》の頭目の銀猫お万、それにお夏お冬の姉妹は、三島宿には来れないことになる。

それほどの規模の山狩りなら、必ず、三人とも捕縛《ほばく》されるだろう。

あとは、弥十郎が猟師娘の兎絵を撃退したことさえわかれば、一安心だ。

「――でも」お北は話題を元に戻して、

「その鶴亀藩の寿美姫様は嫁入りじゃなくて、婿取《むこど》りなの？」

「ええ。そのお婿様……幕閣のお偉方の次男だそうですが、その御方《おかた》が、次の藩主になられるとか」

「でも、さっきの話にも出たけど、鶴亀藩の江戸屋敷には松之助君《ぎみ》というお世継がいらっしゃるじゃないですか」

「拙僧も旅の噂に聞いただけですが……その松之助君は生来、蒲柳《ほりゅう》の質《たち》で、今も寝こんでおられるそうで。それで、妹君である寿美姫様が婿を取り、松之助君が若隠居して、そのお婿様がお世継になられる予定らしいです」

「なーんか、お大名の内情は難しくて、よくわかんないな」

鶴亀藩の次期藩主が誰であろうと、自分には関わりない――と、お北は思う。

とりあえず、お北にとって大切なのは、その鶴亀藩の藩士・緒方弥十郎だけであった。

（あ、ひょっとしたら……）お北は、ふと思いついた。

（遅れて三島宿に着いた弥十郎様が、赤い紐の笠を見つけて田崎屋へ入って、あたしを待っているかもしれない）

そう考えると、お北は、居ても立ってもいられなくなり、

「おい、代金はここへ置くよっ」

茶店の者に声をかけてから、お北は、素早く紙に包んだ金を浄寛に渡して、

「お坊さん。俺らは北…喜多八だ。田崎屋という旅籠に泊まってるから、何か困ったことがあったら、尋ねてきてよ。じゃあ」

慌ただしく、旅籠の方へ去った。

浄寛は、彼女の背中に両手を合わせて、頭を垂れる。それから、目を伏せたまま、ぼそりと呟《つぶや》いた。

「あれが……湊屋のお北か」

三

「こ、この馬鹿野郎どもがっ！」

独活《うど》の権造は、顔中を口にして怒鳴りつけた。

「医者の家に三人で転がりこんだまま出てこねえと聞いて、何事かと思ったら……小僧一人にぶちのめされた、だと！」

肥満体の権造は、豊かな頬肉を震わせて、

「てめえら、俺たちの稼業を何だと思ってるんだ。渡世人だぞ、博奕打《ばくち》ちだぞ、やくざだぞっ」

そこは、権造の家の居間である。三石神社前の一対三の〈観世物《みせもの》〉から、一刻《いっとき》ほどが過ぎていた。

棺桶の忠七、三途の河太郎、それに右腕に添木を当てた狂犬の仙太の三人は、震えながら額を畳にこすりつけるようにしている。

三人とも全身から打撲傷用の膏薬《こうやく》のにおいを、部屋中に撒《ま》き散らしていた。

その三人の乾分を前にして、権造は喚《わめ》く。

「やくざァ、面《つら》で飯喰っとるんだぞ、面で。宿場の連中の真ん前で、その面を潰されて、明日から、どうやって飯を喰ってくつもりだっ」

「すいません、親分っ」代貸の忠七が、そっと顔を上げて、

「とにかく相手は、形《なり》こそ細っこいが、天狗の生まれ変わりみてえに強い野郎でして……」

「言い訳はやめろっ」

権造は、湯呑みのぬるくなった茶を、がぶりと飲み干した。

「おい。そいつァ、田崎屋に泊まってるんだな」

「へい」

乾分《こぶん》の一人、盛助《もりすけ》が言った。

「宿帳には、江戸の植木見習いで喜多八と書いてあるそうで。部屋は、二階の奥から二番目です」

「ふうむ……」

権造は腕組みをして、

「相手が同じ渡世人なら、有無を言わさず、ぶち殺してやるところだが……一応、堅気か。とりあえず、右腕の一本も斬り落とすか」

「ですが、親分」盛助は言いにくそうに、

「代貸も言われた通り、その野郎は柔術か何かをやってるのか、かなり強いらしいですよ。旅籠《はたご》に乗りこむにしても、まさか、うちの一家全員で行くわけにも……」

「じゃあ、どうしろと言うんだ。恥をかかされて、そのまま引っこんでたんじゃ、権造一家の看板にかかわるじゃねえか」

再び、権造のこめかみに怒りの血管が浮かび上がった時、

「親分っ」

玄関の方から、竹松という乾分が転げるように駆けてきて、

「何だ、騒々しい」

「う、売りこみです」

「売りこみ……何の？」

「それが、用心棒の押し売りなんでっ」

「はあ？」

権造が呆《あき》れ顔になると、どすどすと廊下を踏み鳴らして近づいてくる者がいた。

居間にいた乾分たちが一斉に立ち上がると、姿を見せたのは、泥だらけの格好をした固太りの浪人者であった。

「いやあ、非道《ひど》い目にあったよ」

浪人者は、いきなり喋りだした。

「関所破りしようとした別嬪《べっぴん》が脇差を抜いて大暴れ、江戸口の千人溜まりは血の海さ。おちおち酒も飲んでいられない。とはいえ、関所が通行止めになったんだから、こっちは掛け茶屋で飲むしかないじゃないか。そうこうしているうちに、日暮れ近くなっても関所を開かないから、猛烈な勢いで捩《ねじ》こんだら、何とか、わし一人だけ通してくれた。ところが、千人溜《せんにんだま》りの茶屋で飲み続けたせいで、財布

は空っぽ。箱根宿には碌《ろく》な仕事がないから、夜道を三島宿まで下りてきたんだよ。いやあ、酔ったまま提灯《ちょうちん》なしで三島道を下ったりするもんじゃないな。滑って、転んで、見てくれ、この有様を。そういう訳で、贅沢は言わん。朝晩に軽く一升ほど飲ませてくれるだけで、随分と役に立って見せよう。どうだね、権造親分」

ぺらぺらと講釈師のように達者に喋るのを呆然《ぼうぜん》として聞いていた権造たちは、はっと気がついて、

「ふざけるな、このド三一《サンピン》っ！」

盛助が長脇差《ながどす》を抜くと、その浪人者に突きかかった。

「ほれっ」

陽気な掛け声とともに浪人者が何をしたのか、誰にもわからなかった。

ただ、盛助が庭に転げ落ちて、石灯籠《いしどうろう》に頭をぶつけたのしかわからない。

そして、盛助の長脇差は、なぜか浪人者の手に移っていた。

「…………」

権造と代貸の忠七は、顔を見合わせる。

「どうだね、親分。まだわしの腕前に納得がいかなければ、何か試しに仕事をやらせてみないか」

浪人者は、長脇差を廊下に突き立てた。

「わしは芸州浪人、尾崎仁兵衛《おざきにへえ》。鬼兵衛《おにへえ》と呼ぶ者もいる――」

四

すでに、子《ね》の上刻《じょうこく》――真夜中であった。

田崎屋に帰ってきたお北は、部屋で弥十郎が待っていなかったことには失望したが、とりあえず風呂に入り晩飯を腹に入れると、途端に瞼《まぶた》が重くなってきた。

（明日は……辰《たつ》の中刻《ちゅうこく》まで待って、弥十郎様が尋ねてこなかったら……あの矢を射られた上長坂《かみながさか》まで行って、もう一度、林の奥を捜してみよう……）

そんなことを考えているうちに、昼間の疲れが出て、お北は眠りの国に引きずりこまれた。

そして、この時刻では、旅籠全体が寝静まっている。

泊まり客の多くは、箱根越えの山祝いで酒が入っているから、余計に眠りが深い。

「んぅ……」

右肩を下にして横向きに寝ていたお北は、唇の間から切なげな溜息《ためいき》を洩らした。

夢の中で、弥十郎の左手が、胸に巻いた晒しの上から乳房を愛撫していたからである。

それも、触れるような撫でるような実に微妙な愛撫で、布越しであることがもどかしいほど、快《こころよ》いものであった。

晒しの下で、乳頭が硬く尖ってしまう。

それを布越しに確かめた左手は、お北の腹を滑り下りて、木股に達した。

そして、木股の中に入りこみ、直接、下腹に触れる。

「………っ⁉」

お北は、瞬時に覚醒した。

夢ではない、現実に愛撫されている、だが愛撫しているその手は愛《いと》しい弥十郎のものではなかったのだ。

下腹の肌に直《じか》に触れた指と掌《てのひら》の感触で、お北は、それに気づいたのである。

上掛けを跳ねのけて、お北は起き上がろうとした――が、出来なかった。

いつの間にか、左腕と右腕を奇妙な形で絡められ、極《き》められていたのである。

「お目覚めかい」

お北の背後で、右手だけで彼女の両腕を固めている者が、言った。

隣の部屋に寝ているはずの山岸十和の声であったが、その声音《こわね》には嘲笑《ちょうしょう》の色がある。

「お、お前は……」

肩越しに首を後ろに捻《ね》じ向けたお北の目に、有明行灯《あんどん》の淡い光に照らされた全裸の女の顔が見えた。

十和の顔ではない。

目鼻立ちこそ十和と同じだが、上品な武家の奥方ではなく、人の形をした毒蛇としか思えないような、妖しくも残忍そうな顔つきであった。

その時、お北の頭に、稲妻のように閃いた名前があった。

「お万か……っ⁉」

心の臓が、ぎゅっと縮み上がる。

「よく、わかったねえ」

一糸まとわぬ姿のお万は、微笑する。

「そうとも。あたしは紅蓮組の頭《かしら》、銀猫お万だよ」

「や、山狩りで、捕まったんじゃなかったのか？」

「あんな腰抜け役人どもに捕まる、お万姐《ねえ》さんじゃありませんよ。関所破りなんて、幾らでも手はあるのさ。現に、今も――」

お万は左手で、やんわりと男装娘の乳房を摑んで、

「柔術小町とか褒めそやされているお嬢ちゃんに気づかれないうちに、こんな風に軀《からだ》を好きなようにしているだろう」

「は、放せっ」

お北は身悶《みもだ》えしたが、完全に関節を極められているので、どうにもならない。

三島道で突然、背後から声をかけられた時に、気づくべきだったのだ。猫よりもひそやかに忍び寄る人間が、普通の武家女なわけがない。

「ふふふ。あんまり、大きな声を出さない方がいいよ。女同士で睦み合っているような淫靡《いんび》な姿を、宿の者や泊まり客に見られてもいいのかい」

「う……」

そんな姿を見られてしまったら、弥十郎様に顔向け出来ない――と、お北は思った。

「安心おし。殺しはしないよ……今は、ね」

お万は、喉の奥で、くくっと含み笑いをして、

「殺しはしないけど、死ぬ死ぬと哭《な》かせてあげる。あたしの指と唇と舌を味わったら、男なんか要らなくなるからね」

その左手が、再び、お北の下腹に伸びる。

「うっ、厭《いや》っ！」

小さく叫んで、お北は精一杯身を捩《よじ》ったが、しかし、お万の固め技を破ることは出来ない。

一般的な柔術とは根本的に異なる、別の技術体系の業《わざ》なのだ。やはり、お万が女忍《くのいち》くずれだというのは、事実らしい。

「本当に、おぼこなんだねえ」

豊満な胸をお北の背中に押しつけて、木股《きまた》の上から男知らずの秘部を撫でながら、お万は、うっとりと言う。

「生娘《きむすめ》を一から仕込んで、あたしの指なしでは生きていけない淫《みだ》らな人形にするくらい楽しいことは、他にないよ」

「くそっ」

「うん、うん。罵《ののし》る様子が、また可愛い」

そう言いながら、お万は、木股の左の脇から、指を差し入れようとする。

その瞬間、

「っ！」

お万の躯が、斜めに跳んだ。

ほぼ同時に、障子を突き破って、部屋に大刀が突き入れられる。

第十一章　三《み》つ巴《どもえ》

一

障子を破って突きだされた大刀は、夜具を貫き畳にまで喰いこんだ。

が、喜多八《きたはち》のお北は無事だった。

廊下の殺気を感じ取った全裸のお万が、斜めに跳ぶ時に、反動をつけるためにお北の軀《からだ》を突き飛ばしたからだ。

そのため、間一髪、夜具の上には誰もいなくなり、切っ先は虚《むな》しく夜具を貫いたというわけだ。

「外したかっ」

ばりばりと障子の桟をへし折りながら部屋へ入ってきたのは、尾崎仁兵衛《おざきにへえ》であった。

畳の上を転がったお北は、道中差を手にして素早く立ち上がる。

「あっ」

有明行灯《あんどん》の頼りない明かりに照らしだされた相手が、品川宿で弥次《やじ》さんの緒方弥十郎《やじゆうろう》に勝負を挑んできた仁兵衛と知って、お北は驚愕した。

「御浪人様、どうして、あたし…俺《オイ》らを殺そうとしたんですかっ」

「おう……お前は、たしか、あの弥次郎兵衛という者の連れだったな」

仁兵衛もお北を見て、驚いたが、

「むむ、是非もない」

すぐに、重々しく頭《かぶり》を振る。

「若いの。わしの朝晩の一升酒と三両の礼金のために、黙って死んでくれ。苦しまないように、ばっさりといくから。な？」

酒くさい息を吐きながら、宥《なだ》めるような口調で、とんでもないことを頼む。

「冗談じゃねえやっ」

木股《きまた》一枚に、胸から腹に晒し布を巻いただけというお北は、道中差を引っこ抜いた。

年頃の娘が男の姿で半裸で刃物を構える——男女の境を超越した中性的な美し

さが、匂い立つようであった。

「飲み代ほしさに質入れされる半纏《はんてん》じゃあるまいし、人間一匹、酒と引き替えに殺されてたまるもんかっ」

柔術道場に通いながら、小太刀《こだち》の方も一通りの修業をしたお北である。

酔いどれ浪人なんぞに負けるか——と持ち前の反抗心が燃え上がった。

「そうか、駄目か」仁兵衛は溜息《ためいき》をついた。

「では、仕方ない。こちらも、本気でいくしかないのう」

言うが早いか、さっと片手突きを繰りだす。

「わっ」

お北は危うく、道中差を跳ね上げて、相手の剣先を引っ外した。

ぎんっ、と耳を劈《つんざ》くような金属音。

が、それだけで、お北は、両手が痺れそうになる。片手突きだというのに、その刃は大木《たいぼく》のように重かった。

突きを外された仁兵衛だが、すぐに手首を返して、袈裟《けさ》懸《が》けに振り下ろした。

その胸元をかすめる一刀を、お北は彼方へ跳んでかわした——はずだったが、

「おおっ⁉」

出窓で引っ繰り返り、体勢を崩した男装娘は、そのまま庇《ひさし》を転げ落ちた。

赤い紐を結んだ笠も、どこかへ吹っ飛ぶ。

だが、下の路地へ落ちた時に受身をとって、道中差も手放さなかったのは、さすがに柔術自慢の助六小町《すけろくこまち》である。

そこは、田崎屋《たざきや》の塀と隣の旅籠《はたご》の塀とに挟まれた狭い路地であった。

裸足のお北が立ち上がった時、その路地の入口から、ばらばらと駆けこんできた渡世人が三人。

権造一家の竹松と嘉市《かいち》、文吉であった。

三人とも、喧嘩鉢巻に襷掛《たすきが》け、着物に裾を臀端折《しりはしょ》りにして、脚絆《きゃはん》に草鞋《わらじ》という堅固な足拵《あしごしら》えだ。

「野郎っ」

竹松が大上段に振りかぶって、お北へ斬りかかってくる。

しかし、その一撃は、尾崎仁兵衛のそれと比べれば、ままごと遊びのようなものであった。

「ぬるいっ」

お北は長脇差《ながどす》の一振りで、相手の得物《えもの》を弾き飛ばした。

素手になって愕然《がくぜん》としている竹松の股間を、素足で蹴り上げる。

「げうっ」

股間を両手で抱えこむようにして、竹松は倒れた。

背中を丸め白目を剝《む》いて、痙攣《けいれん》している。男性機能が、破壊されたのであろう。

その醜態を見下ろしたお北は、

「ん？」

首から下げて晒しの中に押しこんでいた印籠がなくなっているのに、気づいた。

はっと見上げると、二階の部屋にいる尾崎仁兵衛が、右手に印籠を持ってしげしげと眺めている。

先ほどの胸元をかすめた袈裟懸けで、印籠の紐が斬られ、そのまま畳の上に落ちたのだろう。

「そ、それは…」

お北が言いかけた時、

「くたばりやがれっ」

両目をきつく閉じた文吉が、やけくそのような諸手《もろて》突《づ》きで突っこんできた。

お北は、それをかわそうとして、悶絶している竹松に足を引っかけてしまう。

「あっ」

態勢を崩したお北は、隣の旅籠の塀に背中をぶつけて、何とか文吉の諸手突きをかわした。

目標を失って上体が泳いだ文吉の頭に、お北は右手の長脇差の柄頭《つかがしら》を降り下ろす。

ぼこっ、と出来の悪い南瓜《かぼちゃ》を叩いたような音がして、

「う……」

長脇差を放りだした文吉は、地べたに倒れこんだ。

仲間が二人までも簡単に倒されるのを見た嘉市は、たたたっ、と後ろへ退《さ》がると、

「みんな、こっちだ！　小僧は、こっちにいるぞっ」

路地から出て、通りの方へ呼びかける。

「おうっ」

「今、いくぞっ」

だだっ、と複数の足音が迫ってきた。

「まずいっ」

半裸で裸足のお北は、塀をよじ登って庇から二階へ戻ることもならず、仕方なく、路地の奥へ走りだした。

「おい、こら、若いのっ」

二階の出窓から、仁兵衛が慌てて叫んだ。

「お前は、わしの獲物なんだぞ。逃げてはいかんというのに……」

舌打ちをした仁兵衛が、見るともなく隣の部屋を見ると、倒れた襖《ふすま》の蔭で素早く身繕《みづくろ》いしたお万が、そこにいた。

有明行灯の淡い光に照らされて、幽玄とすらいえるような美しさである。

「おやァ……？」

仁兵衛は首を捻《ひね》って、

「そなたの顔、どこかで見たぞ」

「無礼でしょう。夜中、女人《にょにん》の部屋に抜身《ぬきみ》を下げて飛びこむとはっ」

お万は、武家の奥方らしい貫禄を見せて、叩きつけるように言った。

「いや、いや、たしかに見た顔だ。髪形も着ている物も違うが……わかったっ」

赤く濁った両眼が、かっと見開かれる。

「貴様は、関所で血刀《ちがたな》を振るった女っ！」

二

「ちっ」

お万の右手から、浪人者の顔面に向けて何かが飛んだ。

「むむっ」

仁兵衛は左手の大刀で、それを弾き落とす。

幅一寸ほどの、八角形をした平たい鉄礫《てつつぶて》であった。

周縁部は鋭く削られていて、目に命中すれば、確実に視力を奪うであろう。

お万は、この鉄礫を逃がし屋の銀太から買い取り、左右の袂《たもと》に落としこんでいたのだった。

仁兵衛は、右手の印籠を懐《ふところ》に押しこみながら、

「凶悪な関所破りを捕らえたとなれば、小田原藩から出る褒美金は十両……いや、三十両は下るまい。あの若いのを斬って権造親分から出る三両より、こっちの方が上等な獲物だ」

「馬鹿をお言いでない。狸《たぬき》や貉《むじな》じゃあるまいし、お前のような酒くさい浪人者に

捕まるような間抜けなお万姐《ねえ》さんじゃないよっ」

上品な武家の奥方の仮面を脱ぎ捨てたお万は、伝法な口調で啖呵《たんか》を切った。

さっと片肌脱ぎになると、右手に懐剣を逆手で構える。

「お万というのか。お前の手並は、あの千人溜りで、たっぷりと見せてもらった……」

じりっ、じりっ、と間合を詰めながら、仁兵衛は言う。

「関所の足軽たちに死人は出なかったようだが、お万、今までに相当、殺しているだろう」

「さて、両手両足の指で足りるかどうか……」

お万は、麗貌《れいぼう》に不気味な笑みを浮かべた。

「では、関所破りとして磔柱《はりつけばしら》を背負い錆槍《さびやり》で脇腹を突かれても、文句はあるまい。観念せいっ」

峰を返した大刀を、仁兵衛はお万の肩口に斜めに振り下ろした。

が、それと同時に、お万は、左手の中に握りこんでいた鉄礫を、仁兵衛の顔面めがけて投げつける。

「んっ」

頭を傾けて、それを避けた仁兵衛の剣は、きぃーんっと甲高《かんだか》い音を立てて懐剣に弾かれる。

次の瞬間、お万は出窓から飛びだしていた。

下の路地へ飛び降りたのではない。

足袋跣足《たびはだし》で、お万は、庇を猫のように身軽に駆ける。懐剣が邪魔にならないように、右手を背後にまわしていた。

が、ふと肩越しに振り向いて、

「あっ」

さすがのお万も、驚いた。

頑丈そうな体軀《たいく》の仁兵衛が、柿葺《こけらぶ》きの庇を踏み抜きもせずに、追いかけてくる。並の兵法者《ひょうほうしゃ》に出来る芸当ではない。この男は、達人に近いのではないか。

庇の端まで来たお万は、跳躍して、裏の屋敷の瓦葺きの庇に飛び乗ると、その二階の屋根に登った。

が、仁兵衛も、その屋敷の庇に飛び移り、さらに、二階の屋根に上がってきた。

「くそっ」

唇を嚙んで、お万は懐剣を構える。

太腿《ふともも》まで露《あら》わにして星空を背負って立つその姿は、一幅《いっぷく》の扇情的な無惨画のようであった。

「無精髭を生やした酔いどれ浪人の分際で、このお万様を追い詰めるとは……」

「三十両の褒美金がかかっていると、わしも、随分と本気になるのさ」

仁兵衛は、大刀を片手中段につけて、

「お万。おとなしく捕まる気はないか」

「起きやがれっ」

お万は、女豹《めひょう》のように突進した。

勢いをつけて躍りかかると見せて、さっと身を沈めると、仁兵衛の脛《すね》を斬り払おうとする。

だが、仁兵衛は、

「おうっ」

跳躍して懐剣をかわすと、大刀を下向きにして、女凶賊を芋刺しにするために落下してきた。

「うっ」

お万は右へ転がって、それをかわした。

仁兵衛の大刀の切っ先が、瓦を砕く。

勢いのついたお万の軀は、そのまま屋根の傾斜を転げ落ちて、裏庭へと落下した。

仁兵衛がそれを追おうとすると、屋敷の裏庭の暗がりから、何かが飛来した。

「おっ」

反射的に、仁兵衛は、それを弾き落とす。

瓦屋根に落ちたそれは、鉄の十字手裏剣であった。

さらに、二本目、三本目の十字手裏剣が飛んできた。

それを弾き落とした仁兵衛は、屋根の反対側へ身を伏せる。

ややあって、そっと顔を出して裏庭の方を窺う。

その墨汁《ぼくじゅう》を流しこんだような暗がりの中に、敵の気配はなかった。

「逃げたか……お万め、仲間がいたのか」

仁兵衛は、ゆっくりと立ち上がり、

「やれやれ……二兎《と》を追って一兎をも得ず、というところか」

大刀を鞘《さや》に納めると、懐から印籠を取りだす。

「あの若いのも、首から印籠を下げているとは、変わった奴だなあ」

そう言って、何げなく印籠の蓋を取ると、

「おっ」

中には、星明かりにも神秘的に輝く金色の月光菩薩像。

「これは一体……」

首を捻《ひね》る、尾崎仁兵衛であった。

三

三島宿の南側にある雑木林の中――お北は、六人目の追っ手を斬った。

左の太腿を割られたそいつは、老婆のように嗄《しゃが》れた悲鳴を上げ、長脇差《ながどす》を放りだして臀餅《しりもち》をつく。

「血、血ィ、血だっ……誰か止めてくんねえ……死ぬ、死んじまうようっ」

自分で腿の付根を縛って血止めをすることもせず、幼児のように泣き叫んでいた。

道中差を持った素足のお北は、さらに雑木林の奥へと走る。

三島道の林の中と違って、足をとる下生えが少ないのが救いだ。

全身が汗まみれで、呼吸が苦しかった。

江戸で、刃物を持った無頼漢と闘って、これを打ち倒したことは、何度もある。しかし、見知らぬ土地で夜中に半裸の状態で、長脇差を持った大勢の渡世人たちに追われるというのは、鉄火な気性の助六小町としても、初めての体験であった。

お北は、これほど〈死〉を間近に感じたことはない。

峰打ちや柄頭《つかがしら》で打ち据える余裕はなく、身を守るために、ひたすら道中差を振りまわすことになった。

致命傷こそ与えていないと思うが、お北の剝《む》き出しの右腕や晒しを巻いた胸にも、返り血が飛んでいる。

急に林が終わって、小径《こみち》に出た。少し先に、木の祠《ほこら》がある。

「ふぅ……」

お北は、その前に座りこんで、祠にもたれかかった。道中差を地面に置いて、荒い息をつく。

幸いにも傷こそ負っていないが、走りずくめだったので、木の根や小石を踏みつけた足の裏が痛かった。

水が欲しかったが、井戸も小川も探している余裕はない。

星明かりに祠の中を覗いて見ると、一尺半ほど高さの地蔵が置かれている。

我知らず、お北は両手を合わせて、地蔵に向かって頭《こうべ》を垂れた。

その時、背後に気配を感じた。

「うっ」

慌てて、地面に置いた道中差を拾い、片膝立ちで背後を払う。

が、相手の長脇差が勢いよく激突した。異様な音を立てて、お北の道中差が、
真ん中から折れ飛ぶ。

「見たかっ」

調子に乗った相手は、その長脇差をお北の頭へ振り下ろした。

「あっ」

お北は、柄を捨てながら前方へ飛びこむようにして、その一撃をかわす。

一回転して立ち上がり、振り向いたが、しかし、素手のままだ。

相手は、頰の削《そ》げたような陰惨な容貌の渡世人であった。

「何だ、その構えは。柔術でもやってるのか」

そいつは、にやにや嗤《わら》いながら、

「面白《おもしれ》え。へろへろの腰つきで、どんな業《わざ》が使えるのか、この小源太様に見せて貰おうじゃねえか」

そう言って、小源太という渡世人は、さっと片手突きを繰りだす。

お北は、右足を引いて軀《からだ》を開き、その突きをかわそうとした。

が、小源太は素早く手首を返して、突きから横薙《よこな》ぎへ転ずる。

「ああっ」

さらに、その横薙ぎをかわそうとしたお北は、足がもつれて、倒れた。

「死ねぇっ」

小源太は長脇差を、お北の首筋めがけて振り下ろそうとした。

その刹那《せつな》、

「たわけっ！」

背後から、小源太を一喝した影法師があった。

「へ……？」

思わず振り向こうとしたその頭部に、背後の影法師が、峰を返した道中差が叩きつける。

「ほげァっ」

小源太は、地べたに顔面を叩きつけるようにして、倒れた。開いた口の端から唾液を垂らして、失神する。

「弥十郎様っ」

お北は叫んで、立ち上がった。小源太を倒した影法師は、古い野良着を着た緒方弥十郎だったのである。

「お北っ」

自分の胸に飛びこんできた男装娘を、弥十郎は左腕で抱きしめた。

「無事で良かった、本当に良かった……」

お北は、ぽろぽろと熱い涙の粒を零《こぼ》していたが、弥十郎もまた目を潤ませている。

それから、はっと気づいて、

「教えてくれ。この渡世人は一体、何だ？」

四

「そうか。旅の僧を助けたのがきっかけで、月光菩薩の印籠があの浪人の手に

「……」

腕組みして考えこむ弥十郎に、

「ごめんね、ごめんなさい。あたしが至らなかったんですっ」

お北は、弥十郎の膝に身を投げかけた。

「命に賭けても取り戻すから……お願い、あたしを嫌いにならないでっ」

継ぎのあたった股引《ももひき》の膝を熱い涙で濡らすお北の肩を、弥十郎はやさしく叩いて、

「案ずるな。嫌いになぞ、なりはせぬ」

「……本当？」

涙に濡れた瞳で、愛する男の顔を見上げるお北だ。

「本当だ。俺は、そなたの…大事なところを見て、接吻までした男だぞ。すでに、夫婦《めおと》同然ではないか」

「まあ……」

お北は真っ赤になった。そして、目を閉じると、顎を上げる。

弥十郎は、男装娘の肩を抱きしめて、その紅唇を吸った。

激情のままに、お北は自分から舌を差し入れて、男の舌に絡ませる。

そこは、三島宿から少し離れた小名木村《おなぎむら》の農家の離れであった。

元は隠居所だった建物で、押し入れ付きの六畳と四畳半の二間だけだが、後架も台所もあり、台所には内井戸まである便利さだ。

――弥十郎は、死季舞《しきまい》を遣《つか》う凶姉妹を撃退してから、例の薪《たき》小屋で一休みすると、兎絵《とえ》を背負って川沿いに下り、増根《ますね》という山村に着いた。

その増根村の長兵衛という百姓の家に、礼金を払って兎絵の看病を頼んだのである。

そして弥十郎は、ずたずたに切り裂かれた衣類の代わりに、古い穴だらけの野良着を買い取った。

その格好では腰に道中差を差すわけにはいかないから、道中差を包む菰《こも》も貰った。

兎絵に別れを告げて家を出る時に、長兵衛から、「三島宿で困ったことがあったら、小名木村の友吉という者を尋ねなせえ。友吉の奴は従兄弟《いとこ》ですから。わしから聞いたと言えば、大抵の頼みは聞いてくれますで」と言われていたのである。

それで、真夜中の小径を三島宿へ向かっているうちに、あの祠《ほこら》の前で、お北が襲われている場面に遭遇したというわけだ。

まさに、天佑というべき偶然であろう。

疲れ切った半裸のお北を連れて、三島宿へ戻るわけにはいかない。

どうせ、三《み》つ巴《どもえ》の戦場となった田崎屋は、煮えくりかえるような大騒ぎになっているはずだ。

その当事者の一人であるお北は、今さら他の旅籠《はたご》に泊まることも不可能であろう。

しかも、彼女の連れが不似合いな野良着姿に道中差を所持した弥十郎とあれば、なおさらである。

そういうわけで、弥十郎は裸足のお北を背負って、小名木村へ向かった。

真夜中に友吉の家の板戸を叩いたにも関わらず、長兵衛の紹介だというと、何も事情を聞かずに、家に入れてくれた。

そして、弥十郎が相応の金を渡すと、四十男の友吉は恵比須顔になって、二人を裏の離れに案内したのである。

友吉も、長兵衛も、根掘り葉掘り事情を聴くこともなければ、代官陣屋の役人に密告することもなく、気にするのは礼金の額だけであった。

日本の大動脈である東海道沿いの村々の者は、弥十郎たちのような旅の〈訳有《わけあ》り者《もの》〉の面倒を見て現金を稼ぐことに、慣れているのであろう。

この隠居所に寝起きしていた老父は、二年前に亡くなったそうだが、掃除はそれなりに行き届いている。

つまり、老父が亡くなった後は、訳有り者の宿として使っているのだろう……。

「――お北」弥十郎は唇を離すと、十八娘を見つめて、

「血と泥で、せっかくの別嬪《べっぴん》が台無しだ。俺は母屋《おもや》へ行ってくるから、まず、軀《からだ》を拭くが良い」

「うん」

こくん、と頷くお北の双眸《そうぼう》は、嬉しそうに輝いている。

土間の井戸から水を汲み上げると、全裸になったお北は、濡らした手拭いで全身を拭い、汗と血と泥を落とした。

肌が痛くなるほど丁寧に拭ったのは、今宵《こよい》こそ、自分の運命の夜だという予感と期待があったからだ。

血のついた晒しも、洗う。

弥十郎が大切な黄金菩薩のことをあまり心配する様子がないことが何か不思議なお北であったが、これから起こるであろうことを考えると、その疑念は吹っ飛

んでしまった。

その間に、弥十郎は母屋で、白い肌襦袢《はだじゅばん》と男物の藍微塵《あいみじん》の単衣《ひとえ》、それに帯を買ってきた。道中差もだ。

やはり、友吉は訳有り者相手の商売人だったのである。

単衣も帯も無論、新品ではなく古物だが、虫喰いやほつれはないから充分に実用に耐えるものだ。

下田街道に近いだけあって、山村の増根村よりも品揃えが充実している。

全裸のまま、お北は襖《ふすま》の蔭で弥十郎が来るのを待っていたが、

「これはまだ、着るには及ばぬ」

行灯《あんどん》の脇に衣類を置くと、弥十郎は押し入れを開けて、夜具を敷いた。

それを見て、お北は、

「………」

胸の鼓動が、耳の中で幾重にも反響するような気分だ。

弥十郎は野良着を脱いで、腹に晒しを巻いた下帯一本の姿になると、夜具の上に正座する。

「お北――こちらへ参れ」

「は、はい……」

自分でも意外なほど震える声で、お北は答えた。

左腕で胸を隠し右手で局部を隠すと、襖の蔭から出て、弥十郎と向かい合って座る。

「今より、我らは真実《まこと》の夫婦《めおと》となるために契《ちぎ》りを交わす」

「……」

「夫婦となった以上は、いかなる困難に遭おうとも、生きるも死ぬも一緒じゃ。その覚悟はあろうな」

「はい」

少しの迷いもなく、お北は頷いた。

「弥十郎様が死ぬ時は、あたしも死にます」

「うむ……」

少しの間、弥十郎は、万感胸に迫るという表情で、お北の顔を見つめる。

それから、枕元の五合徳利と湯呑み茶碗を取って、

「では、三三九度とは参らぬが、杯……いや、湯呑みを交わそう」

弥十郎は笑顔を見せた。

五合徳利の中身は、自家製の濁酒《にごりざけ》である。それを縁の欠けた湯呑みで、二人は一口ずつ飲む。

その濁酒は、お北には、どんな銘酒よりも美味に感じられた。

「お北……」

全裸の十八娘を夜具に横たえると、弥十郎は接吻した。深く、舌を使う。お北もまた、情熱的にそれに応えた。

それから、弥十郎はゆっくりと時間をかけて、お北の首筋や胸、引き締まった腹、太腿《ふともも》、そして、無垢の秘処《ひめどころ》へと愛撫を加える。

お北は、甘ったるい悦びの声を上げて、全身で反応した。薄い草叢《くさむら》の奥から、透明な愛汁《あいじゅう》が豊かに溢れて、内腿と夜具を濡らすほどである。

頃良しと判断した弥十郎が、軀の位置を変えて、いよいよ合体に入ろうとした。すると、今まで固く目を閉じていたお北が、静かに目を開いて、

「あの、弥十郎様……お願いがあります」

「何だね」

「弥十郎様は、あたしの全てをご覧になったでしょ？」

「うむ、見せて貰った」

「ですから……」

お北は少し言い淀んで、

「あたしも、弥十郎様の全てが見たいの」

「む……なるほど」

弥十郎は苦笑した。

そのまま立ち上がって、くるくると腹の晒しを解き、下帯も取り去る。

「お北。これが、そなたの夫となる者の全てだ」

何も隠さずに、全裸の弥十郎は仁王立ちになる。

下腹の繁みも、そこから垂れ下がっている肉根と玉袋も、お北の目の前に曝《さら》けだされた。

「まあ……」

身を起こしたお北は、男の前に正坐して、その下腹部に顔を近づける。

成人の男器をまじまじと見たのは、これが初めてであった。

土筆《つくし》のような可愛らしい幼児のものならば、お北も湯屋で見たことがあるが、黒ずんだ肉塊は妖しさと凶暴さに満ちあふれているようであった。

思い切って、お北は、その肉塊に鼻先を押しつける。

「これが……弥十郎様のにおい……」

「無理をせずとも良いのだぞ」

弥十郎が、処女の恐怖心を気遣ってそう言うと、

「いいえ」とお北は頭を振る。

「弥十郎様だって、あたしの……大事なところを……だから、あたしも致します」

紅唇を開いて、お北は、肉根の先端を咥《くわ》えた。

同年配の友達や年上のおばさん連中が、男勝りのお北に、面白がって色々な閨《ねや》の知恵を授けてくれるのである。

だから、お北は生娘《きむすめ》だが、かなりの耳年増《みみどしま》になっていた。女が、男のものを愛撫する方法も、知識だけだが知っている。

今、その知識が実行に移されているのであった。

しゃぶって、舐めて、また、しゃぶる。

男知らずの美しい十八娘が、目を閉じて無心に男根に奉仕している有様は、神々しさすら感じられるほどだ。

弥十郎は、お北の頬や項《うなじ》を優しく撫でることによって、感謝の心を伝えた。

やがて、彼の生殖器は、男として健全な反応を示す。

その堂々たる偉容を見て、お北は、

「ほ、本当に、これが……」

自分の大事な部分に入るのか――と愕然《がくぜん》としたようであった。

「お北」

腰を落とした弥十郎は、お北の両肩に手をかけて、

「決して、そなたの軀を傷つけるようなことは致さぬから、俺を信じてくれ」

「あ……あたしが愚かでした」

お北は目を伏せて、

「弥十郎様に身も心も捧げる覚悟さえあれば、どのような労苦をも怖れるべきではなかったのです」

再び仰臥《ぎょうが》して目を閉じる。

「どうぞ……お心のままに、なすってくださいまし」

「よし、よし」

弥十郎は、お北の上に覆い被さった。

そして、猛々《たけだけ》しく屹立《きつりつ》したものの先端で、乙女の花園を愛撫する。

慌てて突き入れたりせずに、時間をかけて、緊張した括約筋《かつやくきん》を解き解していった。

しとどに濡れそぼった処女の肉体が、これ以上ないというくらい安らいだ時、弥十郎は静かに、しかし決然として、一気に貫く。

純潔の肉扉を引き裂かれ、その花洞をいっぱいに押し広げられ、その奥の院までもが灼熱の剛根に占領された瞬間、

「………っ‼」

お北は背中を弓なりにして、仰《の》けぞっていた。

そのまま、弥十郎は動きを止めると、お北の目の端に浮かんだ涙の粒を吸ってやる。

「よくぞ、堪《こら》えたな。これで、俺とそなたは真実の夫婦だ」

「弥十郎様……」

破華の疼痛に耐えるお北の声は、震えていた。

「ん？　もう、違う呼び名があるだろう」

弥十郎は、悪戯《いたずら》っぽく微笑する。

「えーと……だ、旦那様」

「うむ。何だ、奥」

「旦那様……北は、北は幸せすぎて……たった今、命を取られても悔いはありませんっ」

　感激のあまり、さらに涙を流すお北であった。

「俺も同じ気持ちだよ」と弥十郎。

「だが、生ある限り、二人で幸せに暮らすのだ」

「でも、あたしは商人の娘で、旦那様は立派なお武家……殿様のお許しが出るかしら」

　急に、現実の壁を考えてしまったお北であった。

「それは……」

　口ごもって苦渋の表情を見せた弥十郎は、だが、自分自身を叱咤《しった》するような口調で、

「いかなる困難も……いかなる困難をも、二人で乗り越えて、きっと幸せになるのだ。良いな」

「はい、旦那様っ」

お北は、弥十郎の首に両腕を絡ませて、くちづけをせがむ。

弥十郎は唇を重ねて、ゆっくりと腰の律動を開始した。

全身全霊をこめて、愛情と閨業《ねやわざ》の限りを尽くして、弥十郎はお北を抱いた。

半刻《はんとき》――一時間近くもたったであろうか、生娘であったお北は、

「――――っ‼」

生まれて初めて性の絶頂に達して、五体を震わせる。

同時に、弥十郎もまた生まれて初めて、永遠に続くような大量の射出の快感を味わっていた。

そのまま、線香一本が燃え尽きるほどの時間――十五分ほど、二人は何も言わずに、抱き合ったまま相手の鼓動を聞いていた。

それから、弥十郎が枕元の手拭いで、お北の額の汗をふいてやると、

「……みんなが」

「ん？」

「みんなが教えてくれた閨《ねや》の話は、間違いでした」

「なぜだね」

お北は、夫となった男の目を、まっすぐに見つめて、

「愛《いと》しい人と結ばれることは、みんなの話より……何倍も何十倍も素晴らしいものだったんですもの」

第十二章　姫君変化《へんげ》

一

翌日の辰《たつ》ノ中刻《ちゅうこく》――午前九時頃、下田街道を三島宿の方へ歩きながら、緒方弥十郎《やじゅうろう》は、口元が緩むのを抑えることが出来なかった。

新妻となったお北が、男の形《なり》ではあるが上がり框《かまち》に三つ指をつき、「旦那様。行ってらっしゃいませ」と離れから送りだしてくれたのである。

(俺は、こんなに他愛ない男だったのか……)

自分でもおかしくなる、弥十郎であった。

昨夜は、あれからまた、二度、愛し合った。全部で、三度、愛姦したわけだ。

その素晴らしい余韻が、まだ腰の奥に残っているような気がする。

そして、羞《は》じらいながらも自ら臀《しり》を蠢《うごめ》かして蜜の悦楽を味わう、お北の姿の悩

まで唇と舌で奉仕する大胆な初々《ういうい》しさ。

さらに、彼の肉根だけではなく、重々しく垂れ下がった布倶里《ふぐり》や、背後の門にまで唇と舌で奉仕する大胆な初々しさ。

おかげで、二人が目を覚ましたのは、かなり陽が昇ってからであった。

（初めてなのだから、もう少し、控えるべきだったかな……）

そんなことを考えていると、またもや、頬が緩んだらしい。

三島宿に野菜を売りに行った帰りらしい中年の百姓が、見てはいけないものを見たように、目を逸らして足早に擦れ違った。

「むむ……いかんな」

慌てて、弥十郎は表情を引き締める。

（我らが幸せになるためには、銀猫《ぎんねこ》お万を倒し、尾崎仁兵衛《おざきにへえ》から黄金菩薩を取り戻さねばならぬ。そして、その後で……）

眉間《みけん》に、深い縦皺《たてじわ》が刻まれた。

（最も困難な問題に、二人で立ち向かわねばならぬのだっ）

その〈困難な問題〉は、まだ、お北に打ち明けていない。

道中差をくるんだ菰《こも》を抱えて、弥十郎は、三島宿への道を進む。

初夏とは思えぬほど強い陽射しに灼《や》かれて、街道の土は白く乾いていた。濃厚な霧に取り巻かれて、骨の髄にまで湿気が侵入してくるような山中とは、大変な違いであった。

「――おじさんっ」

斜め後ろから声をかけられて、弥十郎は、はっとして振り向いた。

真っ黒に日焼けした八、九歳の男の子が、そこに立っている。裸足だ。

「俺のことか」

「うん、これ」

藍《あい》色の腹掛けをした男の子は、小さく畳んだ紙を差しだした。

弥十郎が、それを受け取って広げてみると、達筆で「お万と姉妹、新町橋東の廃屋《はいおく》に隠れおり候《そうろう》」とだけ書かれていた。男の手蹟《て》だ。

新町橋とは、東から三島道を下ってきて、川原ヶ谷村から三島宿へ入るところの境川に架かっている橋のことだ。

弥十郎は、さっと緊張した己《おの》れの顔を、子供を怯《おび》えさせないように、出来るだけ柔和にして、

「この文《ふみ》、誰に頼まれたんだね」

「知らないおじさん」

「どんな、おじさんだい」

男の子は、鼻の下をこすりながら、

「太ったおじさん。でも、そのおじさんも、誰かに頼まれたんだって」

「誰かって、誰に？」

「知らないよっ」うるさそうに、男の子は言う。

「これを届けたら、お駄賃くれるって言われたよ。なあ、お駄賃はァ？」

「ああ。わかった、わかった」

弥十郎が何枚かの四文銭を渡すと、男の子は、ぱっと駆けだして下田方向へ走り去った。

まるで、ちょっとでも速力を落としたら、お駄賃を取り上げられてしまう——というような、見事な走りっぷりであった。

弥十郎は周囲を見まわしてから、畳んだ文を懐《ふところ》にしまうと、足早に歩き出した。

（この文を書いたのは、何者か……）

敵のことを知っているし、こちらの行動と意図も見透かしている。そいつが敵か味方か、よくわからない。

これは、お万たちの罠の可能性もある。

しかし、罠であれ何であれ、弥十郎がその廃屋へ行ってみれば、事態は新たな展開を見せるであろう。

そして、この文の主の正体も、自《おの》ずから判明するはずだ。

二

三島宿の東西の入口には、石塁が積まれ見附木戸が設けられている。

東の見附木戸を出ると、その先の北側には重罪人の首を晒す獄門台が置かれていた。

江戸でも、小塚原と鈴ヶ森に獄門台が設置され、街道をゆく人々に幕府の権威と法に背くことの怖ろしさを見せつけている。

その獄門台の前を通り過ぎると、長さ十九間《けん》――約三十四メートルの新町橋がある。高欄《こうらん》付きの板橋であった。

三島道を下りてきた旅人と擦れ違いながら、弥十郎は新町橋を渡った。

手には、菰包《こもづつ》みの他に、途中の竹林で斬った太めの竹の杖《つえ》を持っている。

渡りきると、少し先に南へ行く小径があり、その角に廃屋《はいおく》はあった。元は、旅人相手の掛け茶屋であったのだろう。正面の板戸は閉じられ、茅葺きの屋根の一部が崩れかかっている。

弥十郎は、その角を右へ曲がって南への小径に入ると、周囲に人がいないのを確認して、茶屋の裏手にまわった。

菰を捨てて、道中差と竹杖を手にする。

勝手口の板戸は、敷居と合わなくなったのか、斜めに立てかけられていた。

「………」

弥十郎は勝手口の脇に立つと、内部の気配を窺った。

「――暑いねぇ、お夏ちゃん」

死季舞《しきまい》を遣《つか》う凶姉妹の妹、お冬の声がした。

「仕方ないよ、お冬」と姉のお夏。

「戸も窓もみんな開けて風を通すってわけには、いかないもの」

「そうだけどさあ。暑いと右腕の傷が疼《うず》くんだ」

「あたしもさ。あの弥十郎め、今度、会ったら、股座《またぐら》の薄汚い摩羅を、一分刻みにして地獄の苦しみを味あわせてやる」

内部の気配は二人、お夏とお冬だけで、お万はいないようだ。

弥十郎は、板戸をのけて、静かに中へ入った。

内部は、ねっとりと熱気がこもり、まるで湯の中に浸かっているかのようであった。

板戸や窓を閉めてはいるが、建物のあちこちが歪《ゆが》んだり隙間《すきま》が出来たりしているから、ちらほらと陽光が洩れて、内部の様子は見える。

台所の向こうに、鰻《うなぎ》の寝床のように縦長の切り落としの座敷、その向こうが街道に面した土地で、縁台が幾つか置かれていた。

手前の縁台に横たわっているのが姉のお夏、その向こうの縁台に腰かけてくつろげた胸元に団扇の風を送っているのは、妹のお冬だろう。

どちらの縁台にも、手を上せばすぐに取れるところに、笠を立てかけてある。

弥十郎が台所から通路へ音もなく出ると、二人は気配を察したのであろう、さっと振り向いた。

「弥十郎っ！」

さすがに双子だけあって、合唱するように、同時に叫ぶ。

叫んだ時には、笠の内側から死季舞を取りだしていた。

罵声を投げつけるよりも先に、

「しぇいっ」

二人で全く同時に、死季舞を飛ばす。

「むっ」

切り落としの桟敷《さじき》へ身を投げるようにして、弥十郎は、その二枚をかわした。

目標を失った死季舞は、反転して土間の左右に展開した姉妹の方へ戻る。

それが手元へ戻るよりも先に、二人は前に出て死季舞を受け止めると、再び、投げつけた。

弥十郎は、座敷の隅に立っていた。左右は窓もない土壁である。

最初よりも高速回転になって襲いくる二枚の死季舞を前にして、逃れる術はない——ように思われた。

だが、

「ああっ⁉」

お夏とお冬は、信じられないという風に目を見張った。

かっ、かっ、と乾いた音がして、二枚の死季舞が動きを止めたからである。

弥十郎は顔の前に、太めの青竹の杖を縦一文字にかざしていた。

その竹杖の半ばまで、死季舞は喰いこんだが、しかし、そこで停止したのである。

固いだけではなく、柔らかいだけでもなく、硬さと弾力性を兼ね備えた強靱な青竹を、さすがの死季舞も切断出来なかったのだ。

昨日、対戦した時から、弥十郎が考えに考え抜いた、死季舞破りの必勝法であった。

その竹杖を、弥十郎は無言で、座敷の柱に向かって一振りする。

ぐしゃり、と二枚の死季舞は潰れた。

ぴんと平らに張っていて、高速で回転してこそ、刀のような切れ味を発揮する死季舞であった。

くしゃくしゃになってしまっては、もはや、武器としての威力は期待出来ない。

からりと竹杖を捨てた弥十郎は、土間へ降りた。

「今のが、二人とも最後の一枚と見たが……どうだ」

弥十郎が静かに問う。

たしかに、笠の内側には、もう、死季舞は残っていない。

しかも、お夏もお冬も、弥十郎によって右腕を長さ三寸の合釘《あいくぎ》で貫かれたために、自由に使えるのは左腕だけなのだ。得意の武器を打ち破られ、双子殺法も封じられた今、真の兵法を学んだ緒方弥十郎を二人で倒すことは不可能であろう。

しかし、

「く…くそっ！」

懐《ふところ》の匕首《あいくち》を逆手で抜いたお夏は、猛然と弥十郎に突きかかる。

ほんの少しだけ遅れて、妹のお冬も、匕首で突きかかった。

「無駄だっ」

道中差を抜きもせずに、弥十郎は鞘《さや》ごと打ち振って、匕首を払い飛ばす。

「ちきしょう……」

今度は、お冬が弥十郎に摑みかかった。ほぼ同時に、姉のお夏も摑みかかる。

「馬鹿者！」

一喝した弥十郎の右手が、お冬の左頰を叩いた。さらに、その右手の甲が、お夏の右頰に炸裂する。

右手の往復で、姉妹二人を一度に叩いたわけだ。二人は半回転して、土間に倒れる。

「う……」

姉妹は、打たれた頬だけではなく頭の中まで痺れたようで、すぐには口がきけなかった。

「まだ、目が覚めぬかっ」と弥十郎。

「そなたたちは、お万に殺しの道具として利用されているだけだ。だが、二人とも、まだ若い。左腕を負傷し死季舞も尽きた今こそ、真人間に立ち戻り、犯した罪の償いをしながら暮らすが良かろう」

「寝言は寝て言えっ」お夏が叫ぶ。

「あたしたちが、どうして裏稼業に入ったかも知らないくせにっ」

「──知っている」

静かに弥十郎は言った。

「兎絵《とえ》に、大体のところは聞いた」

三

昨日──緒方弥十郎が、猟師娘の兎絵を背負って村を捜しながら歩いている途中に、彼女が凶姉妹の過去を話してくれたのだった。

——お夏とお冬は、東北のある村の名主屋敷で生まれた。

生んだのは屋敷の女中で、孕《はら》ませたのは名主である。

婿《むこ》養子の彼は、家つき娘である正妻との間には、子は出来ていなかった。

名主は、双子の娘の誕生を大いに喜んだが、面子《めんつ》を潰された正妻の心情は穏やかではなかった。

正妻は、まず、産後の肥立ちの悪い女中を土蔵に軟禁し、五年がかりでいびり殺した。

さらに六歳の双子姉妹を、「双子は、長じて跡目争いや財産分けの揉めごとの原因になるといって、武家でも嫌うそうな」と言って、遠い親戚の養女にしたのである。

養子である名主は、家つき娘の正妻に逆らうことは出来なかったのだ。

それなりの額の養育費付きで貰われた双子姉妹であったが、養父母に虐待され、無給の使用人としてこき使われた。

そして、二人が年頃になると、養父は力づくで凌辱《りょうじょく》し、その軀《からだ》に飽きると女衒《ぜげん》に売り飛ばしたのだった。

姉妹を買った女衒もまた、最初の夜に泊まった無人の荒寺で、味見と称して二人を犯す始末だ。

酒を飲みながら二人を並べて散々に嬲《なぶ》りものにし、たっぷりと満足すると、女衒は大鼾《おおいびき》をかいて眠りこんだ。

そこで、お夏とお冬は目で頷き合うと、女衒の首に扱き帯を巻きつけて、左右から一気に引っぱったのである。

その女衒は、眼窩《がんか》から転げ落ちるのではないかと思われるほど目玉を飛びださせて、死んだ。

その女衒の死骸を、一晩がかりで寺の床下に埋めると、奪った所持金の二十数両を路銀として、二人は旅をすることにした。

どうせ、生家にも養家にも戻ることは出来ないのである。

その路銀が尽きる頃に、二人は旅の一座に拾われて、芸人となった。

姉妹は唄と手踊りを仕込まれたが、座頭《ざがしら》の狙いは、興行先の実力者への一夜妻であった。

美しい双子の一夜妻は好評で、その一座は行く先々で、有利な条件で興行を打つことが出来た。

しかし、閨《ねや》奴隷として扱われる姉妹は、その心の底に、どす黒い怒りを溜めこんでいた。

ついに、女の肌を剃刀《かみそり》で切り刻まないと満足出来ない変態老人の香具師《やし》に提供された時、お夏のお冬の怒りは爆発した。

その香具師の生殖器を火箸で畳に縫いつけると、隣の座敷で飲んでいた座頭の顔に、火鉢の真っ赤に熾《おこ》った炭を浴びせかけたのである。

二人は裸足で、冬の庭に逃げだした。

そして、老人の手下どもに庭の隅に追い詰められて、惨殺されようとした時、突如、鈍色《にびいろ》の忍び装束を着た女が出現した。

その女は瞬《また》く間に、手下どもを皆殺しにしたのである。

「あたしの代わりに、色狂いの爺《じじ》ィを殺してくれたのは、お嬢ちゃんたちだね。手間がはぶけたよ、ありがとう」

唖然《あぜん》としている二人に、忍び装束の女は言った。

「ふふん。あんたたちの眼は、外道《げどう》の眼だ。そんな眼をした娘を、あたしは捜していたんだよ。並の世間は、あんたたちには明るすぎる。あたしと一緒に、闇の世界で生きよう。あたしの名は――」

その女の両眼は、宵闇の中で野獣のごとく光ったように思われた。

「――銀猫お万」

こうして、お夏とお冬の姉妹は、銀猫お万に飼われて、同性愛の閨業《ねやわざ》と殺人術を仕込まれたのだった。

そして、敵だけではなく仲間までも始末する処刑人の役目を、お万から与えられたのである……。

「兎絵は涙を流しながら、話してくれたよ。あいつも女衒に襲われたことがあるので、他人事《ひとごと》とは思えなかったのだろう」

「うるさいっ」と、お冬。

「男のお前に、女に生まれたあたしたちの苦しみがわかるもんかっ」

「そうかもしれん。だが……自らは望みもしないのに双子に生まれついた者の苦労は、少しはわかるつもりだ」

「…………」

お冬とお夏は、顔を見合わせる。

「それにな」弥十郎は言う。

「同じ女であるお万こそは、そなたたちに非道を教えこみ、使い捨てにしている張本人ではないか」

「お万姐《ねえ》さんは、あたしたちを使い捨てになんてしないっ」

今度は、姉のお夏が言う。

「では、お万は今、どこに…」

弥十郎が問いかけた時、みしり……と棟木《むなぎ》が軋《きし》んだ。

「……？」

三人は思わず、剝《む》きだしの屋根裏を見上げる。

次の瞬間、雷が落ちたような大音響とともに、茶屋の屋根が崩壊した。

棟木や梁《はり》が折れ、葺かれていた茅が幾つもの塊となって、三人の頭上に落下してくる。

もうもうと埃が舞い上がり、周囲は煙ったようになった。

その埃の幕を透かし見ながら、

「――どうやら、上手くいったようだね」

茶屋の裏手にあった松の木の蔭から出てきたのは、黄八丈《きはちじよう》を着て三味線を背にした鳥追い女であった。

銀猫お万である。

武家の奥方に化けていた時とは髪型も化粧も違い、妖艶な色っぽさで、同じ人物とは見えないほどだ。

「弥十郎と一緒に、負傷して役立たずになった姉妹も片付いたか」

お万は、昨日の深夜に出会った凶姉妹を、この廃屋に隠した。

そして、合釘を抜き取って傷の手当てをしてから、彼女たちに眠り薬を飲ませた。

その上で、明け方までかかって、楔《くさび》を一本抜くだけで屋根が落ちる仕掛けを施したのである。

それから、ある人物に、弥十郎に誘いこみ文《ふみ》を渡して貰ったのだ。

その人物こそ、昨夜、尾崎仁兵衛に十手手裏剣を放って牽制し、お万を救った者であった。

「紅蓮組《ぐれんぐみ》もこれで解散か……まあ、また、どこかで手駒を見つけるさ。道具にするのに調法な薄幸の娘なんて、世間には掃いて捨てるほどいるからねえ」

「……今のを聞いたか」

埃の幕の向こうで、男の声がした。

「あれが、お万という女の本心だ」

両腕にお夏とお冬を抱いて、そこに立っていたのは、弥十郎であった。

「お、お前は……」

さすがのお万も、愕然とする。

「とっさに縁台の下に潜りこんだから、何とか潰されずに助かったよ。良い具合に、斜めに落ちた梁《はり》が、我らの盾のようになってくれてな」

「死ねっ」

胸元から引き抜いた匕首を、お万は手裏剣に打とうとした。

が、それよりも早く、弥十郎が帯の後ろに差していた三寸釘を、投げつけた。

昨日の合釘が思いの外、有効な武器になったので、弥十郎は、友吉から普通の三寸釘を数本、買っておいたのである。

「ちっ」

投げつけようとした匕首《あいくち》で、お万は、その釘を弾き落とした。

そして、素早く身を翻《ひるがえ》して、南への小径を走りだす。女とは思えぬ速さだ。

「そなたたちは、ここに――」

弥十郎は、松の木の根元に、お夏とお冬を座らせた。そして、懐《ふところ》から出した十両の紙包みを、お夏の手に押しつけて、

「これは路銀と治療代だ」

「ど、どうして、あたしたちを助けたんだ……」

「言ったであろうが。双子に生まれた者の苦労が少しはわかる、と」

「だけど……」

「よいな。二人とも、必ず堅気になるのだぞっ」

そう言い捨てて、弥十郎は、お万の後を追う。

お夏とお冬は、ゆっくりと立ち上がった。

「あんな男がいるんだね、お夏ちゃん」

「ああ……自分が死ぬかもしれないって時に、とっさに、あたしたちを縁台の下に押しこむなんて……」

二人は、十両の紙包みに目を落とし、それから、互いに見つめ合った。

静かに、頷く。

言葉を交わさなくても、二人が決心したことは同じであった。

四

水車が気怠《けだる》げな音を立てて、廻っている。笠を脱ぎ捨てた銀猫お万は、小川から手で水をすくい取った。

からからの口の中を潤すだけにして、水を吐きだす。

あの廃屋《はいおく》から、すでに線香一本が燃え尽きるほどの時間、走ってきた。

ここは、下田街道に近い村の外れだろう。

村と水車小屋の間には雑木林があるので、ここから人の姿は見えない。

「あのド三一《サンピン》が……悪運の強い奴だ」

小川の水で冷たく絞った手拭いで、首筋の汗をふきながら、お万は罵《ののし》る。

「――お前の悪運は今、尽きたぞ」

いきなり、背後から男の声がした。

はっと振り向くと、水車小屋から出てきたのは、尾崎仁兵衛であった。

「お、お前は……」

「夕べ、あの若いのを仕留め損なったんで、権造一家はお払い箱になった」

無精髭に覆われた顎を撫でながら、仁兵衛は言う。

「仕方なく、寝酒もなしに、この水車小屋で寝ていたんだが……わしにも運があったな。関所破りのお前を捕まえた褒美で、酒池肉林と洒落《しゃれ》こもうか」

「そう簡単には、捕まらないよっ」

お万は、背中に手をまわした。三味線の棹《さお》に嵌《は》めこんでいた棒を、摑み取る。

「昨日は生け捕りにしようと、少し手加減しすぎたよ。お前を女だと思ったのが、間違いだった」

仁兵衛の両眼が、冷たく光る。

「取りあえず、腕の一本、足の一本も斬り落として、動けないようにしてやろうか」

「………」

お万は、八寸――二十四センチほどの長さの棒を、中段に構えた。

しゃっ、と音がして、内蔵されていた七寸ほどの細身の刃が飛びだす。片刃であった。

その形の通り、棒刃《ぼうじん》と呼ばれる刺殺用の隠し武器である。

「つまらん玩具《おもちゃ》を持っているな」

すらりと大刀を抜いて、仁兵衛は言う。

「そんなものを振りまわして、正式に剣を学んだ者に勝てるつもりか」

言うが早いか、仁兵衛は、いきなり踏みこんで大刀を一閃《さ》させる。

お万は、棒刀でその斬りこみを払いながら、ぱっと跳び退がった。

「う……」

かわしたもりだったが、右の袂《たもと》が斬り裂かれているのを見て、お万は蒼《あお》ざめる。

「片腕がないと不自由するかな。では、斬るのは足にしておくか」

とぼけた口調で恐ろしいことを言いながら、仁兵衛は、大刀を下段につけた。

お万の額に、冷たい汗が噴きだす。

「さて、と──」

尾崎仁兵衛が、さらに一歩踏みだした時、

「待て、斬るのは待てっ」

駆けつけたのは、緒方弥十郎であった。

「お、お主は品川の……？」

野良着の弥十郎を見て、仁兵衛は驚いた。そのわずかの隙に、お万は、

「えいっ」

黒い玉を、地面に叩きつける。

閃光とともにそれが破裂して、白色の煙が膨れ上がった。

続けて、二度、三度と煙玉が破裂して、水車小屋の前は視界が閉ざされてしまう。

「しまったっ」

仁兵衛は、お万のいた辺りを大刀で一薙《ひとな》ぎしたが、何の手応えもない。

風で重い煙が吹き飛ばされた時には、すでに、お万の姿はどこにもなかった。

「おい、こら。どうしてくれるっ」

納刀した仁兵衛は、怒りの矛先《ほこさき》を弥十郎に向けた。

「せっかく、関所破りの女を捕まえて、小田原藩から褒美金をせしめようと思ったのに、お主のおかげで取り逃がしたのだぞっ」

「そう言われても、迷惑だな」

もはや植木職人の弥次さんを装う必要もないので、弥十郎は侍言葉になる。額の汗をふきながら、

「こちらとしては、あの女を生かしておいて、仲間のことを聞きだしたかったのだ」

「仲間なら、顔は見とらんが、十手手裏剣を遣《つか》う奴がいるよ。夕べは、そいつのために、あの女を逃してしまったのだ」

「十手手裏剣……」

やはり、お万には、お夏とお冬以外に、まだ仲間がいることになる。おそらくは男で、そいつが、例の誘いだしの文を書いたのだろう。

「おい、お主」と弥十郎。

「金のためにやくざ一家に雇われて、俺の連れの命を狙ったことは、一まず置いておくとして……兵法者《ひょうほうしゃ》が盗みを働くのは感心せんな」

「何っ」

仁兵衛が顔色を変える。

「盗み、だと？　わしを泥棒扱いする気か、許さんぞっ」

「では、なぜ、連れの印籠を取ったのだ」

「取ったのでも、盗んだのでもない、落ちていたから拾ってやっただけだ！」

仁兵衛は大声で怒鳴ると、懐《ふところ》から取りだした印籠を、弥十郎の胸元へ放りだした。

「拾い物だから、返す。これで文句はあるまいっ」

「うむ」

弥十郎は素早く中身を改めて、黄金の月光菩薩像が無事なのを確かめた。

「お主、これを売り払って、金に換えようとは思わなんだのか」

「馬鹿にするな」仁兵衛は胸を反らせて、

「尾崎仁兵衛、浪々の身ではあっても、武士のはしくれだ。やくざを脅かして飲み代を巻き上げるくらいのことは平気でするが、盗人《ぬすっと》の真似事はせぬ」

それから、突然、弥十郎に斬りかかった。

「おっ」

弥十郎は、道中差を引き抜いて、その刃《やいば》を弾き返した。

「よしよし、抜いたな」

にっ、と尾崎仁兵衛は嗤《わら》う。

「これで勝負が出来る。かなりの腕前と見た。お主のように手応《てごた》えのある奴とやるのは、久しぶりだ」

そう言った瞬間、火の出るような片手突き。

「むうっ」

それを、弥十郎が道中差で引っ外そうとすると、仁兵衛は突いた速さの二倍の速さで、大刀を引っこめた。

そして、上段に転じて、流星のような速さで振り下ろす。

ぎィイーんっ、と刃が鳴った。

その金属音が終わらぬうちに、弥十郎の道中差が斜めに斬り上げる。

「おおっ」

跳び退がって危うくかわした仁兵衛は、左の頬に薄く傷がついたのを知る。血が滲みだした。

「今のを、よく受け止めたな」

自分の頬を斬られたというのに、仁兵衛は満足そうであった。

「そして、すぐに斬り返すとは、なかなか。そうでなくては、面白くない」

右八双に構えると、じりっ、じりっと間合を詰める。

両肩から、陽炎《かげろう》のように濃厚な殺気が立ちのぼっていた。

「………」

弥十郎は道中差を中段に構えたまま、身動《みじろ》ぎもしない。

こちらから仕掛けるのには、相手が強すぎるのだ。

しかし、後手にまわってばかりでは、そのうち、相手の剣を防げなくなるだろう。

ただでさえ、相手は大刀、こちらは道中差で、得物《えもの》の長さが不利なのだ。

攻撃の間合まで、あと一歩と弥十郎が迫った時、

「待てっ！」

いきなり、弥十郎が大声で叫んだ。

「手出しは許さんぞっ」

前を向いているが、彼が叫んだ相手は仁兵衛ではない。背後の灌木《かんぼく》の蔭に潜んでいる者に、言ったのだった。

「何だ」仁兵衛は刀を下ろして、

「仲間がいるのか。伏兵か」

「いや、手出しはさせぬ。これは男の勝負だからな」

「ふうむ……」

ぱちんっ、と仁兵衛は納刀した。

「やめた。気が削《そ》がれた」

殺気が消えた。憑《つ》き物が落ちたように、穏やかな顔つきになる。

根は、好人物なのかもしれない。

「そうか」

ほっとして、弥十郎は、道中差を腰の鞘《さや》に納める。

それから、懐の中で作った紙包みを取りだして、

「受け取ってくれ」

「何だ、これは」

胡散《うさん》くさそうに見る、仁兵衛だ。

「わしは金欲しさに、お主に勝負を挑んだのではないぞ」

「違う、礼金だ」

「礼金……？」

仁兵衛は、ぱちぱちと目を瞬《またた》かせた。

「我らにとって非常に大切な物を、拾って貰ったからな。その礼だ。拾い主に礼金を払うのは、当然であろうが」

「なるほど……わしが受け取っても当然か」

嬉しそうに、仁兵衛は紙包みを受け取り、その手触りと重さから中身が小判三枚と知って、さらに相好《そうごう》を崩す。

お北殺しが成功していたら手に入ったはずの報酬と、同額であった。

「うむ、うむ。これで酒が飲める、飯が喰える」

そいつを懐に捻《ね》じこむと、いかめしい顔つきになって、

「この場は、これで別れるが、……次に会った時は勝負をつけるぞ」

「おう」

弥十郎も表情を引き締めて、頷く。

踵《きびす》を返した尾崎仁兵衛は、足早に下田街道の方へ去った。

それを見送った弥十郎は、背後の灌木の方へ振り向く。

「――出てこい」

彼がそう言うと、お夏とお冬が姿を見せた。

「お許しください、弥十郎様」

お夏が頭を下げる。お冬もだ。

「勝負の邪魔をするつもりは、ございませんでした」

「ただ、ご助成したくて……」

二人は握っていた小石を、地面に落とす。

彼女たちは、これを仁兵衛に投げつけようとしたのである。

「武士と武士の一対一の勝負だ。そなたたちに助けってもらって、たとえ勝ちを

得たところで、俺の一分《いちぶん》が立つと思うか」

「申し訳ございません、あたしたちが愚かでございました」

そう言って、二人は、弥十郎の前に土下座する。

「おい、よせ。立ってくれ」

「いいえ」とお冬。

「あたしたち姉妹は、弥十郎様に命を救っていただいて、本当に信頼出来る男の人が世の中にいると初めて知りました」

「今も」とお夏。

「あたしたちが石礫《いしつぶて》を、あの御浪人に投げつけたら、斬り殺されるかもしれない。それが心配だったので、あたしたちを止めたのでしょう」

「まあ、それもあるが……」

「弥十郎様っ」

二人は、弥十郎の足にすがりついた。

「二度も救命していただいたお礼に……ご奉仕させてくださいませ」

姉のお夏がそう言うと、妹のお冬も、

「姉妹で精一杯、勤めさせていただきます。どのようなことでも、喜んで致します」

「妹もあたしも、お臀《しり》の孔だけは、まだ生娘……初物を味わってくださいまし。どんなに手荒くなされても、引き裂かれようとも、きっと耐えてみせます」

「いや、待て待て。俺は何も……」

当惑した弥十郎が何とか断ろうと考えている間に、お冬が股引の前を開いた。お夏が、その中から黒ずんだ肉根を引きずりだすと、姉妹で仲良く咥《くわ》えて舌を這《は》わせる。

どこかで蟬《せみ》が、けたたましく鳴きだしていた――。

五

「うふ……」

お北は、自然と頰が緩んでしまう。

昨夜の田崎屋《たざきや》の件があるので、うっかり、三島宿には行くことが出来ないお北である。

弥十郎が戻ってくるまで、この離れの中で何もすることがないから、お北は掃除を始めたのだった。

襷《たすき》を掛けて裾を絡《から》げると、はたきをかけて箒《ほうき》で掃き、固く絞った雑巾で、しっかり拭く。

男装はしていても湊屋《みなとや》のお嬢さんだから、家の掃除などはしたことはないが、柔術道場では入門当初からしていたのである。だから、それなりに手際は良い。

でも、道場を掃除するのと違って、弥十郎と結ばれた家の中を掃除していると、本当に新婚生活が始まったような気がする。

昨夜の弥十郎の男らしさ、優しさ、逞しさ……それらが頭の中に甦《よみがえ》って、胸の奥が甘く疼《うず》いてしまうのだ。

男の愛を全身で受け止めることが、あんなにも素晴らしいことであったとは……生涯独身でかまわないと真面目に考えていた数日前までの自分が、おかしくてしょうがない。

まだ、秘めやかな部分に女になった時の感覚が残っていて、それすらも嬉しく感じてしまう。

(黄金菩薩を大坂の蔵屋敷に届けたら、殿様にお許しをいただいて、弥十郎様のお嫁になる……待ち遠しいなあ、その日が)

ほーっ……と熱い溜息《ためいき》をついてしまう、お北であった。

その時、ほとほとと入口の戸を遠慮がちに叩く者がいた。

お北の顔が、さっと緊張する。お万か、その手下かもしれないからだ。

「もし──どなたかおられませんか。旅の僧ですが、水を一杯いただきたいのです」

聞き覚えのある声であった。

「あっ」

お北は襷を外し裾を下ろすと、土間へおりて下駄を引っかけ、板戸を引く。

「まあ、やっぱり」

そこに杖を突いて立っていたのは、昨日、三石《みついし》神社の前で渡世人たちの乱暴から救った老僧・浄寛《じょうかん》であった。

「あ、あなたは、喜多八さんっ」

「覚えていてくれたんだね」

すぐに、男言葉になるお北だ。

「忘れるわけはありません。拙僧の命の恩人ですから」

浄寛は、両手を合わせて頭を下げる。

「やめてよ、くすぐったくなるから。さあ、入って、入って」

土間に老僧を招き入れると、上がり框《かまち》に座らせて、

「今、濯《すす》ぎの水を用意するからね」

土間は鉤形《かぎがた》になっていて、入口と六畳、四畳半の座敷の両方に面しており、奥の部分が台所と裏口になっていた。

お北が、入口の脇に置いてあった盥《たらい》を手にして、奥の内井戸へ行こうとすると、

「――喜多八さん」

沈んだような声で、浄寛が言う。

「え、何？」

「その水……あなたの末期《まつご》の水になさいまし」

次の瞬間、鞘走《さやばし》った仕込み杖《つえ》が、閃光のような迅さでお北を襲った。

が、老僧の刃《やいば》が両断したのは、濯ぎ用の盥であった。

とっさに盥を投げつけたお北は、横へ跳んで、座敷へ駆け上がる。

蕩《とろ》けるような愛姦の余韻にひたっていても、命の危機に際しては、瞬時に軀《からだ》が反応するお北であった。

六畳の隅に置いてある道中差に向かって、柔術娘のお北は突進する。

しかし、初太刀を外された浄寛は、素早く、その前に立ちふさがった。

「えいっ」

老人とは思えぬほど気合とともに、片手突きが繰りだされる。

お北は、左側へ跳んだ。

境の襖《ふすま》に体当たりして、その破れた襖ごと、隣の四畳半に転がりこむ。

そこへ踏みこんだ老僧は、さらに仕込み杖を振り下ろした。

畳の上を転がって、それをかわしたお北は、土間へ落ちる。

立ち上がりながら拾ったのは、短い火吹き竹だった。

「はははは」

ゆっくりと土間へ下りながら、浄寛は笑う。

「そんなもので、相手になるというのか」

「どうして、俺《オイ》らを殺そうとするんだっ」

「とぼけるな。自分の胸に訊いてみるが良かろう」

「わからねえから、訊いてるんだよっ」

「……何も知らぬというのか」浄寛は、不審げにお北を見てから、

「まあ、よい。知らずに死ぬのも一興であろう。緒方弥十郎も、先に地獄で待っ

ているはずだでな」

「何だと⁉」

怒りと驚きで全身が、かっと燃え上がるような感覚に襲われたお北は、無謀にも自分から飛びこんだ。

火吹き竹の先端で、老僧の喉を突こうとする。

が、浄寛は仕込み杖の一振りで、それを斬り飛ばした。

そして、返す刃でお北を切断しようとした、その時、

「不忠者《ふちゆうもの》っ！」

裏の板戸が蹴り倒されて、風のように飛びこんできた者があった。

「あっ、おのれは⁉」

それは、昨日、三島道でお北が見かけた旅の行商人であった。

飛びこんできた猪《いのしし》のような勢いのまま、老僧の前を駆け抜ける。

「う……………っ」

浄寛は、糸を切られた操り人形のように、くたくたと土間に倒れこんだ。

その軀の下から、じわじわと血溜まりが広がる。

行商人は、道中差を懐紙で拭うと、鞘に納めた。

この男は、浄寛とお北の間を駆け抜けて、自らがお北の盾となりながら、道中差で老僧を抜き打ちにしたのである。

行商人は、浄寛の息の根が止まっていることを確認してから、

「念のためにお尋ねしますが、湊屋のお北殿ですな」

「うん……」

まだ火吹き竹の切れっ端を握ったままで、お北は頷いた。

「申し遅れました。わたくしは、鶴亀藩で近習役《きんじゆやく》を務めます大久保庄蔵《しようぞう》という者です」

「ああ、弥十郎様のお仲間！」

「左様です。国許《くにもと》にありながら、江戸家老の筒井錦之丞《きんのじよう》様のために働いておりましたが、この度の大事のため、病《やまい》と称して出仕《しゆつし》せず、このような身形《みなり》になって東海道を下って参りました」

「蔭供《かげとも》をしてくれていた杉野様や藤原様は、小田原宿で一服盛られて、動けなくなっちまったんだけど」

「それは箱根宿で、次平《じへい》から聞きました。銀猫お万が関所で暴れたことも。それで、お北殿と行き違いになったと知り、三島宿へ戻ってきたのです」

次平のことまで知っているなら、味方であることに間違いない——と、お北は思った。

「で、このお坊さんは……」

「密偵です」と庄蔵。

「国家老の中丸刑部《ぎょうぶ》の子飼いの密偵で、江戸家老派の者を何人も手にかけているはず」

庄蔵もお北も、知るよしもなかったが、昨夜、尾崎仁兵衛に十字手裏剣を打って牽制し、お万を助けたのは、この男であった。

無論、弥十郎を廃屋《はいおく》に誘いこむ文《ふみ》を書いたのも、この浄寛なのである。

「あっ」

お北は蒼《あお》ざめた。

「弥十郎様を地獄へ送ったって言ってたっ」

「ご懸念、無用。あの男、そう易々《やすやす》と命を取られるような者ではございません」

微笑した庄蔵は、すぐに顔を引き締めて、

「お北殿。もう、時間がありませぬ。わたくしと一緒に御出《おいで》ください」

「でも、弥十郎様が帰るのを、ここで待っていないと……」

「置き手紙を残します。何よりも、時間が惜しゅうございます」

「時間、時間て、一体、何の時間なの？」

「……まだ、ご存じなかったのですな」

大久保庄蔵は、土間の地面に両手をついた。

「申し上げます。貴女《あなた》様は、実は……鶴亀藩主、寺尾備前守様の御息女、喜多《きた》姫様なのです」

六

その日の未《ひつじ》の上刻《じょうこく》――午後二時。

寺尾備前守勝房《かつふさ》は娘の寿美《すみ》姫とともに、三島大社に参詣した。

午前中は暑かったが、今は抜けるような青空の下、さわやかな風が吹き抜けて、真に気持ちの良い天気となっていた。

三島大社は、『東海道名所記』には「そもそも、この御神ハ、むかし伊予の国よりうつして、大山祇神《おおやまづみのかみ》といはひまつる」と書かれている。

正面の白御影石《しろみかげいし》造りの大鳥居を入ると、北に向かって神池、総門、神門、舞殿、拝殿、本殿の順に並んでいる。

拝殿で参詣を済ませた備前守と寿美姫は、舞殿の左側を通って、神門の方へ向かう。

公儀から特別に許されている参詣だから、国許からの行列も最小限のものにしたし、今も、供をしているのは近習《きんじゅ》が四人、腰元が二人だけであった。

国家老・中丸刑部を初めとする家臣たちは、総門の前と大鳥居の前に控えていた。

無論、貸し切り状態にして、他の参詣人は入れないようにしている。

左手には、樹齢千年といわれる金木犀《きんもくせい》の大樹があった。高さは十メートル、根まわりは四メートルもある。

「いつ見ても、見事なものじゃのう」

五十過ぎの温厚な顔立ちの備前守が、足を止めて金木犀を仰《あお》ぎ見た。

「秋には、見事な花が咲くそうでございますね」

満開になった時の花の香は二里先まで届く、といわれるほどであった。

「どんなに美しく咲いたとて、姫にはかなうまい」

「まあ、父上……」

羞《は》じらう美姫を見て、婿入《むこい》りとはいえ他人に我が名華を手渡すほろ苦さを感じてしまう、備前守であった。

その時、寿美姫が目を見張って、

「まあ、あれは……花の精？」

金木犀の大樹の陰から、一人の娘が出てきたのである。

寿美姫と同じように煌《きら》びやかな衣装を着たその娘を見て、寿美姫以外の者たちは、愕然《がくぜん》とした。父親の備前守もだ。

「おお……姫に生き写しじゃ！」

その娘の顔は、寿美姫にそっくりだったのである。

「殿っ」

続いて金木犀の蔭から出てきたのは、羽織袴姿の大久保庄蔵であった。

「大久保か。そなた、病《やまい》と称して出仕《しゅっし》を休みながら、何故《なにゆえ》に、かような場所に……」

近習頭《がしら》の斉藤伊織《いおり》が叱責《しっせき》すると、

「斉藤様、お控え下さい。こちらにおわせられるは、寿美姫様の姉君、喜多姫様でございますぞ」

「な、何っ」

伊織が驚愕すると、備前守は進み出て、

「真《まこと》か、真の喜多姫かっ」

「いかにも」庄蔵は地面に両手をついて、

「今を去ること十八年前——国許にて側室のお八重の方様は、ご出産あそばしました。その時に生まれたのが、双子の女児。双子は不吉といわれるため、産声《うぶごえ》も弱々しく、とても成長は望めまいと思われた姉姫様を腰元の一人の綾野に託し、その際に、殿はお墨付きを与えられました。お暇をいただいた綾野《あやの》は、江戸にある実家に帰りました。しかし、それから半年とたたぬうちに、その実家が火事になり姉姫様は焼死なされたのです」

「うむ。その報せを聞いた時には、余の胸は張り裂けんばかりであった……」

「ですが、姉姫様は御無事でした」と庄蔵。

「火事は隣家の失火から起こったものでしたが、綾野は御正室様の手の者による放火ではないかと疑いました。そして、このままでは、また姉姫様の命が狙われるのではないかと怖れ、焼死したように偽《いつわ》ったのです。そして、自分は湊屋伝兵《でんべ》衛《え》の後妻となり、赤子を早産したようにして、姉姫様を湊屋の娘としました。それが、お北様――すなわち、こちらの喜多姫様です」

「……」

「お八重の方様は二年前に、綾野は四年前に亡くなり、生みの母、育ての母をともに失った喜多姫様ですが……本日、目出度《めでた》く実の父君と対面せられたのでございます。殿、世継となるべき婿を迎えられるならば、妹君の寿美姫様よりも、姉君の喜多姫様がお先のはず。いかがでしょう」

「ううむ……」

備前守は、まじまじとお北を見つめる。

「姉上……姉上様なのでございますか」

嬉しそうに呼びかける寿美姫だ。

「……」

お北は、無言で俯《うつむ》く。

大久保庄蔵の用意した三島大社裏の家で、今回の事件の真相を知らされた、お北である。

父の伝兵衛の代わりに大坂の蔵屋敷まで行く、というのは方便であった。

大坂の豪商が菩薩像の収集家だとか二万両の借金の話も、すべて虚構であった。

実は、国許では国家老派の監視が厳しいため、この三島大社参詣の警備の手が薄くなるのを好機として、藩主とお北を会わせるという策である。

そして、お北が喜多姫と認められれば、寿美姫に婿を迎えて、その婿を世継にして藩政を牛耳《ぎゅうじ》るという国家老・中丸刑部の野望は阻止出来るというわけだ。

(じゃあ、必ず夫婦《めおと》になるという、弥十郎様のあの約束は……)

それを考えると、美しく着飾って実の父親と対面した喜びなどは、まるで他人事のようなお北なのであった。

その時、

「──待て、待て待てっ」

総門の方から、中丸刑部ら十五名の家臣が、血相を変えて駆けつけた。

「其《そ》の方《ほう》どもは、何を致しておるっ」

浅黒い精力的な風貌をした刑部が、庄蔵たちを怒鳴りつけた。年齢は、四十代半ばであろう。

「殿に無礼であろうがっ」

「御家老、寺尾家の御長女、喜多姫様の御前ですぞっ」

大久保庄蔵が言い返した。

「無礼は、そちらでございましょう」

「馬鹿を申すな。寺尾家の姫君は寿美姫様お一人だ。喜多姫様は、すでに亡くなられている。それでも姫君だと言い張るならば、証拠の品があるはず」

「それは……」

「殿」と刑部は備前守に尋ねる。

「喜多姫様を腰元にお預けになる時、家宝の黄金の月光菩薩の中に書き付けを入れて、お渡しになったのですな」

「うむ、そうじゃ」

「みよ。殿も、こう申されておる。その証拠の書き付けはどうした。黄金菩薩を出してみよ」

「それは……御家老の手の者の妨害で……」

「ないのか。ないのだな」刑部は嵩《かさ》にかかって、

「それを、下々《しもじも》では騙《かた》りと申すのじゃ。この騙り者がっ」

「しかし、喜多姫様のお顔は寿美姫様と瓜《うり》二つ……」

大久保庄蔵は、たじたじとなった。

「俗に、他人のそら似と申すではないか。どうせ、寿美姫様そっくりの娘を見つ

けたことから企《たくら》んだことであろう」

「――いや、証拠はあるぞっ！」

東側の馬場への木戸から駆けつけた者が、そう叫んだ。

「あっ、弥十郎様っ」

お北は、嬉しそうに名前を呼ぶ。

野良着ではなく、古着屋で買った羽織袴に着て、これも道具屋で手に入れた大小を差した緒方弥十郎は、備前守の前に片膝を突いて、

「殿、これを」

頭を下げて、両手で袱紗《ふくさ》に包んだ黄金菩薩を差しだした。

「む……」

備前守は、近習頭の斉藤伊織に目で合図をする。

伊織は、袱紗ごと黄金菩薩を受け取ると、それを恭《うやうや》しく備前守に渡した。

その菩薩像は、胴体の真ん中で二つに分かれる。中から、細く巻いた紙が出てきた。

それを広げて見た備前守は、

「たしかに……十八年前に余が書いたものだ」

お北の方に目をやって、

「やはり、そなたは本物の喜多姫なのだな……」

「殿っ」中丸刑部は言った。

「騙されてはなりませんぞ。此奴《こやつ》らは、偽《にせ》の姫君を送りこんで御家を乗っ取ろうとしている極悪人でございます」

「極悪人は、其の方たちであろうがっ」

弥十郎は叫んだ。

「御嫡子の松之助様を若隠居させ、寿美姫様の婿を世継として、藩の実権を握ろうとしている極悪人。銀猫お万の紅蓮組なる殺し屋一味を雇い、三島へ向かう喜多姫様の御命を狙わせたのは、刑部様、あなたではありませんかっ」

「この気触《きふ》れ者がっ」

刑部は吠えた。

「皆の者、此奴《こやつ》らを取り押さえろ。手に余れば、斬り捨てても構わぬっ」

「ははっ」

家臣たちは、腰の大刀を引き抜く。

「ここは神域であるぞっ」

弥十郎は立ち上がりながら、大刀を抜いて、

「庄蔵、峰を返せ。神域で血を流してはならん」

「おうっ」

抜刀した大久保庄蔵は、大刀を半回転させて、刃《やいば》ではなく、峰の部分を相手に向ける。

それを見た刑部も、慌てて、

「峰を返せ。打ち据えるのだっ」

弥十郎、庄蔵、お北の三人に、十四名の家臣たちが打ちかかった。

峰と峰が激突し、耳を劈《つんざ》くような金属音が鳴り響く。

お北は、懐《ふところ》の懐剣には手を触れず、素手で侍を一人、二人、投げ飛ばした。

近習と腰元に守られた備前守と寿美姫は、その様子を見て、目を丸くする。

「ばらばらにかかっては、いかん。包みこんで、一斉にかかるのだっ」

刑部の指示によって、家臣たちは、距離を置いて三人を包囲する。

「むむ……」

弥十郎と庄蔵は歯嚙みした。お北も、悔しそうに唇を嚙む。

すると、その時、大鳥居の方で騒ぎが起こった。

「な、何事だっ」

刑部が驚いて大鳥居の方を見ると、六人の男たちが、こちらへ走ってくる。

いずれも、襷掛《たすきが》けをして袴の股立《ももだ》ちを取り、額に鉢巻を巻いた臨戦態勢だった。

「弥十郎、待たせたなっ」

それは、蔭供《かげとも》をしていた杉野政之進《せいのしん》や藤原左門、佐伯和馬《さえきかずま》、香取源八らであった。

彼らは、お北を守って弓形に展開すると、

「何とか回復して、関所も開いたので、遅れまじと駆けつけたのだっ」

「おうっ」

加勢を得て、弥十郎たちも元気づく。

しかし、大鳥居の前にいた家臣たちのうち、十人も、この場に駆けつけてきた。

これで、九対二十四というわけだ。

「とにかく、打ちのめせ。謀反人だ、遠慮するなっ」

「おおっ」

刑部の指示で、さらに乱戦が繰り広げられた。

敵の数も増えたが、味方の数も増えたので、弥十郎たちは、火のような闘争心で打ち合う。

さらに、二、三人を投げ飛ばし、打ち倒したお北は、さっと周囲を見まわすと、

「ちっ」

舌打ちをして、つかつかと備前守に近づいた。

近習の者が止める間もなく、

「貰うよっ」

備前守の手から、書き付けを引ったくる。そして、お北は腹の底から怒鳴った。

「みんな、これを見ろっ！」

若い娘のそれとは思えぬ大音声《だいおんじょう》に、刀を振るっていた者たちも、度肝を抜かれる。

その場の全員の視線が自分に集まったことを確認してから、お北は突然、書き付けを引き裂いた。

七

「ああっ⁉」

驚きの叫びを上げたのは、寺尾備前守と中丸刑部だけではない。弥十郎や政之進たちもであった。

「へん。何でぇ。こんな紙っ切れっ」

お北は、細かく引き裂いたそれを、境内にばら撒《ま》いてしまった。

「みんな、何を呆けたように見てやがるんだ。あたしは、江戸は日本橋で助六小町《すけろくこまち》と呼ばれたお転婆《てんば》のお北さんだ。七万石のお姫様なんかであるもんか。寝言は寝ていうもんだよ」

姫君の衣装で歯切れの良い啖呵《たんか》を切るお北を、一同は、唖然《あぜん》として見つめる。

「そこのお殿様。一言申し上げますがねえ、大体、お殿様がしっかりしないから、国家老だか薄羽蜻蛉《うすばかげろう》だかが、のさばるんじゃないんですか。しっかりしなさいよっ」

「う、うむ……」

気を呑まれて、思わず頷いてしまう備前守だ。それから、お北は寿美姫の方を向いて、

「綺麗なお姫様、あたしは、あんたの姉上なんかじゃありません。こんな柄《がら》の悪い女が姉だったら、大変だ。婿取りは目出度《めでた》いこと。だけど、腹黒い連中のいい

ようにされないように、しっかりしなきゃいけないよ」

「はい……」

羞《はず》かしそうに頷く、寿美姫だ。お北は、弥十郎たちの方を向いて、

「あんたたちも聞きな。御家のためと頑張るのは結構だが、あたしは町人の娘で、お姫様なんかじゃない。お偉い婿様を貰うのも、真《ま》っ平《ぴら》だ。お殿様は、今度の騒動で目が覚められたはず。お姫様も、しっかりしている。誰が婿を貰っても、御家が傾くようなことはないはずだ。もう、刀を引きなさいよ」

国家老派の家臣たちにも、

「おい、あんたら。そんなに境内で刀を振りまわしていると、揉めごと嫌いの神官たちだって、いつまでも見て見ぬふりはしてくれないよ。わかったら、刀を納めなっ」

それを聞いて、侍たちは、のろのろと納刀する。

べらんめえ口調だが、お北の声には、拒否出来ない威厳のようなものがあったのだ。

そしてお北は、あまりの意外な展開に口をはさめないでいる中丸刑部に向かって、

「おい、国家老さん。聞いた通りだ。お前さんの企《たくら》み通りに、あたしは姉姫様なんかじゃないから、これで満足だろう。満足したなら、今度は、おかしな連中を雇って無法な真似をさせた責任てやつを、きっちり取ってもらうよ」

「せ、責任だと……」

「そうさっ」

お北は、素早く懐剣を振るった。

「わっ」

髷《まげ》を斬り落とされた中丸刑部は、その場にへたりこんでしまう。

「この先の身の振り方は、自分で決めるんだね」

そう言い捨てて、お北は、馬場への木戸の方へ歩き去ろうとした。

「待て……いや、待ってくれ」

寺尾備前守の呼びかけに、お北は、ぴたりと足を止めた。

「姫。余を、父とは呼んでくれぬのか……」

「……あたしの御父《おと》つぁんは、腰を痛めて家で寝ている湊屋伝兵衛で、それ以外に父親なんかありゃしません」

「しかし、喜多姫……」

「喜多姫は死にましたっ」お北は振り向いて、叫んだ。

「不吉だか縁起が悪いだか、何が何だか知らないが、勝手なお武家の約束事のために、生まれてすぐに生みの親に捨てられて、その半月後に火事に遭った喜多姫は、お気の毒にも、亡くなりました。捨てた親でも、捨てられた娘でも、きっと……きっと、その子は、父にも会いたかったろう母にも抱かれたかったろうに……その時、火事で……何て可哀相《かわいそう》な赤ん坊だろう」

一歩間違えれば、本当に火事で生後半月の短い命を閉じていたかもしれないお北は、ぽろぽろと大粒の涙を流しながら、言った。

寿美姫や腰元たちだけでなく、家臣たちの中にも、貰い泣きしている者がいる。

「あたしの父親は、口は悪いが心は温かい伝兵衛。亡くなった優しくて綺麗な御母《おっか》さんの名は、お綾《あや》。お殿様やお姫様には、何の関わりもない娘です」

「……左様か」備前守は力なく肩を落としたが、

「では、お北とやら。余は、幼い娘を亡くしておるが、その娘が生きていれば、ちょうど、そなたくらい。出来れば、その顔、よく見せてはくれぬか」

「………」

お北が返事をしないでいると、片膝をついて見守っていた弥十郎が、

「お北殿っ」

叱るように言う。すると、お北は、

「……はい」

静かに、寺尾備前守に歩み寄った。備前守は、そっと彼女の手をとって、

「ひ弱で一年と持たぬと医者に言われたのに……こんなに丈夫に育って……そなたの父母は、本当に……そなたを慈《いつく》しんで育てたのだろうなあ」

「お殿様……」

「長命で美しくなるようにと妹姫には寿美と名付け、短い生でも喜び多かれと姉姫には喜多と名付けたのだ」

「……ち、父上っ」

喜多姫のお北は思わず、その胸に顔を伏せていた。様々な感情が爆発して泣きじゃくる娘の背中を、

「うむ、うむ……」

備前守は優しく、何度も叩く。

ややあって、気が落ち着いたお北は顔を上げた。

「それじゃあ、お殿様。失礼いたします。随分と、お達者で」

「うむ」備前守も頷いて、

「お北。そなたに縁談はないのか」

「惚れて、添い遂げようと誓った男の人はいました」

きっぱりと言い切るお北に、備前守も寿美姫も驚く。

「だけど、その人は……自分の役目のために、あたしを好きなふりをしてたんです。きっと、そうなんです。だから……身分違いだし、もう、諦めました」

寂しそうに、お北は言った。

「ふうむ」

備前守は、そのお北の様子と顔を伏せている緒方弥十郎を見比べてから、

「これ、緒方弥十郎っ」

厳しい声で言った。

「はっ」

弥十郎は地面に両手をつく。

「この度の一件、まことに不届きである。よって、首謀者である其《そ》の方《ほう》には、永の暇を申しつかわす」

「殿、それは……」

大久保庄蔵が取りなそうとすると、弥十郎は無言で遮《さえぎ》った。

「謹んでお受けいたします。御家を離れましても、この緒方弥十郎、重代《じゅうだい》の御恩、決して忘却いたしませぬ」

「よいか」と備前守。

「御家を離れて浪人いたした以上、其の方が、どんな嫁を迎えようとも、それは勝手次第。わかるな、勝手次第じゃぞ」

「あっ」

言外の意味を悟った弥十郎が、お北の方を見ると、お北も戸惑った表情になっている。

「さすれば、殿。どこかの柔術好きのお転婆娘でも、構いませぬか」

「構わぬ。大名の前で啖呵《たんか》を切る柄の悪い娘でも、大いに構わぬぞ」

備前守は笑った。

その時には、お北は弥十郎の元に駆け寄って、その肩にすがりついていた。

「本当なの、本当に、あたしでいいの？」

「当たり前ではないか。我らは疾《と》うに……」

その後の言葉は、微笑で代用する弥十郎である。

「本当のことが打ち明けられずに、済まなかった。悪かったと思っている」

「苦しかったのよね、弥十郎様も」

「これ、これ」備前守は苦笑して、

「まだ、申し聞かすことがあるぞ」

「ははっ」

弥十郎とお北は、並んで頭《こうべ》を垂れる。

「浪人となっても、年に一度は顔を見せにくるがよい。妻を伴って、な」

弥十郎とお北は、顔を見合わせて、

「承知いたしましたっ」

揃って、頭を下げるのだった。

「東海道は五十三次だが、人生は五千次、一万次の旅のようなもの……二人とも、末永く幸せにな」

寺尾備前守は愛情の溢れる声で、そう言うのだった。

八

その翌日の朝――緒方弥十郎とお北は、三島道を東へ向かっていた。

鶴亀領へ帰る寺尾備前守と寿美姫の行列を見送ってから、二人は旅籠《はたご》を出たのである。

新町橋のそばの廃屋は、昨日、崩壊したままで放置されていた。

周辺の人々は、老朽化したために自然に崩れたものと思っているようだ。おそらく、子供たちの危険な遊び場所になるに違いない。

その先の左手には、萩野山中《はぎのやまなか》藩の陣屋があった。

「ねえ、旦那様」

男装の喜多八ではなく、今のお北は、娘姿である。

「何だね、お北」

これも植木職人の弥次郎兵衛《やじろべえ》ではなく、羽織袴姿の浪人・弥十郎は、穏やかな表情で訊いた。

「もしも、あたしがお姫様だと認められたら、二人のことは、どうするつもりだったの」

「無論、中丸刑部の悪行を暴いたら、殿に嫁に下さいとお願いするつもりだった。昨日、境内でそなたが啖呵を切った通り、刑部という悪い紐《ひも》さえいなくなれば、寿美姫様が誰を婿に取ろうと問題はないのだからな」

「でも、嫁にはやらんと断られたら」

「何度でも、お許しが出るまでお願いするつもりだった」

「それでも、駄目だったら？」

「いかなる困難をも、二人で乗り越えて、きっと幸せになる——そう誓ったではないか」

「はい」

神妙に頷く、お北である。

「もしも、お許しが出なければ、俺は生涯、妻帯しないつもりであった。そして、そなたも、婿取りを断って、生涯を終えるだろう」

「ええ……」

「一緒にはいられなくとも、互いに相手を想いながら過ごせば、夫婦《めおと》になったのと同じではないか」

「……」

「それに、来世ということがある」

「来世……」

「今生《こんじょう》で結ばれぬ運命ならば、来世で必ず結ばれる。それが夫婦の絆《きずな》だと思う。たとえ不義密通で成敗されても、来世の、そのまた来世になっても、いつか必ず結ばれると、俺は信じていた」

「あたしも……」

うっとりとした表情で目を閉じたお北は、夫の肩に頭をもたれさせる。

「でも、良かった。今生で結ばれて」

「そうだな」弥十郎も微笑して、

「殿の寛大なお心があればこそだ。いくら感謝しても、たりぬほどだ」

「本当に……」

「おいおい、歩きにくい。少し離れなさい」

「いいじゃない、誰も見ていないし」

意地でも、夫にもたれたまま目を閉じて歩こうという、お北である。

「橋だぞ、危ないというのに」

それは、山田川に架かる愛宕橋《あたごばし》であった。

幅が三間《さんげん》で長さ二間という、橋というよりも木の蓋のようなものである。

それを渡り終えた時、左手の林の中から、のっそりと出てきた者がいた。

「おっ」

弥十郎は足を止めた。さすがに、お北も目を開いて、頭を起こす。

それは、左手に即製の木槍を持った、尾崎仁兵衛であった。

無精髭を、きれいに剃り落としていた。頰の薄傷は、すでにふさがっている。

「今度会ったら、勝負をつける――そういう約束だったな」

「その通りだ」

羽織を脱いで、お北に渡しながら、弥十郎は言った。

斜め後ろに、お北を押しやる。街道の右手には、小屋があった。

夕方から夜明けまで、二尺から五尺ほどの長さの松明《たいまつ》を売っている店で、明るくなった今は板戸を閉めている。

弥十郎は、すらりと大刀を抜いた。

「旦那様っ」

お北は思わず、杖《つえ》を構えようとする。

「助太刀無用っ」と弥十郎。

「もしも、俺が敗れても、仇討ちなぞ考えるなよ」

「いいえ。死ぬも生きるも一緒と誓いましたっ」

「仲睦まじいことで」

嗤《わら》った仁兵衛は、木製の手槍を扱《しご》きながら、

「だが、お主たちは隙《すき》がありすぎる」

「そうかな」

大刀を中段に構えて、弥十郎が言った。

「そうとも」

仁兵衛の両肩から、殺気が膨れ上がった。

「たとえば……毒蛇は頭を潰さない限り、安心出来ぬっ」

そう言うが早いか、手槍を弥十郎の斜め後方へ投げつけた。

「うっ」

自分よりも先に妻を狙われたと思った弥十郎は、憤怒に身を灼《や》きながらも、ぱっと跳び退《さ》がる。

そのまま後ろへ振り向くと、仁兵衛の抜き打ちを受ける怖れがあるからだ。

が、跳び退がって見ると、お北は無事であった。

手槍は、いつの間にか板戸が半分ほど開いていた松明小屋の中の何かに突き刺さったのだ。

「く……」

よろり、と入口から出てきたのは、鳥追い女の格好をした、銀猫お万。

その胸の真ん中を、手槍は貫いている。

手に持っていた十字手裏剣を、地面に落とすと、

「ちきしょうめ……」

そう呟《つぶや》いて、稀代の凶女は山田川へ転げ落ちた。

「仁兵衛……お主……」

弥十郎が大刀の先を下ろすと、

「本当に隙だらけだ」と仁兵衛。

「あれは、銀猫お万という裏街道でも有名な化物だそうだな。あんな執念深い女が、依頼主が消えたからといって、お主たちの命を狙うのを諦めるわけがないだろう」

「助かった、礼を言うよ」

納刀して、弥十郎は頭を下げた。毒蛇云々《うんぬん》はお新にも忠告されたのに、身についていなかったのだ。お北も、一緒に頭を下げる。

仁兵衛は、くすぐったそうな顔つきになって、

「これで、お主に貸しが出来たな」

「うむ。借りが出来た」

「では、江戸で、その借りを返して貰おう」

「江戸で……？」

「わしは酒をやめた」さっぱりした表情で、仁兵衛は言う。「強い奴に会って斬られるのが望みだったが……お主を見ていたら、もう一度、剣の道を信じてみたくなった」

「……」

「市ヶ谷に、わしが昔、世話になった、誠心不抜流《せいしんふばつりゅう》の板垣道場がある」

「名前だけなら、聞いたことがあるぞ」

「わしは江戸に戻ったら、板垣道場で、みっちりと修業のやり直しをするつもりだ。そして、一年後の今日——四月二十六日、お主と勝負するぞ。良いな」

「木刀か」

「承知した。来年の四月二十六日、必ず、板垣道場へ参上しよう」

仁兵衛は頷いた。

「うむ、木刀だ」


「よし。ならば、関わり合いにならぬうちに、早く行け。わしは、あのホトケの始末をする」

仁兵衛は、小川の岸へ向かった。

「褒美金は、幾らになるのだ」

「なるもんか」

吐き捨てるように、仁兵衛は言う。

「昨日の関所破り女なら、もう、捕まったわ」

「捕まった……？」

弥十郎とお北は、顔を見合わせる。

「なに、どこかの行き倒れの死骸を、関所破りに仕立て上げたらしい。逃したとあっては、大変な責任問題だからな。役人なんて、適当なものさ」

「ほほう」

さすがに呆《あき》れてしまう、弥十郎だ。

「この女は、無縁仏として葬《ほうむ》ってやるさ。さあ、行け」

「すまん。では、行かせてもらう」

弥十郎は頭を下げた。

「尾崎様、ありがとうございました」

お北も頭を下げる。

「わかった、もう、わかった」

三両と一升酒のために叩っ斬ろうとした相手に礼を言われて、尾崎仁兵衛は、照れくさそうに手を振った。

仁兵衛と別れた弥十郎とお北は、今井坂を登り始める。

「今夜は小田原泊まりですね」

「そうだな」と弥十郎。

「箱根の湯本でゆっくりしたいが、早く、江戸へ戻って、親父様に挨拶せねばならぬ」

「うちの御父《おと》つぁん……あたしを手放す覚悟で、旅に出したんですね」

「そうだ。それが、そなたの幸せになると信じて、断腸の思いで、な」

しんみりした口調で、弥十郎は言う。

「だったら、いきなり帰って夫婦になりましたと言ったら、びっくりするでしょうね」

「そうだな」弥十郎は微笑した。

「俺が帳付けからやらせて貰うと言ったらな。もう、孫も授かりましたと言ったら、もっと驚くだろう」

「まさか」

「まさかではないぞ。昨夜こそ控えて何もしなかったが、一昨日のあの離れでのことを考えてみろ」

「まあ……」

頬が熟れた林檎《りんご》のようになってしまう、お北であった。

「たとえ、離れで授かっていなくても、今夜の小田原で、きっと……何しろ、うちの奥方は情が深いからな」

「そんな、あたしのせいみたいにっ」

お転婆の地が出て、お北は、夫の腕に肩をぶつけてしまう。

「でも、本当に授かっていたら……」

自分たち二人の子なら、きっと可愛いと思う。

「男でも、女でも、どちらでも良い」

弥十郎は言った。

「双子でも良いぞ。賑やかになる」

「では、小田原で……」

しっかり励まないと——と言いかけて、自分のあまりの大胆さに、首筋まで赤くなるお北である。

三島道を吹き抜ける風は、今日も爽やかであった。

番外篇　湯本《ゆもと》の夜

一

「あ、お光《みつ》に何をするんです、あんたたちはっ」

商人の隠居と見える白髪の老爺《ろうや》が、駕籠舁《かごか》きの太い腕に縋《すが》りつくと、

「何をするも、あるもんか」

無精髭を生やした駕籠舁きの後棒《あとぼう》が、せせら笑った。

「おめえさんが酒代《さかて》を出せないと言うから、代わりに、この娘を貰うのさ」

「それは、ここに来るまでに、あんたたちが疲れた疲れたと言って、何度も酒代を払わせるから……」

「だからよ」先棒《さきぼう》が言う。

「目くされ金を貰うよりも、この生娘《きむすめ》を慰みものにしてやった方が面白そうだ

――と考え直したのよ」

十代半ばの娘が乗っていた駕籠の二人も、その娘を引きずり出して、

「俺たち四人に存分に可愛がられたら、腰が抜けるだろうぜ」

「いや、あそこの具合が良くなって、一晩に十人でも二十人でも客のとれる立派な女郎《じよろう》になるだろうよ。はっはっは」

「やめて、放してっ」

お光という上品な娘は、必死で藻掻《もが》くが、屈強な駕籠舁き二人に捕らえられているので、どうにもならない。

そこは、東海道が箱根峠の上り坂に差しかかる少し手前――街道から外れた林の中であった。もうじき、西の空に陽が沈むという頃である。

「お光っ」

「お爺《じい》ちゃん、助けてっ」

祖父と孫娘は、悲痛な叫びを上げた。

「残念だな。誰も助けになんか、来やしねえよ」

娘の駕籠の後棒が、お光の首筋をぺろりと舐めて、

「爺《じじ》イの目の前で、孫を女にしてやるのも、なかなか乙《おつ》な…」

その時、突然、後棒の髷《まげ》が後ろから摑まれた。

「え？」

次の瞬間、後棒の脾腹《ひばら》に、若い男の拳が鋭く叩きこまれる。

「ぐはっ」

後棒は、ぶっ倒れた。お光は、ぱっと逃げ出す。

「野郎、何をしやがるっ」

息杖《いきづえ》を振りかぶった先棒が、その若い男の頭に叩きつけようとした。が、それより早く、男の前蹴りが、先棒の股間に命中する。

「ほげっ」

生殖器官を蹴り潰された先棒は、息杖を放り出し、白目を剝《む》いて崩れ落ちた。

「何だ」

「てめえ、何者だっ」

残った二人の駕籠舁きが、息杖を構えて若い男を睨みつける。

「──そいつは喜多《きた》さん、俺の相棒だ」

背後から、男の声が聞こえた。あわてて二人が振り向くと、そこに旅姿の長身の武士が立っていた。

「そして、俺が弥次《やじ》さんだ」

言い終わるが早いか、抜刀した大刀で、二人の駕籠舁きに電光の速さで峰打ちを叩きこむ。

低く呻《うめ》いて、駕籠舁きたちは棒のように倒れた。あっさりと気を失っている。

「大丈夫かい、もう安心だよ」

喜多さん――男の格好をしたお北は、お光と老爺に話しかける。

「はい、はい……ありがとうございます」

祖父と孫娘は、何度もお辞儀をした。

二

「え？　泊められない？　それは、どういうことです」

呉服商但馬屋《たじまや》の隠居・徳右衛門《とくえもん》は、湯宿の主人に詰め寄った。

「今日から四廻《よめぐ》りの湯治《とうじ》で、こちらのお世話になる――という文《ふみ》を先月、出していたはずですが」

「はあ、文はいただきましたが……」

煮え切らない様子で、主人の欣蔵《きんぞう》が言う。

箱根七湯で最も東海道に近い湯本——そこには、二十軒ほどの湯宿がある。中でも、この佐野屋は、三つの湯壺を持つ上湯《じよう》宿として知られていた。

悪質な駕籠舁き四人を成敗した、弥次さんの緒方弥十郎《やじゆうろう》と喜多さんの湊屋《みなとや》お北は、但馬屋徳右衛門とお光を、この佐野屋まで送って来たのである。

「——先ほど、駕籠舁きたちを懲《こ》らしめたそうでございますね。もう、湯本中で噂になっております」

初老の欣蔵は、声を低めた。

「あれは雲助と呼ばれる質《たち》の悪い駕籠舁き、誰かに恥を掻かされると逆恨みして、必ず仲間を連れて仕返しをするそうで……」

「すると、何かな」

脇から、弥十郎が口を出した。

「この老人と孫娘を泊めて、あいつらが仕返しにやって来たら困る——というのか」

「はあ」

「だったら、この二人はどうするんだ」

男装のお北が、眉を逆立てる。

「そんな話なら、他の湯宿も断られるだろう。年寄りと若い娘に、野宿でもしろってのか」

女の姿で箱根の関所まで来たら、意外と草臥《くたび》れたので、また、湯本村の茶屋の次平《じへい》に頼み、男の形《なり》になったお北であった。女の着物や帯は風呂敷包みにして、背中に斜めに背負っている。

「小田原宿に戻られては……」

「ふざけちゃいけない。もう日が暮れるんだ。今から街道を小田原まで戻ったら、どこで雲助どもに襲われるか、わからないじゃないか」

「明日には――」

困惑した徳右衛門が言う。

「手代の長八が、用心のために、元相撲取りの羽黒岳《はぐろだけ》を連れて来るのですが……」

「わかった、こうしよう」と弥十郎。

「あの雲助どもを叩きのめしたのは、我々だ。だから、責任をとって、今夜、この二人と一緒に、この宿に泊めて貰う。万一、雲助どもが仕返しに来たとしても、我々が追い返してやる――いいな、喜多さん」

「勿論《もちろん》さ、弥次さん…いや、弥十郎様」

勢いこんで頷く、お北であった。

「どうだ、亭主。異存はあるまいな」

弥十郎が、押しかぶせるように言うと、

「は、はい……」

観念したように、佐野屋欣蔵は頷くのであった。

三

（やれやれ、とんだ回り道になったな……）

露天の湯壺に肩まで浸かって、緒方弥十郎は胸の中で呟《つぶや》いた。

彼の背後には板囲いの簡単な脱衣所があり、雨や雪の日でも入浴に不都合がないように、佐野屋の母屋《おもや》とは屋根付きの渡り廊下で繋がっている。

念のために、夜中に、どこから誰が攻めて来ても勝手がわかるように、お北と二人で湯本を一周し、佐野屋の周囲も入念に調べた弥十郎であった。それから、遅い夕食をとり、今はこうして、ゆっくりと湯に浸《つ》かっているというわけだ。お北はさすがに露天風呂は無理なので、屋内の湯壺に入っている。

（それにしても――）と弥十郎は考える。

（あの時はもう少しで、武士の面目を失うところだった）

あの時――とは、三島大社に駆けつけて、お北が本物の喜多姫である証拠の黄金菩薩を、寺尾備前守に差し出した時のことである。

実はその前に、銀猫《ぎんねこ》お万の罠にかかり、さらに凄腕浪人の尾崎仁兵衛《おざきじんべえ》と立ち合って、黄金菩薩を返してもらうことが出来たのだが……弥十郎に命を救われたお夏お冬の姉妹が、感謝をこめて二人で彼の男根をしゃぶりだしたのだ。

そして、泥水の底を這いまわって来た姉妹だが、臀《しり》の孔《あな》だけは生娘のままだという。その後門の操《みさお》を、二人で弥十郎に捧げたいというのだ。

殺しを生業《なりわい》としてきた男性不信の姉妹が、真人間に立ち戻れるかどうかの瀬際だから、弥十郎は、その申し出を断れない。だから、近くの水車小屋の中で、弥十郎は、姉妹の紅色をした新鮮な臀孔を剛根で交互に貫いてやったのである。

お夏もお冬も、初めての後門性交の苦痛と被虐《ひぎゃく》の女悦《にょえつ》で燃え狂い、弥十郎の男根のみならず、玉袋や排泄孔まで舐めしゃぶった。その二人を充分に満足させてから、弥十郎は、更正するように諭《さと》したのであった。

そして、小川で軀《からだ》を浄めてから、三島宿の古着屋と道具屋を回って身形《みなり》を整えていると、三島大社の方で騒ぎが起こった。

これはいかん、始まった――と弥十郎は、必死の勢いで境内に駆けこんだのであった……。

（俺には喜多姫……いや、お北という立派な女房が出来たのだから、これからは女色《にょしょく》は慎まねばならんな）

白く立ち昇る湯煙を眺めながら、そんなことを考えていると――脱衣所の戸が開いて、湯治の客が入って来た。

その客は、ギヤマン行灯《あんどん》の明かりの届かぬ隅の方で、掛け湯をすると、するりと湯に浸かる。そして、静かに弥十郎に近づいて来た。

「――お侍様」

その声には、聞き覚えがあった。

「あ、お光さんか」

弥十郎は、あわてた。

「こっちは、男客の湯だと思っていた。今、私は出るから」

立ち上がろうとした弥十郎の腕に、お光は触れて、

「どうぞ、そのままで」

「……そうか？」

極《き》まり悪そうに、弥十郎は、湯に軀を沈めた。

「隠居は、湯に入らんのか」

「お爺ちゃんは、あれやこれやでさすがに疲れ果てて、今日は休みました。湯治は、明日からということで」

「無理もないな。で、どこが悪いのだ」

「男だけど、冷え性なんです」

徳右衛門は、冬場は湯たんぽを抱いても眠れない――というほどの冷え性だという。鍼灸《しんきゅう》の治療をしてくれた按摩《あんま》から、「御隠居様の冷え性は、寒くなってからではなく、暑い夏場に湯治をなさって軀の芯をほぐしておくと、冬場が楽になると思いますが」と言われて、湯本へ来る気になったのであった。

「それは難儀な……」と弥十郎。

「しかし、箱根七湯は六十余州に名高い天下の名湯だ。必ず、隠居も良くなるだろう」

「ありがとうございます」

お光は頭を下げてから、潤んだ瞳で彼を見つめた。

「緒方様……お優しいのですね」

「そうかなあ」

「あたし、駕籠舁《かごか》きたちから救っていただいたお礼を、まだ、しておりません」

「いや、礼の言葉は、あの時に聞いたよ」

「……言葉だけでは足りません」

白濁した湯の中で、お光は、豊かな乳房を彼の腕に押しつけて来た。

「おい……」

「緒方様、あたしは秋にはお嫁に行きます」

お光は、真剣な口調で言う。

「相手は、同業の大店《おおだな》の跡取りで十五も年上なんです……だから思い出になるようにと、お爺ちゃんが、あたしを箱根に連れて来てくれたの」

「な、なるほどな」

「お願いです。あたしの操を貰って下さい……生まれて初めて好きになった男の人に、あたしは、女にして貰いたい……」

そう言って、お光は、弥十郎の広い胸に縋《すが》りついた。

（むむ、女色は慎《つつし》むと誓ったばかりなのだが……どうして、こんなことに）

弥十郎が心底、弱り切っていると――夜の闇の奥で、何かが蠢《うごめ》く気配がした。

曲者《くせもの》の気配だ。

瞬時に、弥十郎の五体が緊張する。お光が、はっと軀を離した。

「――お光、ここを動くなよ」

低い声でそう言ってから、弥十郎は、音を立てずに湯壺から出た。手拭いを腰に巻くと、脱衣所の仕切りに立て掛けてあった天秤棒《てんびんぼう》を摑む。そして、裸足のまま、曲者がいると思われる母屋の裏手にまわった。

薪炭小屋の蔭に、六人の男が隠れていた。月明かりに透かして見ると、その中の四人は、例の駕籠舁きらしい。男たちは、腰に長脇差《ながどす》をぶちこんでいる。佐野屋の主人が言ったとおり、こいつらは弥十郎たちに仕返しに来て、お光を掠《さら》う気なのだろう。

小声で何やら話していた男たちは、頷き合うと、長脇差の柄に手をかけた。その瞬間、弥十郎は天秤棒を振り上げて、飛びこんでいた。

「ええいっ」

気合とともに、天秤棒を左右の男の頭部に振り下ろす。

「げっ」

「ぎゃっ」

二人は短い悲鳴を上げて、長脇差を抜く暇もなく、ぶっ倒れた。

「何だ、てめえはっ」

「あ、例のド三一《サンピン》だっ」

喚《わめ》く二人のこめかみに、弥十郎は、天秤棒を叩きつける。二人は、ものも言わずに倒れた。その時には、残った二人が、ようやく長脇差を抜いている。

「くそっ」

「仲間の仇敵《かたき》だっ」

ぱっと左右に分かれた二人は、同時に、裸の弥十郎に斬りかかろうとした。

その時、闇の中から何かが飛来して、右側の男の後頭部に命中した。それは、拳ほどもある石であった。男は、前のめりに倒れてしまう。

「だ、誰だっ」

喚いた左側の男の顔面に、二つ目の石が命中する。

「げへっ」

鼻柱を潰された男は、仰向《あおむ》けにひっくり返った。脳震盪《のうしんとう》を起こしたのであろう。

これで、六人とも動けなくなったわけだ。

「お北かっ」

弥十郎が声をかけると、宿の浴衣を臀端折《しりはしょ》りにしたお北が、闇の中から登場する。

「事前に下見しといて、良かったたね」

よく見ると、お北も湯壺から飛び出したまま、濡れた素肌に直に浴衣を着こんでいるので、乳頭の形がはっきりとわかった。

「うむ。それにしても、執念深い奴らだ。縛ってしまおう」

弥十郎とお北は手分けして、男たちの帯を解くと、目が覚めても動けぬように縛り上げた
「で、こいつら、どうする?」

「宿の者を小田原に走らせる。町奉行所に報告して、明日の朝にでも、町方に来て貰うのだ――」

雲助たちは、街道での多少の悪《わる》さなら町奉行所に目こぼしされているだろう。だが、今度は、長脇差で武装して湯宿に押し入ろうとしたのだから、押しこみ強盗と変わりはない。

町方に引き渡して、犯罪者として厳重に処罰して貰えば、こいつらの仲間が但馬屋の二人に手を出すことは、出来なくなる。

「それなら安心だね」

お北は、弥十郎の考えに賛同してから、ふふ……と含み笑いをした。

「どうした、何かおかしいか」

弥十郎が眉をひそめると、

「だって……立派なものが、手拭いの下から見えているんだもの」

「え」

見ると、弥十郎の長大な男根は、垂れ下がった休眠状態なのに、手拭いの下から先端を見せていた。

「これは、いかんな。武士にあるまじき、失態であった」

「でも、頼もしい……」

お北は、うっとりとした表情で、彼の前に跪《ひざまず》いた。愛《いと》しい男のものに頬を擦り寄せて、

「あたしだけの大筒《おおづつ》……本当に頼もしくて、誇らしいわ」

「そうだ、そなただけのものだ」

力強く頷きながら、弥十郎は言う。そして、

（良かった、お光の願いをきいてやったら、こいつらの気配に気づかずに、大事になるところだった……本当に良かった）

胸の中で、安堵の溜息《ためいき》をつくのであった。

新妻の愛情溢れる献身的な舌技によって、弥十郎の物は猛々《たけだけ》しくそそり立つ。

弥十郎は、お北の唇から、そっと巨根を抜いた。そして、両腕で彼女を抱き上げる。

「宿の者に報せる前に、この小屋で……な？」

「はい……」

含羞《はにか》みながら頷いたお北の美しさは、まさに、三国一《さんごくいち》の花嫁であった——。

あとがき

江戸時代のベストセラー滑稽本『東海道中膝栗毛』（十返舎一九）は、『弥次喜多道中記』の俗称で親しまれ、何度も映画やドラマ、漫画になっています。

私が最も好きな弥次喜多物は、美空ひばり・江利チエミが共演した『ひばり・チエミの弥次喜多道中』。

芝居小屋の下足番《げそくばん》だった二人の娘が、麻薬密売団の事件に巻きこまれて、男装で京を目指す——というミュージカル時代劇コメディです。

監督は、ひばりさん母娘が絶大な信頼をおいていた、沢島忠。

かなり前にニュープリントの上映が行われたので観に行きましたが、とにかく楽しい映画でしたね。

本作『乱愛五十三次』の「男の格好をした女の子が、喜多さんになる」というアイディアは、この沢島作品から拝借しました。沢島監督の「一難去ってまた一難」というテンポの良さも、見習ったつもりです。

箱根の関所をどうやって破るか――という仕掛けも、頑張りました。

私は、「冷酷な凶悪美女が大好き」という困った人間なんですが（笑）、この小説に登場する殺し屋娘たちの頭目〈銀猫お万〉は、かなり満足な仕上がりですね。

本作品は、学研M文庫で書き下ろした『乱愛』シリーズの第二作で、一作目の『乱愛剣法』も、すでにコスミック時代文庫に収録されています。

本篇に加筆修正して、さらに、番外篇とし『湯本の夜』を書き下しました。これは、後日談ならぬ〈当日談〉ですが、本篇のある部分を補完する内容にもなっています。

この後も、『乱愛』シリーズをお届けできれば、と思っています。

さて、次回は、『若殿はつらいよ』第十二巻が十月に刊行される予定ですので、よろしく。

二〇二〇年七月

鳴海　丈

参考資料

『東海道名所記』浅井了意／朝倉治彦・校注（平凡社）
『日本国會全集／東海道名所圖會』櫻井庄吉・篇（日本随筆大成刊行會）
『今昔東海道独案内』今井金吾（JTB）
『箱根七湯』岩崎宗純（有隣堂）
『箱根路／ふるさとの街道』土屋寿山・他（長倉書店）
『箱根関所物語』加藤利之（神奈川新聞社）
『関所』大島延次郎（新人物往来社）
『隠し武器総覧』名和弓雄（壮神社）
『江戸時代の小田原』岩崎宗純・他（小田原市立図書館）
その他

コスミック・時代文庫

乱愛《らんあい》五十三次《つぎ》
男装娘道中記

【著 者】
鳴海《なるみ》　丈《たけし》

【発行者】
杉原葉子

【発 行】
株式会社コスミック出版
〒154-0002 東京都世田谷区下馬 6-15-4
代表　TEL.03(5432)7081
営業　TEL.03(5432)7084
　　　FAX.03(5432)7088
編集　TEL.03(5432)7086
　　　FAX.03(5432)7090

【ホームページ】
http://www.cosmicpub.com/

【振替口座】
00110-8-611382

【印刷／製本】
中央精版印刷株式会社

乱丁・落丁本は、小社へ直接お送り下さい。郵送料小社負担にて
お取り替え致します。定価はカバーに表示してあります。

ISBN978-4-7747-6214-2 C0193